La casa de Miranda Alba

Parte I

L.A. Sosa

Editorial San Miguel S.A.

Primera edición 2019

La casa de Miranda Alba es una obra de ficción
desde antes del principio hasta más allá del final.

Library of Congress Cataloging-in-Publication Data on file.

ISBN: 978-0-578-21668-3 (sc)
ISBN: 978-0-578-21806-9 (e)

Walnut Creek, CA 94596

Impreso en los Estados Unidos de América.
10 9 8 7 6 5 4 3 2

Rev. date: 07/23/2019

*Todo creyente corre el riesgo de quedar
ciego a lo que no quiera ver.*

Heródota

*El hecho de que un creyente pueda ser más feliz
que un escéptico es tan cierto como decir que el borracho
es más feliz que el hombre sobrio.*

George Bernard Shaw

Índice

1

Leonora
Bruselas, 1965 - 1975

Han quedado muy pocas fotos de le época; la época en que mi familia se deshizo de modo espectacular.

Vivíamos tranquilamente en Bruselas, en la calle *Rue de la Science*, número treinta; un hermoso edificio del siglo diecinueve. La enorme puerta lucía el sello oficial de los Estados Unidos: el águila feroz con sus alas extendidas y sus garras llenas de flechas y ramos de olivo: símbolos de la paz y de la guerra. Me daba miedo esa águila.

En una foto estoy yo con mis dos hermanas en la entrada del consulado. Cuidadosamente colocadas allí por el fotógrafo, nosotras formamos un triángulo al lado de la puerta, cada quien con su instrumento musical: Rosa, con su viola, Nikita con su violín de medio tamaño, y yo con una flauta especial para niños. La foto iba destinada a formar parte del conjunto de fotos que adornaba el despacho de mi padre -- una muestra pública de sus hijas y sus talentos.

Éramos tres niñas consentidas, con nuestros vestidos de terciopelo, nuestros zapatos "Mary Jane" de charol negro y nuestros calcetines blancos doblados precisamente en el tobillo. Ya estaba en marcha la tumultuosa década de los sesenta, pero nosotras parecíamos criaturas de un tiempo pasado; un tiempo más tranquilo y complaciente. Mientras que en las grandes ciudades del mundo hubo manifestaciones en las calles, mientras que los mayores se preocupaban por el comunismo, y los jóvenes se obsesionaban por el amor libre y la música rock, en Bruselas en la casa consular, vivíamos mis hermanas y yo, aisladas e inocentes. Asistíamos al *Lycée Français Jean Monnet*; teníamos clases particulares de música, de danza y de lenguas; y nos fotografiaban con nuestros instrumentos musicales en la portada de un hermoso edificio del siglo diecinueve.

Yo en esa época tenía fama en la familia por ser muy dramática, de hacer reír a los demás con mis pequeñas actuaciones, y también de hacerlos llorar. Yo imitaba a la gente que veía en la calle, en la tele, en las oficinas de mi padre. Inventaba escenas de teatro, con personajes excesivamente trágicos; payasos extremadamente cómicos. En casa me decían 'la pequeña Charlie Chaplin'. No sé de dónde me salía tal talento; seguramente no de mi madre, que era de carácter muy serio. Posiblemente lo saqué de mi padre. En los próximos meses todos sentiríamos muchas muestras de su falsedad. Y en un futuro no muy lejano yo tendría una grave necesidad de las artes teatrales. De ellas, dependería el futuro de todos.

En otra foto, estamos todos los de la familia. Está mi padre: alto, delgado, con bigotes nuevos para parecer más "moderno"; estoy yo, redondita y con una sonrisa que abarcaba toda la cara; está Nikita, más alta que yo y con indicios de, algún día, convertirse en una mujer muy bella. Y está mi madre que, sin saberlo ninguno de nosotros, cargaba en su vientre lo que comenzaba a ser mi hermana Adriana.

Al reverso de la foto, veo los nombres y edades: Rosa, dieciséis años, yo, seis, y Nikita cuatro. Pero las letras de mi nombre apenas aparecen: la tinta se ha borrado y ya no se puede descifrar bien el nombre. No importa. Los nombres a veces engañan.

En la tercera foto estamos las tres: Nikita, Rosa y yo, pero no en la puerta principal sino en la de atrás, la que usábamos todos los días, la que daba al jardín del consulado. Esa foto era para tenerla en la casa, no en los despachos oficiales. En ella aparecíamos como éramos en el momento: alegres y tranquilas, todavía sin las preocupaciones que más tarde nos afligirían, todavía sin experimentar las tragedias que pasaron a esta familia hábil y bienaventurada.

Y, ¿quién era la más hábil de todos? Rosa, claramente.

De niña, Rosa tenía toda su ropa organizada por color y por tipo. Guardaba sus muñecas según el tamaño y el género: tenía un sitio dedicado enteramente a las Barbies, y otro para los Kens. Su ropa estaba siempre colgada o doblada donde debía de estar; sus libros, cuadernos y bolígrafos organizados en los estantes y cajones. Igual que yo y mis hermanas, ella creció hablando el inglés, el francés y el castellano, pero hablaba bien el alemán también. Rosa, sin esfuerzo, sacaba buenas notas en sus clases académicas y con un poco de esfuerzo ganaba premios y elogios. Tocaba la viola, que no es un instrumento fácil. Pintaba cuadros muy artísticos, siendo aún de muy tierna edad.

Y me quería. Rosa no era de esas hermanas mayores típicas, que se molestan con las hermanitas y que no les permiten tocar sus juguetes. Al contrario, jugaba conmigo siempre. Me trataba igual como si fuéramos de la misma edad. Yo la quería más que a mí misma.

En la adolescencia le empezaba a gustar la política y conversaba mucho con quien encontrara en las oficinas del consulado. Le interesaban mucho las manifestaciones de estudiantes en Estados Unidos, en Paris, en Berlín. Al terminar la secundaria, dijo que quería seguir estudiando en Chile, lo cual precipitó una crisis en la familia. Mi madre estaba a favor; mi padre en contra. Él decía que a sus jefes en Washington les parecería cuestionable que una hija suya estudiara en Chile; mi madre decía que Rosa tenía el derecho de vivir su vida como mejor le pareciera.

Cuando Rosa se fue sin despedirse de mi padre, él dejó de mencionarla, casi como si estuviera muerta. Esto fue la primera de muchas puertas que se cerraron en mi familia.

Al principio mi madre recibía noticias de Rosa con regularidad. Estudiaba arte. Conoció a un estudiante de leyes llamado René y ellos se enamoraron. Al año se casaron en Chile. Nadie de la familia fue a la boda y apenas hablamos de ello. Luego, por la comunicación con mis tíos en Chile, nos enteramos de que Rosa y René estaban metidos en el movimiento estudiantil y mi madre se angustió mucho. Después, supimos que René andaba en cosas aún peores, cosas clandestinas. Mi padre sabía de qué se trataba; él estaba al día con los movimientos políticos de aquel país; yo no. Recuerdo que pregunté varias veces a mi madre por Rosa, pero siempre me contestó con cosas vagas, con incertezas. Tenía la impresión de que sus palabras estaban memorizadas; que no contestaba francamente sino con frases pre-aprobadas por mi padre.

Rosa quedó embarazada muy pronto y al año siguiente nació su hija. Tras la superación de muchos obstáculos, mi mamá logró visitarlas. Durante su ausencia mi padre estuvo de pésimo humor: Adriana, la menor de mis tres hermanas, había empezado a demostrar un defecto muy grave en el habla, y cuando no lograba comunicarse, se ponía rabiosa. Luego se descubrió que no oía bien. No era sorda, pero ella sólo lograba entender la conversación si miraba directamente a la cara de la persona que le hablaba. Mi padre no tenía la paciencia para tratarla, y en la ausencia de mi madre, la situación se empeoró.

De regreso a Bruselas, mi madre nos comentó que Rosa parecía feliz y que su hija se llamaba Miranda. Pero no nos dijo nada sobre la situación política. Me parecía tema prohibido, así es que nosotras tampoco preguntamos nada.

Luego, el trabajo de mi papá puso enormes barreras a la comunicación libre. Teníamos que estar siempre muy pendientes de su posición en el gobierno, y actuar de acuerdo con los requisitos que dicha posición exigía, aun sin saber muy bien cuáles eran. También mi mamá, queriendo proteger a sus hijas del áspero mundo real más allá de nuestra casa, nunca nos hablaba de las cosas que realmente importaban. Así es que se armó una pared entre la vida de Rosa y la de nosotros. No podíamos estar al tanto de las cosas de su vida ni ella de las nuestras.

Un día nos llegó la noticia de que Rosa ya no estaba en Chile, sino en México. Mi madre entró en pánico. Estaba claro que ella sabía qué significaba esto. Recuerdo que verla me dio a mí también una especie de pánico. Ella tenía las mejillas coloradas, como si sufriera de fiebre, y los ojos rojizos. Respiraba agitadamente, como si le costara trabajo respirar.

Supimos que René, el esposo de Rosa, había sido detenido y luego mandado a Asunción, Paraguay. Fue a Paraguay donde la junta militar mandaba a los disidentes y se sabía que muchas veces no regresaron vivos a Chile. Allí en Asunción, lo sometieron a interrogatorios. A pesar de ser un diplomático de alto nivel, mi padre no pudo hacer nada y René desapareció. A mi padre le informaron desde Chile que René murió de un "infarto cerebral" y desde Washington, sus colegas recomendaron que Rosa no volviera a Chile por el peligro que correría.

Desde México Rosa mandó decir a mi mamá pidiendo que ella fuera de emergencia a Santiago a buscar a Miranda y llevarla para allá. La niña tenía apenas seis años. Mi madre lo hizo, pero igual como la vez pasada, no nos dijo nada sobre lo que pasaba, y regresó a Bruselas melancólica y amarga.

Muy pronto Rosa se volvió a casar, con un pintor mexicano. Yo en aquel periodo era la típica adolescente: enfocada casi completamente en mi propia vida e inconsciente de la vida de los demás. ¡Cómo me arrepiento de eso! Cómo quisiera ahora que hubiera prestado más atención a la situación de Rosa. Pero no lo hice. Y nunca me lo perdonaré.

Luego-- sucedió lo que no debió suceder. Murió nuestra madre. Murió tras enterarse de las relaciones que mi padre tenía con otras mujeres. No fueron relaciones con una sola mujer, sino con varias. Lo de mi padre salió en todos los medios de comunicación; fue un desastre completo. Después de una disculpa pública organizada por los jefes en Washington, renunció a su puesto. Mi madre estaba deshecha, y se ausentaba de la casa por largos trechos.

Creímos al principio que se había suicidado, pero los resultados de la autopsia fueron equívocos; la cantidad de droga no era suficiente para matarla. Fuera de la familia se creía que fue una sobredosis intencional, pero yo me negaba a creerlo. Yo imaginaba que ella simplemente había querido darle a mi padre una muestra de su desolación. Pero no hubo manera de saber a ciencia cierta qué fue lo que ella pensaba en aquellos días. Así es que, con la muerte de mi madre y la deshonra de mi padre, quedamos mis hermanas y yo sin lo que había sido el centro de nuestras vidas, sin la protección de una familia intacta.

En cuanto a mi padre, no le daba importancia a una idea que flotaba en los bordes de mi mente: la posibilidad que fuera inocente y que lo de las amantes fuera un sabotaje, una calumnia organizada por sus adversarios políticos. En esa época no era posible ser diplomático sin tener enemigos. El ambiente de miedo y paranoia de la guerra fría hizo que ocurrieran muchos escándalos y actos cuestionables, hasta en un lugar tan tranquilo como Bruselas. Pero yo no estaba consciente de ello en aquel entonces. La posible inocencia de mi padre simplemente no cabía en el esquema que yo construía sobre su carácter.

Yo sí había notado rara a mi madre en los días anteriores a su muerte. Yo sí me había preguntado si fue algo más que la desilusión con mi padre, lo que la hizo actuar así. De lo que estoy segura es que no se tenía que morir. Ella no fue la que cometió el error. Ella no fue quien causó la destrucción de la familia. Pero murió de todas maneras, y ni los médicos nos podían explicar por qué, ni nuestro padre tampoco.

Rosa vino para el funeral, pero no trajo a Miranda; nos dijo que era muy chiquita y que no le convenían los cambios de rutina. Dijo que estaba con Diego, el pintor, que él la cuidaba como la niña de sus ojos. Con mi padre Rosa habló muy poco. En el caos y tumulto de esos días no hubo oportunidad de explicar ni preguntar cosas que necesitábamos saber. Rosa regresó a México con todos sus misterios intactos.

Y ahora, ¿qué haría Nikita? ¿Qué hacer con Adriana? Adriana tenía 12 años y tenía problemas. Yo, por mi parte, no sabía exactamente lo que iba a hacer, pero sabía que no quería nada con mi padre. Estaba furiosa con él. Me daba asco; no sólo por lo de las amantes sino también por su actitud después de la muerte de mi madre. Actuaba como si nada hubiera pasado; le preocupaba más su propio futuro que el presente de sus hijas. Se encerró horas y horas en su despacho, hablando por teléfono. Por fin nos dijo que en un mes tendríamos que salir de la embajada.

Nikita tampoco quiso seguir viviendo con mi padre, menos aun cuando resultó que él se iba para Nueva York, y ella optó por estudiar en Paris. ¿Y Adriana? Pobre Adriana, que apenas entendía que ya no íbamos a vivir en aquella casa del siglo diecinueve en que la hiedra subía las paredes, que nunca más andaría en su bicicleta por los senderitos del jardín…. Pobre Adriana…

--Necesito ser muy franco contigo--, me dijo mi padre un mes después del funeral. -- Voy a tener que viajar muchísimo en el próximo año. Y Adriana no puede acompañarme.

--¿Pero, ¿qué hacemos? ¿Cómo vamos a vivir?

--Ustedes necesitan quedarse aquí en Bruselas. Adriana debe seguir viviendo dónde se siente cómoda.

--Entonces, ¿estás diciendo que yo la cuide?

--¿Quién más? Es lo que tu madre hubiera querido.

Así es cómo me encontré en la posición tan peculiar de ser la guardiana de mi hermanita, de no tener una madre que me apoyara, sin tener confianza en mi padre, sin carrera profesional, y sin mucho dinero. Muy de repente, el mundo real vino a presentarse a mi puerta.

Hice lo necesario. Con la ayuda de una secretaria del consulado, conseguí dónde vivir y encontré trabajo como maestra de inglés. Mi padre estaba en apuros por irse de Bruselas, pero me dejó una cantidad de dinero. También Rosa me mandó dinero, aunque se negó a regresar. Decía que le era imposible y me pidió que no preguntara porque la cosa era muy delicada.

Para mí, fue un periodo muy duro. La familia que teníamos ya no existía. Estábamos aislados unos de otros, envuelto cada quien en un luto privado: yo culpando a mi padre por sus hechos, a mi madre por haberse dejado llevar por la tristeza, a Nikita por irse a Paris, a Rosa por no estar en Bruselas para ayudarnos.

Con lo que yo ganaba, más la ayuda económica de Rosa y de mi padre, vivíamos de modo más o menos adecuado. Adriana asistía al mismo *lycée* en que nosotras estudiamos, donde gracias a Dios, los maestros la toleraban, recordando quizá la importancia que la familia tenía en el pasado. Pero Adriana creció sin madre, y efectivamente sin padre ya que el suyo nunca se interesó por ella. Durante los dos años que estuvimos solas Adriana y yo, nos llegaron sólo dos cartas del ex-cónsul; y siempre cuando yo le mandaba una contestación, me la regresaban con "destinatario desconocido" escrito en el sobre.

Fue en aquel entonces que ocurrió el *coup de grâce*. En diciembre llegó Nikita de Paris para celebrar la navidad con nosotras. Fuimos a *La Gran Place* en el centro de la ciudad. Eso era costumbre de mi mamá. Ella frecuentemente nos llevaba a una de las confiterías de allí a comer *gaufres,* que son las galletas típicas de Bruselas, y a tomar chocolate caliente por las tardes después de las clases.

Al regresar de *La Gran Place*, vi en la mesa del foyer, un sobre muy gastado con fecha del mes anterior, y sellos de la ciudad de México. Era del pintor Diego Alba, el segundo marido de Rosa. La carta decía que Rosa había tenido un accidente en el taller. Que su muerte había sido investigada pero que no había resultados definitivos. Que no iba a haber ninguna ceremonia porque Rosa lo había dejado escrito que no quería. Que debíamos confiar en él, en Diego, para encargarse de todos los detalles, que no nos preocupáramos por la niña, que él tenía quién la cuidara.

De repente, no aguanté el susto y vomité todo lo que había tomado en la confitería de *La Gran Place*. Un chorro de chocolate salió de mi boca, como demostrando lo mucho que yo quería abandonar Bruselas, con todas las cosas feas que habían ocurrido allí, demostrando cómo quería que Bruselas se alejara de mi cuerpo y de mi alma. La ciudad de mi niñez, con sus edificios viejos y bien cuidados, su tránsito templado y cortés, sus lindas macetas de flores por todos lados, sus parques y sus jardines; todo esto se me iba.

Tan deshecha estaba la familia que la muerte de Rosa casi me destruyó por completo. Pero tuve que recapacitar, por mí y por mi hermana. No había nadie más capaz de cuidarla. Tuve que seguir. Yo hui de las tristezas al meterme en el trabajo, al cuidar a Adriana, y al mantener contacto con Nikita. Luchaba con los pocos medios que me correspondían para seguir a flote. Recuerdo que con la muerte de mi mamá me di por vencida. No tenía la esperanza de algún día saber lo que realmente pasó. Sin embargo, la muerte de Rosa debía salir a la luz del día. Yo sentí la responsabilidad de poner en claro lo que pasó: para que la memoria de mi hermana saliera de las sombras, para que se supiera la verdad sobre su vida y la verdad sobre su muerte.

2

Rosa
Santiago de Chile, 1968

El viaje ya llevaba horas y el motor del avión hacía su efecto. Todos dormían. Menos yo. No he dormido en dos días.

Saco mi pasaporte y lo miro intensamente. Azul marino, de portada lisa y confortante; con su águila alerta y hermosa; las alas extendidas y las garras llenas de flechas y ramos de olivo. Siento orgullo y repugnancia en medidas iguales. Orgullo, porque es el pasaporte del país de mi padre. La USA; el país número uno en el mundo, enorme en territorio y recursos; temible en poderío militar; de gente optimista e ingeniosa; el país con el más alto nivel de libertad de todos los países. Resuenan las palabras de mi padre: "Rosa, nunca olvides que te ha tocada la mayor suerte posible: vivir bajo un sistema que nos da las mismas oportunidades a todos, y que nos recompensa a medida de nuestros esfuerzos." Mi padre tenía su ideología capitalista bien formada, y tenía un arsenal de palabras para defenderla.

Pero siento repugnancia también. Los gobernadores de ese país tan poderoso han cometido horrores en nombre de promulgar su ideología. Los hombres de negocio, respaldados por su gobierno, se han hecho ricos a base de la labor de los más pobres. Son tantos los países donde los americanos han interferido—República Dominicana, Cuba, Irán,

Guatemala, Vietnam, Tíbet – que da pena. Son tantos los dictadores que ellos han puesto en poder, tantos abusos en nombre de la democracia y la iniciativa privada. En el país de mi padre las palabras suenan muy nobles, pero las acciones del gobierno revelan una gran esquizofrenia ideológica.

Mi madre y yo discutíamos mucho este tema, pero luego ella me regañaba. Me decía que no tenía derecho de condenar lo que al mismo tiempo me sostenía. El puesto de mi padre en Bruselas nos había dado una vida de lujos, de estudios, de todo. Era muy desleal de parte mía criticar su ideología; además había muchas cosas bellas en ella.

Con mis hermanas, me era imposible discutir. Además de ser muy chiquitas para la política, ellas no tenían cabeza para esas cosas. A Leonora le gustaba ser la cómica; le gustaba reír, tocar su flauta, jugar. Y a Nikita sólo le gustaban las muñecas. No les interesaba la política aun cuando la política en todo el mundo parecía en crisis.

Guardo el pasaporte y miro por la ventanilla. Me preocupan los detalles de mi futuro inmediato. Mis tíos me van a hospedar, pero no los conozco. ¿Cómo me van a ver? ¿Presumida? ¿Tonta? Yo. Rosa C. Burleigh, hija de Robert C. Burleigh, embajador estadounidense en Bruselas, e hija también de María Luisa Fernández, nacida en Santiago de Chile, mi madre.

Seguramente mis tíos me preguntarán por mi madre; ellos todavía no dejan de maravillarse de cómo se desenrolló su vida. Una joven periodista, apasionada por la justicia en su país, enamorándose de un hombre americano cuyas pasiones eran sumamente distintas. No, no tenía sentido. Y luego, que mi madre hubiera abandonado su carrera para casarse con él, para seguirlo primero a Bloemfontein, Sud África y luego a Bruselas donde él ejercía su cargo diplomático y donde mis hermanas y yo crecimos: increíble. ¿Vivir tantos años fuera de Chile, vivir tanto tiempo alejada del resto de su familia? Ellos siempre lo consideraban muy triste.

El avión aterriza. Comienza mi nueva vida.

3

Rosa
Sueños

La despedida a mi familia casi me partió en dos. *"Rosa, no llores, no llores"* me dije a mí misma, y no lloré. Eso de pasar los límites era cosa de Leonora, no mía. Llorar en un momento como ese sería *de trop*, exagerado, *too much, übertrieben*. Tuve que mantenerme tranquila porque soy una chica seria, dedicada.

Pero más tarde en el avión sí lloré. Lloré y lloré y no pude dejar de llorar. Cada vez que pensaba dominarlo se me escurrían las lágrimas otra vez. Cuando llegó la azafata con el café, lo cogí desesperada. Pero luego el olor del café me hizo pensar en el café que tomaba mi madre en *La Gran Place* en Bruselas; las muchas veces que ella nos llevaba allí y recordé cómo me sentía aquel día en que me permitió cambiar el chocolate caliente, que era la bebida de mis hermanas menores, por el café, diciéndome que yo tenía edad para hacerlo. ¡Cómo apreciaba a mi madre, cómo la quería! Ella era tan especial y mis hermanas ni siquiera sabían valorarla. Ellas no tenían idea de todo lo que nuestra madre había logrado en Chile; no sabían que había sido periodista, que había influido en mucha gente con sus artículos en los periódicos. Lloré entonces por la pérdida de tantas cosas; y también por la pérdida del amor de mi padre.

No me engaño al decir que fui su favorita. Cuando yo nací, los médicos les dijeron a mis padres que no habría más hijos, y por diez años fue cierto. Luego cuando nacieron en rápida sucesión Leonora, Nikita y Adriana, el amor que mi padre sentía por mí no lo pudo expresar por ellas de la misma manera. Quizá fue porque ellas no se parecían a él en lo más mínimo; ni de carácter ni de apariencia. Mi padre y yo somos personas resolutivas; nos interesa mucho cómo se maneja el mundo, cómo mejor se desarrolla el ser humano, cómo mejor convivimos con los demás. Quiero mucho a mis hermanas, pero son frívolas; no les interesan esos tópicos. Es precisamente por eso que ahora, todo lo que escribo, lo voy a guardar para ellas; para que cuando sean mayores y capaces de entender, puedan leerlo. No pretendo explicar todo. Eso es imposible, pero por lo menos, tendrán la oportunidad de juzgar por sí mismas, una parte de la historia de su familia.

De niña, mi padre siempre conversaba conmigo. En sus escasos momentos libres, él me escuchaba, contestaba mis preguntas. De adolescente, hablábamos de lo que más nos interesaba: la política del momento. Y la pregunta más importante que siempre nos hacíamos: ¿Era justificada la participación de las tropas americanas en la guerra en Vietnam? Yo le recordaba a mi padre que era una guerra civil; cosa de ellos, los vietnamitas, y no de las fuerzas externas. Yo enfáticamente decía que las intervenciones no fueron justificadas, mi padre enfáticamente decía que sí.

--No podemos dejar que Vietnam se convierta en un país comunista. El comunismo es…."

-- ¿Qué tiene de malo el comunismo? --preguntó una vez mi hermana Lea.

--¿Quieres tú elegir tu propio trabajo, tu escuela, tus estudios--- o prefieres que el gobierno te diga dónde y cómo vas a trabajar, estudiar? –dijo mi padre, agitado. Hablar del comunismo siempre le puso de mal humor, como si tuviera que defenderse de un ataque. No me gustaba verlo así: consumido por la certeza de sus opiniones. Sin embargo, me gustaba hablar con él, y él conmigo, aunque los debates a veces se ponían fervientes.

Pero cuando le dije que yo quería estudiar en Chile, todo cambió. Yo le expliqué todas mis razones, traté de convencerle lo más que pude, pero se mantuvo intransigente. Tras muchísima discusión entre nosotros, por fin él se frustró y sencillamente me lo prohibió. Me dijo que podía estudiar en París, en Berlín, en cualquier otra parte, pero en Chile, nunca. Me quitó el pasaporte y nunca volvió a hablar conmigo de la política. Sentí que el lazo entre nosotros se había roto. Mi padre siempre alababa la política de los Estados Unidos por sus muchas libertades, pero ese sistema realmente no me correspondía a mí.

En la primera carta que escribí a mi madre desde Santiago, le hablaba de mis tíos, de mis clases en la universidad, de todo menos de mi padre. Pero su contestación fue como una flecha en el corazón. Ella estaba sumamente decepcionada conmigo. Me regañaba. ¿Por qué me había ido así? ¿Cómo era posible que yo fuera tan inconsciente? Me recordó que, a pesar de nuestros desacuerdos, seguíamos siendo una familia, y que mi obligación como hija era obedecer a mi padre, no huir como una insensata, como una terrible ingrata. Me temblaba la mano al contestarle que no pude evitar que le mintiera. Dios mío. Mentirle a mi madre sobre una cosa tan importante. Jamás pensé llegar a tal punto.

Pero no había otra forma. En esos días mis padres no se llevaban bien. Discutían al estar a solas y cuando estábamos todos juntos se trataban con una frialdad asombrosa. Así es que para recuperar mi pasaporte se me ocurrió pedirle a mi madre que lo hiciera, sabiendo que ella no estaba enterada de la prohibición de mi padre. Tuve que hacer lo impensable por pura necesidad, porque siendo mi madre la mujer y la esposa correcta, si se hubiera enterado de los deseos de mi padre, me hubiera impedido igual. Yo sé que mi madre me quiere, que estaba de parte mía con la idea de estudiar en Chile, pero ella era más leal a mi padre que a mí. No sé si admirarla o condenarla, pero así fue.

Y en todo caso, mi madre no me conocía del todo cuando me dijo en su carta que los "desacuerdos" como ella decía, no eran motivo suficiente para hacer lo que hice. Porque mi madre no sabía de la existencia de René. Y al conocer a René, cambió todo.

4

Rosa
René

Ahora me toca hablar de René; el chico que yo conocí hace apenas seis meses; René el hombre a quien yo ahora acudía con todas las fuerzas de mi ser.

Nos conocimos en *La Gran Place* de la manera más cliché. Yo iba corriendo, temerosa de llegar tarde a mi clase de piano porque siempre que lo hacía, el Monsieur Lebeque se lo comentaba a mis padres. René venía del otro lado de la plaza. No nos vimos y chocamos. Con fuerza. René se cayó al suelo mientras yo seguí de pie. Los dos nos echamos a reír mientras yo lo ayudé a pararse. Empezamos a hablar en francés y me fijé en su acento chileno. Que hubiera otra familia chilena en Bruselas y que no lo supiera, me parecía increíble. Que mi madre no la hubiera invitado a cenar, que ni siquiera supiera de su existencia, era sumamente raro. Los deberes diplomáticos y sociales eran su trabajo como esposa del embajador, y siempre los hacía de modo ejemplar.

Estuvimos dos horas aquel día en el café de *La Gran Place* -- la lección de piano completamente olvidada. Hablamos de todo. René estaba tan apasionado por la política como yo, sólo que él admitió ser socialista tal y cual como suena. Su ídolo era Allende, Salvador Allende, el mismo que era enemigo de mi padre. Mi padre no dejaba de hablar de la inestabilidad en toda América Latina causado por los marxistas, y Allende representaba lo peor. Allende pretendía desarmar los fundamentos del capitalismo, el sistema que mantenía a flote las economías del mundo entero. Eso no. Allende representaba una amenaza muy potente a todos los países. Y René significaba lo mismo en mi familia.

Por eso tuve que esconder mi relación con él. No pude decirle nada a mi padre por supuesto, pero tampoco a mi madre ni a Nikita. Ni siquiera a Leonora, quien era mi alma gemela en todo. Lea, Lea…. ¡cuánto la extraño! Lea siempre tenía la manera de sacarme de cualquier mal humor, de hacerme reír, de hacerme ver que las cosas no eran tan graves como yo pensaba. Lea era como un espejo; en ella yo me miraba de la forma más buena, más comprensiva, más humana. Y funcionaba igual para ella. Era como si juntas fuéramos algo mucho, mucho más que cada una sola. Unidas. Hermanas. Dos caras de la misma cosa. Nos parecíamos mucho a pesar de la diferencia de edad. Y todos nos decían que teníamos la mismita voz, el mismo estilo de hablar, la misma rara mezcla de acentos que distinguía mi familia chilena/americana/belga/sud-africana. No había otra persona en el mundo que pudiera hacer lo que ella hacía para mí.

Entonces, me dolió mucho abandonar Bruselas sin explicarle a Lea que me había enamorado de un muchacho que regresaba a su país, y que no fue simplemente un capricho mío el deseo de estudiar en Chile, sino una desesperación amorosa. No pude explicarle a Lea la situación porque yo sabía que ella, sin querer, diría algo a mis padres. Por mucho que Lea hacía sus pequeñas actuaciones, la verdad siempre se le escapaba al final de cuentas.

Durante esos seis meses, René y yo nos enamoramos profundamente. Yo tenía 19 años, él 20, pero el amor que sentimos no era un amor de jóvenes. Se profundizaba a base de una ideología compartida, de un sentimiento fuerte, de cómo podríamos cambiar el mundo para que fuera más justo, de una desolación que los dos sentíamos por las injusticias sufridas por la clase obrera, por los pobres. René había venido a Bruselas con una beca, pero no se iba a quedar con los brazos cruzados allí mientras existía la posibilidad de cambiar el mundo.

Entonces, cuando René me dijo que estaba a punto de volver a Chile, tuve que llegar hasta el extremo de mi valentía. Tuve que poner en riesgo mi existencia como hija buena, como estudiante ejemplar, como mujer obediente. Tuve que abandonar todo lo que conocía antes para poder estar con él, para poder comenzar a vivir como mi consciencia y el amor me dictaban.

5

Rosa
Una nueva vestimenta

¿No crees que estamos en las vísperas de la destrucción? Así preguntaba la canción de Los Turtles que me regaló René justo antes de irse. *You don't believe......* *we're on the eve..... of destruction??*

Con la voz una mezcla de rugir de león y gritos de un asesinato, Lea cantaba esa canción incansablemente y siempre nos hacía reír. Afortunadamente las recámaras de nosotras quedaban en el quinto piso del edificio consular, y nadie nos podía escuchar. En aquellas recámaras pasaron tantas cosas que hubieran estado desaprobadas por mis padres, pero que a nosotras nos daban mucho de qué hablar. *Al borde de la destrucción.* La letra no tenía mucho sentido para mis hermanas porque vivían aisladas de los trastornos que pasaban fuera de Bruselas, pero René y yo intuíamos que las manifestaciones y las huelgas de los estudiantes en las universidades en Paris, en Santiago, en muchas ciudades, pronosticaban que algo muy fuerte estaba a punto de cambiar.

A Lea le encantaba la canción, a Nikki también. Hasta Adriana logró cantarla de modo más o menos adecuado. Pobre Adriana. Tenía una cara mona, unas manos delicadas, piernas curvadas y fuertes; todo de ella daba indicios de una futura mujer hermosa, pero tenía la mente fracturada.

Hablaba un lenguaje de fantasía, de invento propio, y sólo mi madre lograba entenderla del todo. Lea, a veces, podía descifrar sus enredos lingüísticos, pero ni mi padre ni Nikki eran capaces y se frustraron mucho con ella. Pobre Adriana.

La canción me resonaba en la cabeza cuando me reuní con René en Santiago. Advertencia. Prohibición. Riesgo. La destrucción de viejas injusticias, y el comienzo de algo nuevo. Y felicidad, sí, felicidad.

René estaba en un delirio al verme de nuevo. Dijo que no creyó que yo pudiera dejar a mi familia, a mi entera vida anterior, para estar con él. No pude hacer otra cosa, le dije.

Me llevó a su casa. Bueno, a su apartamento. René ya no vivía con sus padres; algo que seguramente causó un gran escándalo en su familia. Y allí, en ese piso, hicimos el amor por primera vez. Se juntaron nuestros cuerpos de manera tan natural que parecía que lo hacíamos desde hace mucho tiempo. Jamás sentí tanto placer, tanto físico como emocional. Jamás sentí tanto amor.

Luego me llevó a una reunión de estudiantes. Iba a haber un discurso con el líder del sindicato de los estudiantes de la facultad de leyes. No me dijo René que él mismo era el líder hasta llegar a la reunión. Hablaron de Allende. Los estudiantes planeaban apoyarlo en un mitin para el próximo sábado. Después de la reunión, René me besó y me dijo que ése había sido el mejor día de su vida. Yo me sentía iluminada por dentro, como si un candil hubiera sido encendido dentro de mí y que ahora ardía con un fulgor de pasión e ideas.

Confieso que me alegraban otras cosas también en los primeros días que estaba en Santiago, cosas no tan serias. La ropa que traía de Bruselas yo la había echado a la basura. Vestidos primorosos, modestos, aburridos. Compré los *hiphugger bellbottoms,* como decían los anuncios en las galerías de moda; pantalones de mezclilla acampanados que me quedaban a la perfección en las caderas y que fueron acentuados por un cinturón ancho de cuero. También una chaqueta de cuero con unas tiras al fondo que oscilaban al caminar como las crines de un caballo al cabalgar. Me sentía completamente nueva: más abierta, lista para cualquier cosa.

Mis clases de arte me encantaban. Siempre me gustaba dibujar y en Santiago me sentía bien inspirada. Los profesores eran buenísimos. Los alumnos chilenos eran completamente distintos a los del *Lycée Francais Jean Monnet*; allá todos obedecían sin preguntar; aquí todos preguntaban antes de obedecer. Los muchachos llevaban el pelo largo; las chicas llevaban aretes hechas con plumas de ave; andaban sin sostén y se veía el perfil de sus pechos. Ellas parecían libres de cualquier pudor. Libres. La libertad. La libertad que era siempre el tema de mi padre. La libertad que me era prohibida en Bruselas pero que encontré a cántaros en Santiago. René y yo forjamos una unión de libertad más fuerte que cualquier lazo que mi padre pretendía imponer sobre mí.

Pero confieso también que tuve momentos de mucha tristeza, de mucha debilidad. Echaba de menos a mi familia, los momentos felices que pasé con ellos. Extrañaba las charlas que tenía con mi padre y sentía un gran hueco al pensar que ahora, mi padre me menospreciaba, que ya no me quería como antes, que nunca me volvería a querer como antes.

En cambio, mi madre me apoyaba firmemente. Después de la primera carta en que me hizo ver lo desilusionada que estaba conmigo, regresó a ser la madre cariñosa de siempre. Me contestaba las cartas el mismo día que las recibía y yo hacía lo mismo, pero a veces el correo tardaba tanto que pasaba un mes o más sin tener noticias suyas. Ella me contaba de mis hermanas; Nikita no sacaba las notas tan buenas que se esperaba, Lea salió en una obra de teatro en el *lycée*, y lo hizo muy bien, Adriana logró decir dos frases seguidas sin error y no se había puesto furiosa en una semana entera. Nunca me comentó nada acerca de mi padre ni de su relación con él, pero yo sabía que no se llevaban bien. Y sabía la razón. Mi padre tenía una amante. Es natural, supongo, que los hombres en posición de poder suelen sentirse omnipotentes. Todo el mundo les rinde honores, les obedecen fielmente. Los poderosos creen que siempre tienen el derecho de decidir y que siempre toman las decisiones correctas. Todo se justifica. Todo medio, por más que parezca ilógico o dañino, vale la pena si logra el objetivo deseado. Así explicaba mi padre la interferencia de los Estados Unidos en la política de otros países. Si lograba parar la propagación del comunismo, había que hacerlo.

¡Pero si mi padre pudiera escuchar los discursos de Allende! La primera vez que asistí a uno, sentí que mi corazón explotaba. Allende hablaba de las enormes injusticias en el país, por ejemplo, cómo los dueños de los latifundios que, con tierra de sobra, dejan hectáreas sin trabajar, mientras los obreros pasan hambre por falta de tierra propia. Allende explicaba cómo las grandes entidades financieras del mundo están controladas por los Estados Unidos, y que prestan dinero a Chile a tasas de interés que destruyen la capacidad del país de avanzar. Todo esto y más explicaba Allende de manera que nadie que lo escuchara saliera sin ser convencido de la exactitud y justicia de sus palabras.

Lo que más me gustó de los discursos de Allende fue que habló mucho de los jóvenes. Nosotros, los estudiantes, teníamos la capacidad de cambiar el sistema. En nosotros estaba la energía y la creatividad necesarias para crear un plan no a base de los deseos de la clase dominante sino a base de los deseos del pueblo. Siempre que íbamos a un discurso socialista, al regresar a la casa René y yo hablábamos por mucho tiempo, y luego, sin planearlo, terminábamos expresando el fulgor del discurso con besos, con la ardiente unión de dos cuerpos, con el amor.

Fue en aquellos días que René me presentó a su amigo Isaac. Isaac de inmediato me cayó de lo más genial. Isaac y René eran amigos de la infancia; se trataban como hermanos y en esa hermandad yo me sentía incluida. Isaac trabajaba en el sindicato Triunfo Campesino y eran muchas las ocasiones en que Isaac venía a visitarnos con las nuevas de que el sindicato había logrado éste o el otro mejoramiento en los sueldos de ellos.

Isaac quería que René dejara sus estudios y que trabajara con él en el sindicato, pero René quería terminar su carrera en leyes, y, modestamente confieso, se negó porque yo le había convencido que hacerse abogado le convendría más. Además, el padre de René se habría puesto furioso si su hijo hubiera cambiado sus planes de estudio.

El padre de René. Dios mío. Ahora me toca hablar de este tema, porque es tan importante.

Era militar. Hijo de militares. Nieto de militares. Casado con la hija de militares. Orgulloso de su servicio, de su trabajo, de su país; una de las personas más patrióticas que había conocido. Pero los militares en Chile no gozaban de mucho prestigio fuera de su ambiente. Es decir, no convivían con la alta sociedad, y su padre, creo yo, sufría de un complejo de inferioridad que no siempre lograba disimular. También era partidario de todas las tradiciones chilenas que encerraban el pueblo en sus antiguas clases económicas, concretándolo en las desigualdades de siempre.

Sin embargo, el padre de René no era una mala persona. De ninguna forma. Cuando en el año anterior fue mandado a Pisagua para participar en maniobras militares y, como comandante a cargo de seguridad, descubrió en la cesta de una panadera folletos izquierdistas, él creó que no hizo mal en detenerla. Me dijo, en una de nuestras muchas charlas, que los izquierdistas no eran simplemente otro partido político, sino un grupo cuyo propósito era fomentar el odio entre los pobres y la clase media, dejando a la gente sin creencia ni fe en nada. Para el padre de René, todo el mundo estaba dividido en lo bueno y lo malo, y no había ningún punto en medio.

Cuando sucedió la masacre de *My Lai* en que quinientas vietnamitas, la mayoría de ellos mujeres y niños, fueron matados a balazos y a bayonetazos por las tropas americanas, mi suegro repitió lo que le habían dicho sus jefes, que la cosa era *"lamentable"*, o sea, que daba lástima principalmente por la mala fama que les caía sobre las fuerzas militares en general.

Llamar "lamentable" a la masacre fue otra barbaridad, y al discutirlo, René y su padre se alejaron aún más.

Por eso René tuvo que salir de la casa de sus padres y vivir aparte. Su madre lloró, su padre se puso deprimido, pero yo por mi parte me puse muy contenta, porque así René y yo pudimos vivir juntos. De otra manera, nunca hubiéramos podido. ¿Y mis tíos? ¿Qué opinaron de todo aquello? Seguramente ellos les informaron con lujo de detalles a mis padres sobre mis actividades, pero yo también le mantenía a mi madre al tanto de todo. Al enterarse de mi situación con René, mi madre me urgió casarme; mi padre no opinó nada.

Entonces, nos casamos. Y unos días más tarde, descubrí que estaba embarazada.

6

Rosa
El nacimiento de Miranda, 1970

Apenas se me notaban los nuevos meses de embarazo, cuando a principios de septiembre me dieron el gran honor en la facultad de artes, de montar una exposición de mis cuadros. Eran pinturas sencillas; de formas geométricas y colores vivos, y yo no las consideré muy sofisticadas. Pero llegaron a gustarles a los jueces del concurso. Hubo una fiestecita, con vino e invitados. Había mucho que celebrar: los cuadros, la esperanza que nos dio Allende y sus programas, y, entre René y yo, la emoción de convertirnos en padres.

Empecé a sentir los dolores al acostarme y para las dos de la madrugada, pedí a René que me llevara al hospital. A las tres, con un grito más de confusión que de dolor, di a luz a nuestra hija, Miranda. Fue el cuatro de septiembre, el mismo día que Allende ganó la elección.

Dicen que los recién nacidos no ven, pero puedo atestiguar que no es cierto. Desde el primer momento, Miranda me miraba con unos ojos luminosos, brillantes, de un café muy oscuro como los de su padre. Sus ojos eran más inusuales todavía porque la mayoría de los bebés nacen con los ojos azules, y a través del tiempo los ojos cogen su color normal, pero Miranda ya los tenía hechos. Tampoco lloró como otros bebés.

Simplemente me miró con una mirada intensa, íntima, y me atrevo decir, comprensiva.

Para alimentarla siempre ocurría así: sentía yo una cosquilla en los pechos en el mismo instante justo antes en que se oía su gemido de hambre. No sé si esto les pasa a otras mujeres, pero el resultado fue que la nena nunca tuvo que expresar su hambre por más que los breves segundos que tardaba yo en desabotonar la blusa. Estábamos las dos siguiendo el mismo ritmo, experimentando el mismo estado físico.

Llegó mi madre lo más pronto que pudo, pero aun así tardó más de un mes. Dijo que me padre no le facilitó en lo más mínimo el viaje. No entendía el rencor de mi padre hacia mí; ¿tanto me despreciaba que ni siquiera el nacimiento de su nieta, su primera nieta, mitigaría su desdén? Supongo que abandonar su casa fue tan terrible que nunca me perdonaría. ¿Pero Miranda? ¿Qué culpa tuvo ella en todo esto? Desgraciadamente ni yo ni Miranda íbamos a salir ilesas de los fanatismos de mi padre.

Pero en cuanto a la vida pública, estábamos muy felices. Todos nuestros amigos, todos los demás estudiantes de la universidad, estaban emocionados con el triunfo de Allende. Apenas lo podíamos creer. Era como ver un sueño hecho realidad. Luego, muy pronto, la elección de Allende nos llegó a afectar personalmente a mí y a René.

Por su trabajo en el sindicato de estudiantes de leyes, René había llamado la atención de gente importante en el nuevo gobierno. Le pidieron que aceptara el puesto de asesor en la cuestión de sindicatos estudiantiles en todo el país. Fue un gran honor y René no pudo decir que no. De repente él empezó a pasar muchos días fuera de casa. Cuando antes estaba todas las tardes para comer, ahora faltaba a muchas, muchas comidas.

Yo lo extrañaba. Y me era difícil continuar con mis estudios. No tenía la menor intención de dejarlos, pero sin la ayuda de René no tenía con quién dejar la nena mientras yo asistía a clases. Mis tíos, que se enteraron de la situación, me mandaron su empleada doméstica para ayudarme con

Miranda. Llegué a encariñarme mucho de Rosa, que curiosamente se llamaba igual que yo.

Durante los primeros días, los primeros meses de la presidencia de Allende, todo iba bien. Había empleo para mucha gente, mucho más trabajo que antes. Y la inflación que siempre era un gran problema en Chile, bajó. Pero esto no duró. Pronto hubo escasez de productos, como el azúcar. Rosa pasaba muchas horas en fila esperando a que se abriera la tienda, y una vez abierta, vendían sólo medio kilo, o menos, a cada persona. No había papel de baño. No había café. Y René pasaba más y más días fuera de casa.

Esto lo podría haber aguantado, pero un día me enteré de algo que me llenó de pavor. Isaac, el amigo de René, vino a hablarnos de su trabajo con el MIR. El Movimiento Izquierdista Revolucionario. Yo conocía ese grupo. Ellos no se conformaban con el progreso del gobierno de Allende; querían más cambios, más cambios radicales, más al estilo marxista. Isaac quería que René se inscribiera en el MIR. Yo le rogaba que no lo hiciera, pero me sentía impotente de cambiar su plan. René se había frustrado mucho con su trabajo en los sindicatos: el mismo Allende impedía la posibilidad de huelgas por las tensiones y conflictos ideológicas en su partido político, la Unidad Popular. Luego, los MIRistas no se abstenían de la violencia si la creían necesaria para lograr sus metas, y lo sabía René. Pero era como si el romanticismo de la acción concreta se apoderara de su mentalidad lógica. René era estudiante de leyes, pero perdió su fe en ellas para solucionar los problemas del país.

Fue entonces cuando se me agotó la leche. Ya no sentía la cosquilla en los pechos, y la nena lloraba desesperadamente, chupando con todas sus fuerzas, pero fue inútil. La angustia de no poder alimentar a mi bebé me sacó de quicio, me enloqueció. Rosa me sugirió que le diera agua con azúcar, pero no había azúcar. Tampoco había leche de vaca, ni fresca ni en polvo. Cuando por fin llegó René aquella noche, le grité. Le grité con la desesperación de una madre rota, una madre enloquecida por la pena.

René fue de inmediato a la casa de sus padres. Ellos tampoco tenían leche, pero sabían dónde encontrarla y nos ayudaron lo más pronto posible. Cuando la nena se había llenado y se había dormido, rendida por el hambre y el llanto, nos sentamos a conversar.

--¿Ven lo que pasa cuando los latifundios son invadidos por los socialistas? – nos dijo mi suegro. –Hay escasez porque ya no producen lo que antes producían.

--No discutamos eso—dijo René.

Unos días después, nos enteramos de que los MIRistas habían puesto explosivos en una torre eléctrica en el sur y murió un joven técnico que trabaja allí. Isaac estaba en el sur y si no fuera por la crisis de la leche, René habría estado allí también. Pensar que René estaba tan cerca de estar involucrado en esas cosas me daba mucho miedo.

Pero no todo estaba tan negro. Cuando llegó Fidel Castro de visita a Chile, René fue invitado a Santa Elena a hablar con él, junto con una delegación de líderes de sindicatos. Esto también fue un gran honor y me dio mucho orgullo ver que mi marido era de confianza de gente tan importante. Ese periodo, entonces, era uno de alegría mezclado con miedo; de avances mezclados con vueltas atrás; mejoramientos y empeoramientos.

Hasta que llegó el día fatal.

7

Rosa
El golpe

La clase alta en Chile siempre había estado en contra de Allende y su ideología socialista. Con la expropiación de la propiedad privada, esa gente se sentía más y más amenazada. También la clase media vio desaparecer sus privilegios y se encontraba alejada del sistema. De preguntarlo, mi padre habría respondido que la clase media es el fondo de la sociedad y apartarla de sus bienes es un grave error. Pero mi padre no veía el beneficio en todo esto: en vez de tener una pequeña clase media y una gran clase obrera, habría una disposición justa que incluiría a todos.

Pero como todo cambio radical, había que aguantar un periodo de inestabilidad mientras las nuevas normas se establecían. Lo que no presentía Allende fue que ese periodo de inestabilidad serviría de guillotina. El sentimiento de pérdida inminente que sentía la clase media se extendía a casi todos los sectores del pueblo. La iglesia estaba en oposición de Allende por el sistema educativa marxista que se imponía y que interfirió en su dominio sobre el mismo; los doctores, abogados y técnicos veían que no tenían empleo sin ser miembro de la UP; hasta los mineros del cobre pretendían salir en huelga, pero regresaron a las minas con sólo un mínimo aumento en sus salarios. Nadie estaba feliz; nadie estaba conforme al nuevo sistema, hasta los más fervientes seguidores.

René y yo, juntos con nuestros compañeros de escuela, pasamos horas debatiendo los pros y las contras del programa de Allende. Había algunos que empezaban a dudar. Había otros que querían medios más radicales todavía. La amistad que teníamos entre todos se empezó a fracturar. Y entre René y yo creció un golfo de malentendidos, de dudas y angustias. Yo presentía que mi marido se acercaba más y más a los métodos radicales, y yo no podía ni apoyarlo ni detenerlo.

Al mismo tiempo, los padres de René nunca perdieron la oportunidad de expresar su desdén por el sistema socialista. Ellos creían que el mismo pueblo chileno, el alma de la gente, estaba en peligro de desaparecer. Se quejaron diciendo que por ciento cincuenta años los chilenos habían tenido un gobierno democrático; nosotros respondimos que el gobierno socialista era todavía más democrático porque incluyó al pueblo entero en sus decisiones, pero mis suegros no podían verlo de esa manera. René se disgustó de tal punto que no quiso relacionarse más con ellos y yo tuve que servir de intermediario. Yo no quería que se repitiera en su familia lo que pasó en mi familia en Bruselas. Pero fue inútil. Lo único que logré fue hacer más grande la distancia entre todos.

En la calle se empezaba a hablar de un *coup d'etat*, un golpe, por parte de los militares. Rumores había en todas partes. No se podía creer las noticias; algunos decían que las noticias negativas fueron promulgadas por las facciones anti-progresivas; otros decían que fueron los de la CIA. No había manera de estar seguro de nada.

En junio sucedió el *tancazo*. Un regimiento de militares atacó el ministerio de defensa, matando a unas cuantas personas, lo cual provocó a Allende pedir por radio que el pueblo defendiera el país. Obedeciendo a la orden, los MIRistas expropiaron más de la mitad de las fábricas y talleres en todo el país, provocando aún más histeria y confusión. La inflación llegó a tasas increíbles: lo que un día costaba diez escudos mañana costaba cien. El comandante del ejército renunció su puesto y fue reemplazado por Augusto Pinochet. Yo no había oído hablar de ese hombre; más tarde se convertiría en nuestra peor pesadilla. En fin, lo que empezó con tanta alegría y tantas esperanzas, empezaba a deshacerse.

Yo lloraba diariamente en aquellos días, por la frustración de todo. El arte fue mi único alivio. Pinté cuadros como si mi vida misma dependiera de ello. Y en cierto sentido, así fue. Creo que, sin tener un mecanismo de expresarme, me habría vuelto loca.

Cuando en septiembre los aviones *Hawker Hunter* descargaron sus cohetes a La Moneda -- el edificio donde Allende y sus ayudantes se habían refugiado, destruyendo los vidrios de las ventanas y encendiendo las cortinas -- muchos se alegraron. Por fin iba a terminar ese periodo de temor, inestabilidad y coraje, y Chile volvería a su estado de tranquilidad pre-socialista. Pero no sucedió así. Allende murió, y Chile no volvió a la democracia por mucho tiempo.

8

Rosa
René detenido

El comunismo en Chile había sido destruido. Y para asegurar que no volviera, había que poner las esperanzas en los militares. Así nos decían mis suegros. Además, decían ellos, los militares sólo iban a estar al mando por unos meses; sólo hasta que se normalizaran las cosas.

Pero no se normalizaron las cosas. Un día después del golpe, los militares declararon un estado de sitio lo cual les dio poderes inmensos. Casi todas las actividades de la vida cotidiana – ir al trabajo, reunirse con amigos, estudiar – ahora estaban en la esfera de ellos. Todas las noticias se encontraban sometidas a la censura oficial; todos los partidos políticos estaban disueltos, todos los sindicatos fueron prohibidos. El congreso del país fue clausurado.

Las clases económicamente acomodadas hicieron como el avestruz: metieron la cabeza en la arena para no escuchar más. Ellos estaban tan atemorizados por la inseguridad de los tres años anteriores que estaban dispuestos a aguantar lo que fuera para recuperar la estabilidad.

Luego, descubrimos que en los días justo después del golpe, mucha gente había sido detenida y unos miles de ellos asesinados. Muchos no lo creyeron. Muchos decían que eran noticias promulgadas por fuerzas ajenas. Del asunto, el padre de René me comento así: *A nadie le gusta esto, pero si tienes la casa llena de alimañas, hay que eliminarlas sea como sea.* Me dio coraje que nombrara *alimañas* a los izquierdistas de noble corazón, como Allende, y como su mismo hijo.

Pero Chile no era lo mismo que antes. El país democrático en que las diferencias se discutían con respeto y cortesía, desapareció. Antes se decía que en Chile no había un desacuerdo político que no se pudiera resolver al compartir una botella de vino tinto con el adversario. Ya no. Padres e hijos se alejaron, hermanos se enemistaron por cuestiones políticas que antes no ejercían ese poder. Una especie de locura, o de ceguera, se apoderó del país.

¿Y entre René y yo? Bueno, a nosotros las acciones de la junta militar empeoraron lo que ya era una situación difícil. Habían pasado muchos meses de antagonismos entre René y yo. El desastre es una fuerza que o te separa de todo lo que antes tenías, o te acerca a lo que más quieres. No es que no intentemos acercarnos: todos los días nos abrazábamos como agarrar un chaleco salvavidas en agua turbulenta; todas las noches hacíamos el amor como los únicos dos seres restantes en el mundo entero, pero seguían las diferencias ideológicas entre nosotros. Yo nunca iba a estar a favor de la violencia para resolver los problemas.

René intentó continuar con sus estudios; yo con los míos, pero sufrimos la depresión de la caída de una utopía. Porque sí iba a ser una utopía. Sí. Estábamos construyendo un nuevo país; una nueva sociedad. Íbamos a proporcionarles a los obreros y a los campesinos la dignidad que merecen. Íbamos a hacer que Chile fuera mil veces mejor de lo que antes era. Pero la palabra *revolución* sonaba como sinónimo a *destrucción* para el pueblo chileno, y fracasamos.

Continuamos lo mejor que pudimos, pero no fue fácil. El día que un compañero vino con las nuevas de que Isaac había sido detenido fue sumamente difícil. René intento superar sus desacuerdos con sus padres y les pidió que nos ayudaran en la búsqueda de su amigo. Pero no lograron nada. Luego nos enteramos de que Isaac murió: en un supuesto intento de escaparse de los cuarteles donde él y otros estaban metidos. Dijo nuestro compañero que los militares habían torturado a Isaac, para hacerle delatar a otros MIRistas. Junto con Isaac, torturaron a una chica de quince años, hija de un líder de los obreros de la acería en Quiriquina. Ella sobrevivió y nos contó lo que había visto. Ella nos dijo que Isaac nunca perdió su valentía, ni su dignidad, ni reveló ningún nombre.

Estuvimos en lo más hondo de la angustia cuando me vino a visitar mi padre.

Hacía ocho años que no lo veía. Parecía mayor, pero no había perdido ninguno de sus finos modales, su estilo culto. Me dijo que venía a Chile a petición de Pinochet, como asesor en asuntos económicos. Apenas puedo describir lo que sentía con la inesperada visita de mi padre. Por una parte, verlo de nuevo me dio mucha alegría. Al fin y al cabo, yo quería a mi padre por el simple hecho de ser mi padre.

Pero, por otra parte, yo aún guardaba dudas sobre sus actividades en Bruselas. Yo sabía que los rumores acerca de su vida privada, los rumores sobre una supuesta amante, fueron ciertos. Nadie jamás habló de ello, pero se veía a leguas que algo deshonesto había pasado. Así es que hubo un gran hueco de secretos entre mi padre y yo; al verlo así tan de repente me hizo llorar por los tiempos pasados, tiempos en que conversábamos libremente y sin los secretos que ahora nos rodeaban.

A René le preocupó la presencia de mi padre, pero no me quiso decir porqué. René en aquel tiempo estaba afligido no sólo por las acciones de la junta militar sino la actitud de sus compañeros en la universidad. Les entró una especie de pasividad; una desmoralización profunda. A nadie le apetecía arriesgar su trabajo porque los poderes de los militares eran omnipotentes. Controlaron todos los medios de conseguir trabajo, de poder estudiar. Eliminaron clases. Sacaron libros de las bibliotecas y los destruyeron. Despidieron profesores sin explicación; había facultades enteras que desaparecieron. Para la junta, las universidades eran símbolos de lo peor que le pasó a Chile durante el tiempo de Allende. Fue allí donde las más dañinas ideas se fomentaron. Entonces fue allí donde cayó más fuerte la mano pesada de la junta.

Yo creo que fue por eso que René se metió aún más en la resistencia. Se ocupó de formar grupos de estudiantes en contra de la junta, pero le fue difícil. Todos tenían dudas sobre los demás; nadie confiaba en nadie. Un día René se puso a llorar mientras hablábamos del día que ganó Allende. Aquel día Allende había hablado a los estudiantes desde el balcón del edificio donde se reunía el sindicato. Todos estaban en un delirio de felicidad. Cuando Allende terminó, los estudiantes se pusieron a bailar y escuchar música y así pasaron la noche entera. Ahora todo estaba tan distinto.

Lo único que me tranquilizaba durante aquellos días fue la presencia de mi hijita. Sus alcaparras me hicieron recordar que el mundo aún guardaba cosas hermosas; que todavía había manera de vivir sin ser juzgado, condenado, y mandado a la nada. Verla me hizo también pensar en mis hermanas, sobre todo en Lea, porque Lea era igual de juguetona, igual de alegre. Pude ver el lazo entre las mujeres de mi familia; como un hilo que se va tejiendo a pesar de la distancia.

Así es que apenas nos mantenía a flote. Pero un día pasó lo impensable: detuvieron a René.

9

Rosa
Un intercambio de favores

El pueblo estaba en caos; Chile se había convertido en un país de enemigos. Y mi peor pesadilla se había vuelto realidad: René había sido detenido.

Lo primero que hice fue ir a la casa de mis suegros. Pero no pudieron hacer nada; habían sido condenados por asociación con su hijo y todos los antiguos contactos de mi suegro le habían dado la espalda. Los vi deprimidos y aislados.

No quería pedirle ayuda a mi padre, pero no tuve otra opción. Tuve que hablar con él.

--Ya sé lo de René—me dijo, en su oficina en el centro.

--¿Cómo?!

--No puedo decirte cómo.

Pasaron largos momentos de silencio.

--No estás en Chile por petición de Pinochet como asesor en cuestiones económicas, ¿verdad, papá?

--No—me dijo.

Ese no fue el momento de indagar en la vida profesional de mi padre; me urgía saber si podría ayudarme a localizar a mi marido.

--Sé dónde está – me dijo. –Pero no sé si puedo sacarlo de allí.

Me dio la dirección. Era una casa común y corriente en las afueras de la ciudad. Era ya de noche, pero no me importaba. Estaba prohibido andar por las calles después de las siete de la tarde y corría el riesgo de ser detenida yo también. Pero no me quedó otra.

Pregunté a los oficiales y me dijeron que esperara. Esperé hasta la una de la madrugada. Volví a preguntar y me dijeron que esperara hasta las ocho, cuando publicaban las nuevas listas de detenidos. Para las siete de la mañana se habían reunido muchos familiares y allí esperamos hasta las dos de la tarde sin noticias. Yo no había comido, ni dormido, ni usado el baño.

A las cinco de la tarde un militar salió para leer en voz alta la más reciente lista de detenidos. El nombre de René no apareció.

Cuando volví a las oficinas de mi padre, él no estaba. Desesperada, regresé al piso donde me esperaban Rosa y Miranda. Rosa me había salvado la vida en muchas ocasiones durante ese periodo tan difícil; estaba completamente segura de que cuidaba a Miranda muy bien. La nena dormía su siesta normal de la tarde. Yo también me acosté.

De un sueño atormentado, me desperté con la voz de Rosa diciéndome que estaba mi padre. Me apresuré a vestirme.

--Rosa. Mi Rosa – empezó.

--¿Qué ha pasado?! – le pregunté en pánico.

--Han trasladado a René a otro sitio. No son buenas noticias, mi hija.

--Haz algo, papá. ¡Tienes que hacer algo!

Pensaba en todos los asuntos cuestionables que mi padre había solucionado en Bruselas. Pensaba en las llamadas que hacía a todas horas del día y de la noche para ayudar a un socio, a un amigo, a un colega. Seguramente mi padre guardaba aún sus vías diplomáticas de alguna forma. Seguramente podría devolverme a mi marido.

--Tengo algo que proponerte --dijo él. -- Es un plan que gestionaron mis jefes en Washington. Se trata de un intercambio de favores. Es decir, si llevamos a cabo lo que ellos quieren, podrán ayudarnos a localizar a René.

Me sentía enferma.

--¿Qué clase de favores?--, le pregunté, imaginando lo peor.

¿Me puedes escuchar sin juzgarme?

Asentí con la cabeza. Lo que fuera para René.

--Hay gente en nuestro gobierno que están tratando de remediar el desastre económico que dejó Allende. También hay chilenos haciendo lo mismo, chilenos que aman a su país. Ellos necesitan nuestra ayuda.

--Supongo que sí--, le dije, mis adentros un torbellino de ideas conflictivas. Era imposible que mi padre no notara mi estado de ánimo. Y yo noté que él se refería al gobierno de los EEUU como "nuestro gobierno". Yo no me consideraba parte de aquel gobierno en lo más mínimo.

--Rosa, sé cuáles son tus opiniones sobre la junta, pero tienes que reconocer que Chile está en una situación desesperada.

Yo me impacientaba con este discurso político; mi única preocupación era René.

--Papá, ahora no es el momento para un sermón. Explícame sobre el intercambio de favores--, le dije, poniendo un tono negro sobre las últimas palabras.

Él suspiró al conceder que yo tenía razón.

--Muy bien. Ahora. Pon mucha atención. En México hay un subversivo que le urge a la junta callar. Este hombre está fomentando un grupo de izquierdistas que representa un gran peligro en toda América Latina. Los jefes en Washington están trabajando con la junta para eliminarlo también así es que nuestros intereses coinciden.

--Eso, ¿qué tiene que ver conmigo?

--Espera a que te explique. A ese hombre yo lo conozco. Pasó un tiempo en Bruselas. Yo sé que tiene un punto débil. Es artista. Una vez en el pasado fue acusado de fraude en su arte. Ahora su temor más grande es que se repitan las acusaciones.

No tenía ganas de escuchar más. ¿Qué me importaba el destino de un desconocido en México, y menos todavía si trataba de hacer daño a un izquierdista? ¿Acaso mi padre creía que mis sentimientos políticos habían cambiado?

--El subversivo se llama Diego Alba.

Mi padre esperó a que yo reaccionara. No hice nada. El nombre no me sonaba a nada.

--Será fácil. Tú irás a México. Comprobarás que es un fraude y lo amenazas con divulgar la información si sigue con sus actividades políticas.

--Pero…

--No hablemos más. Ten.

Me dio una carpeta.

--Lee esto. Verás que es muy fácil. Estarás no más de diez días en México. Y luego, cuando regreses, René estará de nuevo en la casa.

Sentí náuseas. Sentí que me caía en un hoyo muy hondo. Pero no me quedaba otra que leerla.

10

Rosa
En México

El plan no era nada fácil, a pesar de lo que dijo mi padre. Se trataba de unos movimientos de cuadros, unas llamadas hechas a números donde la persona que contestaba no podría identificarse, un sin fin de mentiras y engaños. Si Diego Alba no era un fraude, lo que proponía mi padre era una calumnia de primer rango.

El día siguiente llegó mi padre con el boleto de avión y un pasaporte con mi foto, pero con otro nombre. Rosa me ayudó a hacer la maleta. Nos pusimos de acuerdo sobre todas las exigencias de Miranda. Me aseguró que no le faltaría nada. Le hizo prometerme que llamaría a mis tíos y a mis suegros si yo no regresaba en diez días. Con prisa escribí una carta a mi madre, informándole de todo lo ocurrido. Tenía miedo. No sabía qué influencia tenía mi padre en la junta. Si él me fallaba, ni mis tíos ni mis suegros podían ayudarme mucho. No. Volaba sola.

En la carpeta leí cómo yo, siendo artista, podía acercarme al señor Alba, cómo podía ganar su confianza, y cómo lo iba a destruir.

Lo primero que debí hacer al llegar a México era reunirme con una tal Esmé Moreau: francesa, dueña de la galería donde Diego Alba exhibía sus cuadros. Yo venía de Santiago, representante de una galería importante, con deseos de contratar a Diego para una exposición, con una parte del trato perteneciente a ella, por supuesto. Era puro negocio, como los buenos capitalistas que éramos. Ella no tenía idea de los intrigantes que pronto involucrarían a su pintor. Tras instalarme en el Hotel Geneve, fui a la galería.

No tuve que fingir que los cuadros de Diego me gustaban. Pero apenas pude poner atención a ellos debido a mi preocupación por mi marido. Y por el éxito de este plan, que me parecía por medidas iguales, absurdo y sumamente necesario. Estuvimos hablando Esmé y yo cuando entró el pintor. Y de allí, todo cambió.

Diego me afectó como un rayo láser, penetrando en mis más escondidos secretos. Yo tenía la impresión que no creyó en lo más mínimo el cuento de la exposición en Santiago, pero que le gustó el juego. Al igual, podría decir que sí me creyó, y que estaba entusiasmado con la idea de contratarse conmigo. Era imposible estar seguro.

Me invitó a su casa en el campo para el día siguiente, para ver otros cuadros. Esto no figuraba en los planes escritas en la carpeta, pero me apetecía ir. Noté que la invitación de Diego le molestó a Esmé, aunque intentó disimularlo.

La entrada de la casa era bordada por dos filas de árboles enormemente altos, y con troncos de un blanco asombroso. Pasamos por una puerta maciza y vieja de estilo árabe para luego entrar en un patio. Sentía que mis preocupaciones empezaban a retroceder, un poco. Me sirvió un vino blanco que no sabía a alcohol sino a miel y hielo y me habló de su vida, de su arte, de la historia de la casa, de su pasado. No me preguntó nada a mí. Diego no era mucho mayor que yo, pero había vivido mucho. Empezó a pintar a muy temprana edad; sus cuadros comenzaron a ganar fama cuando tenía apenas dieciocho años. Su conversación, su voz y su manera de ser me hicieron sentir un gran relajamiento. Fueron los primeros momentos de tranquilidad que había sentido en muchos días. Luego, quizá por el vino, o por el rico sol que iluminó el patio, me dio mucho sueño. Apenas pude mantenerme alerta durante la comida y después, Diego ofreció llevarme a un sitio donde podía descansar. Me llevó a una habitación hermosa, con cortinas de encaje y terciopelo que se movían con la brisa tibia de la tarde. En un sofá de cuero, rodeada de libros, me dormí.

Cuando me desperté sentí un calor en todo el cuerpo, y una deliciosa sensación de aflojamiento. Estuve unos minutos así hasta esforzarme a levantar. Se había hecho tarde. Diego me llevó de nuevo a la ciudad: un viaje de casi dos horas. Conversamos: cosas íntimas. Sentía que me había encontrado con el mejor y más comprensivo de amigos. Le hablé de las pinturas que yo había hecho y a Diego le encantó la idea de que yo también fuera artista. Inventando, le hablé de las nuevas oportunidades económicas que había en Chile ahora que los marxistas habían sido echados. Quería ver qué decía.

Pero Diego no comentó nada acerca de la situación política y llegamos al Hotel Geneve sin ninguna incomodidad. Parecía que el trato con el pintor mexicano, la galerista francesa, y la representante chilena iba a funcionar a la perfección.

11

Rosa
La muerte de René

En los próximos días me dediqué a los tramites que iban a llevar a Diego Alba a la ruina: una compra de cuadros, lo cual me puso en contacto otra vez con Esmé Moreau, y una supuesta venta de los mismos a un comprador anónimo. Me sentía mal, muy mal, por lo que estaba haciendo. Diego no merecía esto. Pero yo me encontraba atrapada, prisionera entre fuerzas mucho más grandes que yo y sobre las cuales no tenía control.

Casi había terminado con todo lo que tenía que hacer en México, cuando un día llegaron dos señores de traje y corbata al Hotel Geneve, preguntando por mí. De repente me llené de un pavor inaguantable. ¿Qué será? Pensé rápidamente en correr a la recepción para llamar a mi padre, pero me detuvieron. Hablaban inglés. Eran de la embajada estadounidense. Me enseñaron un telegrama de Chile, y lo cogí, pero no pude leerlo. Sentí un miedo que me quitó el aire de los pulmones, que me quitó la vista de los ojos. Sentí que algo terrible me iba a pasar.

Los señores me llevaron a un sofá y nos sentamos. Me explicaron que sus colegas en la embajada en Chile les habían informado que René había muerto. De un infarto cerebral. Mientras estaba detenido. Que yo no podía volver a Chile ahora porque era demasiado peligroso. Que…. Que….

44

La información me llegó por pedacitos. Fragmentos de frases sin sentido. Llegó una señora también americana, que se iba a quedar conmigo para ayudarme y hacerme compañía. Regresamos a mi habitación, pero no aguanté estar encerrada allí, como una fiera enjaulada. Salimos a la calle. Caminé a toda velocidad dejando atrás a la pobre señora como en la estela de un barco enloquecido. Caminamos no sé cuántos kilómetros, sin prestar atención al tráfico, a los semáforos, a nada.

Cuando por fin llegamos otra vez al hotel, yo entré en el bar y pedí un whiskey. Luego otro. Así pude regresar a la habitación y leer el telegrama. Era de mi padre, diciendo más o menos lo mismo que los señores. Pero en una cosa se empeñó: que no regresara a Chile bajo ninguna circunstancia. Que los de la DINA me buscaban. La Dirección de Inteligencia Nacional. Yo sabía de qué eran capaces. Unos meses después del golpe, habían puesto una bomba en el auto de Carlos Prats, comandante de las fuerzas militares bajo Allende; este Prats que había hablado en contra de la junta. Carlos Prats y su esposa murieron en Argentina, donde se habían refugiado.

Le mandé un telegrama a mi padre, pidiendo que me llamara por teléfono de emergencia. Pero en vez de una llamada, recibí otro telegrama. Él no me podía llamar porque el teléfono no era de confianza. Sospechaba que la DINA escuchaba sus llamadas. Me explicó que yo tenía que continuar con el plan con Diego Alba; que ahora más que nunca era importante que el plan diera resultados. Me quedé horrorizada con su petición. Luego me dijo en otro telegrama que su propia seguridad en Chile dependía del éxito del plan. Sus palabras me parecían un chantaje de lo más grotesco.

Mientras tanto, no pude dejar de pensar en Miranda. Era como si la muerte de René fuera algo que tuviera que prescindir para salir adelante. No tenía el lujo de poder llorar la muerte de mi marido porque me urgía salvar a mi hija.

Llamé a Bruselas. Quise hablar con mi madre, pero la llamada no se pudo completar y tuve que esperar a que la operadora intentara otra vez. En los minutos de la espera le escribí una carta, pidiéndole de la manera más urgente, que fuera a Santiago y que se encargara de la nena. No se me ocurrió otra idea de que las dos viajaran a México. Para estar juntas. Para así protegernos de las locuras que nos rodeaban.

Estuve en el Hotel Geneve por cuatro días más. Fueron los días más feos de mi vida. Lo único que me salvó fueron las visitas que me hizo Diego. Venía todos los días a sacarme a comer, porque si de otra forma no hubiera comido. Caminaba conmigo cuando la rabia y el miedo amenazaban con apoderarse de mí. Me escuchaba. Me escuchó cuando le dije que acabo de enterarme del engaño de mi marido; que el desgraciado había esperado a que yo estuviera fuera del país para informarme que me había dejado por estar con la dueña de la galería donde yo trabajaba y que ahora me pedía el divorcio. Diego me entendió perfectamente cuando le expliqué que ya no tenía empleo ni esposo.

No sé de dónde me salieron tantas mentiras. No sé cómo pude hacerlo.

Por fin llegaron mi madre y mi hija. El alivio fue intenso. Hablamos del futuro. ¿Qué podía hacer ahora, ahora que mi vida en Chile se había explotado? Discutimos la posibilidad de que Miranda y yo regresáramos a Bruselas y casi había decidido hacerlo cuando llegó Diego otra vez.

Estuvimos en el restaurante del hotel cuando se acercó. Mi madre paró en seco lo que hacía; parecía que reconocía a Diego. Pero fue un momento solamente y luego pensé que fue mi imaginación. Diego no reaccionó al verla tampoco, ni comentó acerca de mi idea de volver a Bruselas. Pero después, cuando mi madre había salido a dar una vuelta con su nieta, hablamos a solas.

--Eres artista. Eres madre. Y ahora….

--Estoy sola.

--No estás sola. Tienes a tu madre.

--Ella no puede quedarse aquí. Ella tiene su vida entera en Bruselas.

--Así es que piensas marcharte?

--No veo otra opción.

Pero en realidad, no quería volver a Europa. Yo había construido una vida independiente, una vida llena de pasión, de amor, de trabajo; una vida que no se podía construir en Bruselas. Ya me había acostumbrado a vivir lejos de los límites, a tener una vida libre. En Bruselas querían imponerse normas que ya no eran mías.

--Quédate aquí—dijo Diego. —Esmé te podrá dar empleo en la galería. La ciudad de México es un lugar bonito para vivir.

No dije nada.

--Además, para darte tiempo de pensarlo, te invito a mi casa. Es amplia. Tendrás tus propios cuartos. Tengo una sirvienta que te ayudará con la niña. Ella tiene un hijo de cinco años. A Miranda le va a encantar jugar con él. Rosa. Rosa, piénsalo.

Luego, cuando Diego se había ido, hablé con mi madre.

--No te lo aconsejo, mi amor. No conoces a este hombre. Hasta poco intentabas arruinarlo y ahora piensas arrimarte a él. No tiene sentido.

--Yo nunca estaba a favor del plan de mi padre—le respondí. -- Bien lo sabes. De no ser por lo de René, jamás habría aceptado ser su cómplice. Fue una cosa horrorosa, mamá. Mi padre…

--Tu padre ha hecho lo que creyó correcto, Rosa. Él no tuvo nada que ver con la muerte de René.

--¿Acaso crees que sufrió un infarto cerebral? – le pregunté atónita. --Fue la DINA. A lo mejor lo torturaron, y mi padre no hizo nada para salvarlo.

A este punto ya no aguantaba las lágrimas que se me habían amontonado en el pecho durante los últimos días. Lloré hasta mojar todas las almohadas, todas las sábanas. No hubo manera de pararlas. Mi madre no podía hacer más que sentarse a mi lado, impotente. La pobre nena se espantó. Y seguía el chorro de amargura.

Al salir el sol, yo había decidido. Me quedaba en México. Mi madre aún estaba alineada a mi padre, a pesar de todo lo que había pasado. Yo quería hablarle de los rumores de la amante de mi padre, pero no encontré las palabras. Yo como hija no debía opinar sobre sus decisiones, sus preocupaciones. Uno nunca conoce del todo a los padres.

Entonces, tomé la decisión. Volver a Bruselas significaría una derrota para mí, una vuelta atrás, y quería seguir adelante.

Antes de irse mi madre le regaló a Miranda una muñeca. Era mi Barbie favorita; una de las muchas Barbies con que mis hermanas y yo habíamos jugado de niñas. Recordaba que a Lea también le gustaba esa Barbie en especial. Siempre quería que se la regalara, pero nunca lo hice. Fue una de las muy pocas cosas que le negué a mi hermana. Pensar en Lea, en Nikita y en Adriana ahora me hizo sentir una añoranza por aquellos días tan sencillos cuando estábamos juntas en la casa. Quisiera volver a estar con ellas, pero ellas todavía eran muy jóvenes; tenían toda su vida por delante. Ojalá no vayan a cometer los mismos errores que yo.

12

Rosa
La señora Poncia

René estaba muerto. Mi padre me traicionó. Mi vida en Chile ya no existía. Así es que me encontré de nuevo pasando por las dos filas de eucaliptos para entrar en la casa de Diego Alba.

Pero esta vez llevo conmigo una sensación de tristeza que me cubre como una mortaja. Toda la furia que tomó posesión de mí en los días inmediatamente después de las noticias se ha ido, dejando atrás una depresión abrumadora. Los movimientos de mi cuerpo me cuestan; son pesados. En vez de los órganos del cuerpo llevaba una negrura adentro que me ahogaba. Me acostaba y luego cuando quería levantarme, no podía.

Pero Miranda me necesitaba. Ella quería investigar la casa, que era enorme y enormemente complicada, e insistía en que la acompañara. Juntas pasamos horas y horas paseando de un cuarto a otro, por patios y terrazas, corredores y arcadas. Luego investigamos los jardines y terrenos. Parecía que no tenían fin. Un día caminamos cuesta arriba para llegar a una casita con vista de las pirámides en la zona arqueológica que abordaba los terrenos de Diego. En el lago pequeño había nenúfares y ranitas. Y en la inmensa soledad de la casa, empecé a sanarme.

Diego me proporcionó los materiales para pintar, pero todavía no tenía la energía. Lo que más me gustaba era andar a solas por el monte, por los bosques que rodeaban la casa. Allí pude pensar. Dejaba la nena en cuidado de la señora Poncia, quien al principio me caía muy bien. Su hijo Cecilio tenía cinco años y jugaba bien con Miranda. Había un piano y a Miranda le encantaba tocar las cancioncitas que ella sabía.

La señora Poncia era una mujer de apariencia muy inusual. Se podría decir que tiene ojos azules, pero es un azul tan descolorido que apenas se nota. Luego tiene la piel muy blanca, hasta poder verse las venas en las sienes. Su pelo es largo y canoso, mientras las cejas, que forman una sola raya en la frente, son castaños todavía. Todo esto le da un aspecto de fantasma, pero cuando habla, es con una voz tan áspera y ronca que no cabe duda que está viva. Se nota que es de provincia, pero de qué provincia no podría decir.

Pero dejando a un lado su apariencia rara, la comida que nos preparaba era riquísima y cuando me volvió el apetito, saboreé los platos: lo picante mezclado con lo dulce, el agridulce de las frutas que no conocía, las carnes que nunca había probado.

Cecilio se parecía mucho a Diego, no tanto en apariencia sino en su manera de ser. Su modo de hablar era una copia perfecta del modo de Diego. Se me ocurrió la posibilidad de que Cecilio fuera hijo de Diego, pero como huésped en su casa no lo creí correcto preguntárselo.

Y Diego lo cuidaba muy bien a Cecilio, igual que cuidaba a Miranda. Diego era un padre sustituto de lo más maravilloso. Jugaba con ellos, les daba todos los materiales necesarios para pintar, dibujar, crear cosas de cartón, de tela, arcilla para moldear sus fantasías, crayolas para dibujar sus sueños. Construyó dos atriles para que pudieran pintar en *plein air*, como dicen en francés y me daba mucho gusto mirarlos en el jardín con sus cuadros y sus pinceles.

Así pasaron tres meses. Ahora había llegado el momento de salir adelante con mi vida. Miranda tenía que volver al colegio; yo tenía que encontrar empleo. Le pedí a Diego que me llevara con Esmé Moreau y me dijo que para el día siguiente lo haría. Pero amanecimos con la noticia de que el señor Alba se había ido de viaje. Ese mismo día la señora Poncia empezó a revelar su verdadero carácter.

Cuando le pregunté acerca del autobús que pasaba por la carretera, me dijo que la parada era muy difícil de encontrar y se ofreció enseñármela. Fuimos a la carretera hasta ver una estaca de madera con los números 123 pintados en ella de modo muy casual. Me dijo que allí era la parada y regresó a la casa con los niños. Había algo en su actitud que me desasosegaba, algo que en la ceguera de mi dolor no había visto, algo que sentía ahora. Intenté reprimir mis temores. Miranda era una chica muy hábil, muy alerta, y tenía que confiar en sus poderes de cuidarse sola, si fuera necesario.

Esperé mucho rato a que llegara el autobús, pero jamás llegó. Entonces decidí ir caminando hasta el pueblo. Una vez allí, pregunté si había parada de autobuses en la carretera, al kilómetro 123, pero me dijeron que no había tal parada. Se me ocurrió que la señora Poncia me había informado mal a propósito, y con eso entendí que mi presencia en la casa no le era nada agradable, que hasta celosa estaba de mí.

Al llegar a la ciudad, me enfoque en buscar la galería de Esmé Moreau. Hablar con ella me fue muy agradable. Su voz con el ligero acento francés me recordaba a gente que yo conocía en Bruselas. Se vestía de un modo *trés chic*, lo cual me hizo contemplar la ropa que llevaba yo con consternación. Tendría que comprar otra ropa si iba a trabajar en su galería. Luego me llevó a mirar un piso, o un departamento como dicen los mexicanos, y me parecía más que adecuado para mí y para Miranda. El colegio quedaba cerca. Todos los aspectos de mi futuro se empezaban a juntar excepto el dinero. Antes de volver a la casa de Diego, fui a la oficina de telegramas para pedirle a mi padre que me mandara el dinero que necesitaba. Me lo debía.

13

Rosa
Miranda y Diego

En los tres meses que pasamos en la casa, Diego se portó de la manera más caballerosa posible conmigo. Yo estaba muy agradecida y quizá por eso no tenía las defensas tan firmes como debía. Cuando él regresó de viaje me empezó a tratar de un modo muy tierno y eso me afectó demasiado. Diego es un hombre muy persuasivo.

Me hablaba de su viaje: había estado en Cuba. Vino con la piel bronceada y oliendo a puros. Lo que pasaba en Cuba era emocionante; las artes estaban floreciendo bajo el mando de Castro. Las charlas que tuvimos Diego y yo me recordaban a las primeras conversaciones que tenía con René. Cuando Diego me pidió pensar la posibilidad de quedarnos en su casa por unos meses más, le dije que lo tenía que reflexionar, pero realmente no tenía nada de qué pensar. El dinero que me mandó mi padre ni siquiera llegaba a la mitad de lo que necesitaba.

--Y la enseñanza de mi hija? – le pregunté.

--Hay una escuela primaria en Comala. No es de la mejor calidad, pero no importa por tan corto tiempo. La señora Poncia se puede encargar de llevarlos a ella y a Cecilio.

Con la mención de la señora Poncia sentí los pelitos en la nuca erizándose.

--¿Y yo? ¿Cómo hago para trabajar en la galería de Esmé? Son casi dos horas de camino de aquí a la ciudad.

Con esto, Diego pareció crecer. Se puso más amplio; abarcaban aún más sus fuerzas para solucionar las cosas, para enderezar los caminos, para ofrecerme lo que me hacía falta.

--No tienes gran necesidad de trabajar ahora. Además, estás en una condición frágil. Has sufrido un terrible desengaño. Deja que la casa te dé lo que necesitas: tiempo, tranquilidad, alimento tanto para el cuerpo como para el alma.

Sentí las lágrimas en los ojos. Hacía mucho tiempo que una persona no se prestaba así. Con René, yo siempre fui la persona fuerte, la persona que sabía defenderse sola. René me valoraba por mi independencia, pero ahora….

--Acepto. Y te doy las gracias. No sabes lo que esto significa para mí…. –Quise seguir hablando, pero Diego me paró.

--Nada de eso. Eres tú la que me has dado lo que me faltaba.

Diego cerró los ojos, como saboreando con anticipación lo que iba a decir.

--Yo estaba muy solo aquí. Tengo mi trabajo, mis viajes, pero me sentía muy solo. Ahora se oye música, risas, conversación. La casa ha recobrado vida. Miranda es un encanto. Me ha dado tanto gusto tratarla. Y tú….

No pudo terminar. Se apoderó de él una emoción fuerte.

–Nunca he conocido a una mujer como tú – logró decir tras una pausa larga.

Desde entonces las cosas cambiaron entre Diego y yo. Vi que estaba enamorándose de mí. ¿Y yo de él? No quería admitirlo. Me parecía desleal a la memoria de René. Me parecía desleal a la memoria de todo lo que Chile representaba para mí. No. No podía descartar todo eso.

Lo que hice fue dedicarme a mi hija. La llevé a la escuela primaria para inscribirla, pero Diego tenía razón; era malísima. Entonces decidí educarla por mi propia cuenta. Tenía siete años. Ya sabía leer el castellano; yo me empeñaba en enseñarle a leer en inglés y en francés. En fin, una gran parte de la sabiduría de los seres humanos se puede encontrar en los libros. Y Miranda tenía un gran afán por la lectura. Íbamos frecuentemente a las librerías en la capital y así muy pronto los estantes se llenaron de libros juveniles. Y de periódicos y revistas para mí también. Quería estar al día con lo que pasaba en el mundo.

También me dediqué a la pintura. El pintar me calmó frente a las preocupaciones de mi situación.

Una de ellas fue la señora Poncia. Yo no le había dicho nada acerca de la parada de autobuses que no existía, y a lo mejor ella pensaba que me tenía acobardada. Ella siempre mostraba una actitud de *Doña Poncia*: una especie de dominio sobre la casa y sobre todo lo que ocurría allí. Ella se encargaba de la compra de los víveres, de la cocina, de la limpieza y de lavar la ropa. Ella había estado casi toda su vida con Diego. Tenía quince años cuando fue contratada por la madre de Diego, como niñera para su hijo precoz. Supongo que en un tiempo se casó y tuvo a Cecilio. Nadie nunca habló del padre de Cecilio así es que seguí con las dudas sobre su parentesco.

En cuanto a Miranda; ella sí se había enamorado de Diego. Él le hablaba como si fuera adulta; le hizo sentir muy importante, muy respetada. Escuchaba sus historietas con un solemne silencio; reía a sus chistes infantiles. Es más. Diego le contaba cosas que ella nunca había oído en su vida; cosas de los indígenas que vivían aquí antes; y las contaba de manera dramática; emocionante; historias llenas de misterios y melodrama. En el mundo de Diego y Miranda, aún existían las tribus con sus ceremonias y sus sacrificios. Aún viajaban por los terrenos de la casa; aún eran peligrosas.

A Miranda le encantaban esas historias. Alimentaron su imaginación que en todo caso ya era muy activa.

A Cecilio le dio celos la actitud de Diego hacia Miranda. Es natural. Tenía sólo cinco años. Y estaba mimado hasta un extremo por su madre. La señora Poncia no era capaz de ver ni un solo defecto en su hijo. Y tenía unos muy graves. Le gustaba atrapar a los pollitos y cortarles los pies para ver cómo fluía la sangre. También a los gatitos. Daba lástima ver cómo quería Miranda que los gatitos se acercaran a ella, pero como habían sido maltratados por Cecilio, tuvieron miedo y no se dejaron acariciar.

La señora Poncia no perdía la oportunidad de despreciarme; siempre cuando Diego estaba ausente. Recuerdo, como impreso en la memoria, el vestido que compré que luego se desapareció al ser lavado por ella. Lo compré especialmente para cuando volviera Diego de un viaje a Nueva York. Simplemente quería verme bien. Pero el vestido no estaba en la cesta de ropa seca, y cuando se lo pregunté, dijo nunca había estado en la cesta. Que ni siquiera conocía ese vestido. Que nunca lo había visto. Hasta se molestó conmigo por haberle acusado injustamente.

Luego hablaba mal de mí a Diego. Nunca tuvo efecto con la excepción de una vez. Una noche, muy entrada en la noche, Diego llegó cansado de un viaje. La señora Poncia, que nunca pasaba la noche en la casa, había decidido quedarse. Esperó a que entrara Diego, y le dijo que ella me vio a mí salir de su taller con unos dibujos en la mano. Diego fue inmediatamente al taller y los dibujos no estaban. El día siguiente Diego me preguntó, y me encontré en la posición ridícula de defenderme como un criminal común y corriente. ¿Qué quería yo con esos dibujos? La señora Poncia le había dicho a Diego que los mismos diseños aparecían en unos cuadros míos. No hay nada más feo para un artista que ser acusado de fraude. Pero cuando Diego pidió ver mis más recientes cuadros, sí había una semblanza entre lo que yo había pintado y los dibujos robados. No sé cómo lo hizo, pero la señora Poncia logró ponerme en una situación bastante incómoda.

Lo que sí tenía de bueno la señora Poncia eran sus habilidades culinarias. Las cenas que nos preparaba eran experiencias riquísimas. Empleaba toda clase de especias, sobre todo las que se encontraban por allí, como el epazote y el cilantro. Comí por primera vez las tunas, comí por primera vez el mole. Nunca había comido cosas tan ricas. Y, como siempre había vino en abundancia, las cenas en la casa de Diego Alba se ponían muy alegres.

Fue entonces que me empezaba a sentir mareada después de cenar. Creí que fueron mis nervios, mi nerviosismo. Tantas cosas me habían pasado en los últimos meses: muertes, engaños, mentiras, pérdidas. Era lógico pensar que mi estado de ánimo me afectaba el cuerpo.

Pero fueron demasiadas casualidades. Me sentía bien durante todo el día y luego, justo después de la cena, me sentía mal. Sufría de náuseas, de mareos. Vomitaba. Sentía que no me funcionaban bien las piernas. Sentía que mis ojos estaban blindados de alguna forma. Me daban enormes ganas de irme a acostar. De encerrarme en mi cuarto. De no hablar con nadie. Se me fue el hambre. Me quedaba floja la ropa que siempre usaba. No sabía qué me pasaba.

14

Rosa
Poncia en el pueblo

Pasó un largo periodo de tiempo en que Diego no viajó y no sentía las náuseas. La memoria de aquello quedó casi completamente olvidada.

Así es que físicamente me sentía bien, pero mi sexto sentido empezó a sentir que algo terriblemente mal ocurría en la casa. Diego nos contó que el sitio donde estaba construida la casa siempre había estado ocupado -- desde antes de la época en que las ruinas arqueológicas fueron construidas. Es decir, había siglos de historia amontonados sobre ella, como un gran polvo de espíritus -- cubriendo todo, metiéndose en todos los rinconcitos, en todos los espacios. Yo sé que es absurdo, pero sentía que había fuerzas malévolas allí. En ciertos cuartos los muebles cambiaron de posición inexplicablemente, como atrapando o haciéndole tropezar a la persona adentro; por debajo de las puertas de repente entraban corrientes de aire frígido para luego cambiar a tibio; las cosas se perdían para luego reaparecer en el mismo lugar donde habían estado; las cortinas se movían estando cerradas las ventanas, o igual de inexplicable, no se movían a pesar del aire que entraba por las ventanas abiertas; se oscurecía adentro de la casa como hacer pensar que el día se había puesto nublado, y al salir se veía el cielo completamente despejado.

No me atrevía a decirle a Diego lo que me pasaba, por lo ridículo que sonaba. La casa que él había construida era una hermosura y los jardines un encanto. Pero por debajo de todo aquello vivía alguna fuerza contraria. En toda mi vida no había sentido nada parecido; de hecho, mis características más sobresalientes son el pragmatismo, la seriedad, la concentración, la lógica. Me costaba creer en algo tan claramente anticientífico, pero no podía evitarlo. La señora Poncia decía que la casa respiraba, que veía, que escuchaba lo que decía la gente. Siempre que hablaba así, Diego se reía, Miranda se maravillaba, pero yo me desconcertaba profundamente.

Una cosa sí le comenté a Diego. Le pedí que pusiera una puerta en el muro que circundaba los terrenos. Por la misma sofocación que a veces sentía adentro de la casa, solía salir a dar vueltas en los terrenos, y quería ir caminando al pueblo. Andar a pie por la carretera era peligrosa, como me di cuenta aquel día que la señora Poncia me despistó, por los autos que venían a alta velocidad y el poco espacio que había al costado. Cuando se lo expliqué, Diego no tardó en construir una pequeña puerta en el muro. Estaba muy bien escondida y así podía escapar de vez en cuando sin que nadie me viera. Eso me gustó. No sé por qué.

Un día por la tarde yo vagaba por las calles de Comala cuando vi a la señora Poncia salir de su casa. Era domingo, el único día que ella no trabajaba en la casa de Diego. Sonaban las campanas de la iglesia e iba vestida para ir a misa. Desde el interior de la casa se oía una voz masculina gritándole que regresara. Poncia no le hizo caso. Llegó a la siguiente manzana. Con un portazo salió el hombre que le gritaba y corriendo él la alcanzó. La agarró del brazo, pero ella resistía. La señora Poncia era bajita pero fornida y sabía defenderse. Hubo un forcejeo. Pero ella no pudo con él y los dos volvieron a la casa.

Cuando volví yo, encontré a Diego y a Miranda leyendo juntos. Era una escena de tanta tranquilidad doméstica que no quería mencionar nada para no destruirla. Más tarde, no veía la necesidad de decírselo a Diego.

A lo mejor él ya conocía la situación. Esa clase de cosas siempre se saben en los pueblos como Comala.

Si las circunstancias de la señora Poncia eran desagradables, su carácter era aún más feo. Y fue peor todavía cuando empezó a maltratar a Miranda. Eran cosas sutiles. Insultos murmurados en voz baja, insinuaciones, miradas despectivas. Yo no le decía nada a Diego porque no tenía evidencia. La misma Miranda parecía inconsciente de las perversiones de Poncia. Yo no quería que la situación degenerara a una discusión de su palabra versus la mía. Poncia y Diego tenían una larga historia juntos; ella no dejaba de contarme cómo llegó a los quince años a la casa de los Alba; contratado por la madre de Diego cuando el niño todavía andaba a gatas. Yo no me sentía con el derecho de meterme en medio de esa relación, sobre todo si el asunto era tan intangible.

Pero eso cambió el día que descubrí a Poncia contándole una historia horrorosa a mi hija. Se trataba de una tribu de antaño, gente guerrera que peleaba con los aztecas que querían dominarla. Poncia hablaba como si la tribu todavía existiera. Describía cómo los guerreros atacaron el pueblo azteca, con lujo de detalles sobre el lanzamiento de las flechas y la sangre que corría.

--Pero, ¿por qué lo atacaron? – preguntó Miranda.

--Para llevarse a las mujeres. Y a los niños.

--Y luego, ¿qué hacían con ellos?

--A las mujeres las mete una cosa para que queden embarazadas. Y a los niños, los entrenan para ser parte de la tribu.

Se puso perpleja la niña. Tras una pausa, dijo Miranda:

--No creo que a los niños les vaya a gustar. Yo quisiera tener a mi mismo padre siempre.

Sentí un llanto que apenas pude reprimir. René ya no estaba para ser su padre.

--Pero ahora los niños son parte de la tribu que ganó—explicó la señora Poncia. -- Los más fuertes. ¿No es mejor?

--No sé—dijo mi hija con la voz incierta.

--Y al llegar a grandes los niños, se vuelven guerreros. Ser guerrero es lo mejor que puede hacer un hombre.

Pasaron unos segundos de silencio. Pensé interrumpir a este punto, pero de repente la señora Poncia reanudó la charla.

--Cecilio está entrenando para ser guerrero. El señor Diego le está haciendo un cuchillo como los que usan ellos. Has de ver la punta. Es filosa como no te imaginas.

--¿Cecilio va a matar a gente?

--Pues, sólo a sus enemigos – dijo ella.

A esta altura, tuve que parar la historia. Vi que Miranda empezaba a inquietarse. Además, ahora tenía suficiente evidencia para delatarla ante Diego.

Pero cuando se lo conté, Diego no lo tomó en serio. Dijo que a todos los niños les fascinan las historias espantosas.

--Además -- siguió Diego sonriendo, --la señora Poncia no es más que una pobre bruja. Déjala en paz.

--¿Pero lo de Cecilio? ¿Qué está entrenándose para guerrero? ¿Qué le estás fabricando un cuchillo? – le pregunté horrorizada.

--No le hagas caso. Poncia es así.

Cuando quise reafirmar mi disgusto, Diego no me dejó. Me dijo que esperara y salió del cuarto. Cuando regresó, me mostró algo hermoso.

--Yo sí estoy fabricando algo de obsidiana, pero no es un arma de guerra.

Abrió una pequeña caja de madera pulida, y adentro, en un cojín de terciopelo, había dos pinceles para pintar. Uno más grande que el otro. Eran preciosos. Brillantes, finos.

--Para ti. Para que tengas algo bonito en la mano. Porque estas manos….

Cogió mis manos en las suyas. –Estas manos lo merecen.

No pude más que abrazarlo y él me devolvió el abrazo con todavía más ternura. Me besó. Nos besamos. El mundo se llenó de besos, se llenó de su cara, de su respiración agitada, de sus manos temblantes. Todo lo demás retrocedió.

--Necesito decirte algo, algo muy importante – le dije.

Diego se apartó de mí.

--No me gusta esta seriedad. ¿Qué es?

Y luego se lo dije. Le conté de mi vida en Chile, de René, del "intercambio de favores" que me exigió mi padre, del intento de hacerle caer en la ruina. Ya no aguantaba el peso de las mentiras. En ese momento, yo sentía que quería mucho a Diego Alba y no podía haber mentiras entre nosotros. Sin embargo, no le dije nada de mi infancia en Bloemfontein, ni nada de mis hermanas y muy poco de mi vida en Bruselas. Un presentimiento me hizo guardar todo aquello.

Pero luego pasó algo inesperado. Diego se enojó. Se puso furioso. Creí que me iba a escuchar con comprensión, con perdón, pero no fue así. Se le oscureció el rostro, se formó una mueca de desdén en la boca. Se volteó para darme la espalda.

--Y cuando nos conocimos en la galería, cuanto te traje aquí a la casa, cuando te ofrecí todo lo que estuviera a mi alcance para ayudarte, ¿cómo es posible?

No dije nada.

--¿Y ahora, a estas alturas, después de pasar seis meses conmigo, es cuando decides librarte de las mentiras?

Me sentía de lo peor.

--Perdóname. No he estado bien desde que murió mi marido – le respondí casi ahogándome al pronunciar las palabras.

Pasamos un largo rato de silencio. Por fin Diego se volteó hacia mí y me miró con una sonrisa comedida.

--Ven.

Me envolvió en los brazos como un oso, como una manta de seda, como un árbol en que me escondía en lo alto de las ramas.

--Somos dos pinceles de obsidiana—dijo él. –Y ahora debemos empezar a pintar, ¿no crees?

--Sí – le dije.

15

Rosa
Nubes negras y blancas

Me ayudó mucho estar en la casa de Diego con la consciencia clara, pero todavía sufría momentos de pura angustia. Venían sin aviso, como un ataque. Sentía que se me cortaba la respiración, que el aire no entraba en los pulmones; me daban mareos; creía que me iba a morir. La imagen de René siendo torturado por la DINA --aunque no lo vi en persona, podía muy bien imaginarlo – me perseguía. En esos momentos no pude más que sentarme en el suelo, sin importarme dónde. Luego si no lograba recuperarme, tenía que acostarme boca abajo desesperadamente buscando un soplo de aire. Por pura suerte, nunca me tocó un ataque cuando estaba en presencia de alguien. Miranda nunca me vio así, gracias a Dios.

Luego a veces me entraba una depresión que no me permitía levantarme de la cama. No tenía la energía. Tenía entonces que llamar a la señora Poncia para que se encargara de la niña, lo cual siempre le daba a ella una perversa alegría. No sé las historias que le contaba; no sé qué más cosas feas le hizo, no sé si le perjudicó de alguna forma que no se le notaba en el momento pero que más tarde sería horripilante. No sabía. Me quedaba con las dudas, paralizada por la angustia y el miedo. Aquellos fueron momentos espeluznantes.

Pero a pesar de todo esto, logré un mejoramiento. Ocurrían menos frecuentemente los ataques y las depresiones. Podía comer, hablar, darles las lecciones a los niños, pintar. También me ayudaron las caminatas que daba en el bosque. Muchas veces andaba hasta el pueblo.

Comala me parecía un pueblo raro. La gente no se saludaba al pasar por las calles; las tiendas no obedecían ninguna regla para abrir o cerrar; a la hora de la siesta reinaba un silencio tan profundo que el pueblo parecía abandonado. Yo había vivido en Bloemfontein, Sud África, en Bruselas y en Santiago de Chile, pero en ninguno de esos lugares sentía lo que sentía en Comala. Sin embargo, me gustaba andar allí, quizá por el mismo malestar que me embrujaba a mí.

Pasó entonces algo que me dio aún más razón para seguir luchando. Diego pidió retratarme.

Me hizo sentar de muchas maneras; me puso en diferentes posiciones; me manipuló como maniquí. Y el toque de sus manos en mi cara y en mi cuerpo funcionó como una especie de medicina para mi alma. Su mirada intensa mientras pintaba me llenó de tranquilidad, llenó el terrible vacío en mi mente. Las melodías que cantaba en voz baja mientras trabajaba me relajaron. Y cuando terminó el cuadro, fue como si una nube negra se levantara. La imagen de mí era una hermosura. Diego capturó alguna esencia mía que no se me veía en la cara, sino que existía sólo en el espíritu: valentía, pragmatismo, resistencia. Me encantó el cuadro.

Estaba claro que Diego estaba enamorado de mí. ¿Y yo de él? Todavía no podía dejarme sentirlo plenamente. Me expresaba en la música, en el arte. Pinté. Leí. Cuidé a mi hija. Así pasó el año.

Me sentía mucho mejor cuando ocurrió una cosa que, curiosamente, no era totalmente inesperada. De algún modo yo sabía que mi madre no estaba bien. Lo presentía. Cuando recibí la noticia de su muerte, apenas me sorprendía. No sentí el susto que se supone que uno siente en esas ocasiones.

Me dijeron que sufrió una sobredosis. Casi no importaba la razón; su muerte pasó como las lluvias templadas que caían sobre Bruselas; insistentes y húmedas, pero sin violencia. Lo que más sentí fue angustia por mis hermanas. Lea tenía dieciocho años, Nikita dieciséis. Ellas podían cuidar a Adriana, que tenía doce. Pero sin madre les iba a ser difícil. Y nuestro padre había demostrado ser inútil; moralmente vacío.

Fui a Bruselas. Fue inmensamente grato estar de nuevo con mis hermanas. Lea estaba en un delirio al volverme a ver y yo me sentía igual. Junto con Nikita, nos sentábamos por largos ratos, hablando poco, pero cogidas de la mano las tres. Adriana dibujaba sentada en el suelo a nuestros pies. Mi padre había regresado de Chile, pero hablé muy poco con él. Nadie se fijó en eso. Estábamos todos tan envueltos en la tristeza que las cosas normales de la vida --comer, vestirse, conversar – sucedían automáticamente y a nadie le importaban. Regresé a México con un gran peso en el alma y una preocupación enorme por las tres niñas Burleigh: tan jóvenes y tan solas.

Cuando volví a México Diego dijo que tenía algo importante que decirme. ¿Quería casarme con él? Tras un momento de pensar, le dije que sí. Fue una especie de rendición. La vida había puesto tantos obstáculos en mi camino que ahora tenía ganas sólo de descansar, de recuperarme. Y en la casa de Diego Alba, eso podía hacer. ¿Quería yo a Diego? No sabría decir. No sabía si era amor u otra cosa lo que me impulsó al matrimonio. Pero en todo caso, las cosas se iban a solucionar.

16

Rosa
Comala

La cena que preparó la señora Poncia la noche que volví de Bruselas fue la más exquisita que jamás había probado: pechuga de pato con una salsa picante y dulce; arroz con champiñones, un cremoso flan con canela. No pude imaginar cómo una mujer de provincia supiera cocinar tan bien, pero no quería preguntárselo porque eso le daría más razón para despreciarme. Había siempre una rivalidad entre Poncia y yo para aparecer más lista que la otra; aunque me era repugnante la idea de competir con ella, no podía evitarlo.

Unas horas después de la cena sentí un leve malestar en el estómago. Creí que fueron los nervios; el matrimonio con Diego se me vino encima. O quizá fuera el champán, que había tomado mucho. Pero pronto se resolvió. Esa noche en la recámara de Diego, hicimos el amor. Fueron momentos tiernos, apasionados, muy dulces. Pero no logré borrar del todo la imagen de René. A lo mejor, nunca podré hacer que René no esté presente de alguna forma en mi memoria. René fue mi primer amor. Siempre lo será.

El día siguiente Miranda adivinó que algo había cambiado en la casa. Cuando le dije que pronto Diego sería como un nuevo papá para ella, me dijo que desde hacía mucho lo era. Me preguntó cuándo le iba a dar un hermanito o una hermanita. ¿Cómo conocía Miranda la manera de crear hermanitos? Yo nunca le había hablado de aquello.

--La señora Poncia me lo explicó – dijo la niña. Sentí arder mi odio por esa mujer.

--Dice que yo me voy a casar con Cecilio.

Esto fue el colmo. No podía permitirle actuar así con mi hija. Fui a hablar con Diego, y él me prometió poner fin a su actitud. Tuve que conformarme con una promesa que realmente no prometió nada porque la señora Poncia no se iba de la casa, y unas pocas palabras por parte de Diego no cambiaría nada.

Estaba molesta. Salí de la casa. Llegué a la puerta en el muro que daba acceso al mundo de afuera. La di un portazo al salir.

Había poca gente en el pueblo. Caminaba por una calle solitaria, y en el silencio se podía oír los taconazos furiosos de mis zapatos.

De repente sentí que alguien andaba a mis espaldas. Me volteé y vi que fue el hombre que le gritó a la señora Poncia aquel día. Sentí una oleada de miedo. Caminé más rápido. Él me seguía. Di la vuelta en la esquina y él seguía tras de mí. Miré a mi alrededor y no había nadie a quien acudir. Ni un alma. Todas las puertas cerradas. Intentó dominar mi pánico y no correr. Pero sentí que los pasos se acercaban. Empecé a correr.

Más rápido que pensé posible, el hombre me tenía atrapada. Me hizo retroceder hasta estar aplastada en la pared. Con una mano suya tenía las dos mías y con la otra, tapaba mi boca.

--Si gritas te corto. ¿Entiendes?

Moví la cabeza para indicar que sí. Él se quedó un largo rato así, como para hacerme entender que era imposible resistir. Lentamente quitó su mano de mi boca. Me miró, su cabeza inclinada a un lado como un comprador contemplando su mercancía. Intentó besarme, pero no era un beso. Era un ataque. Su barba a medio crecer me rasguño, su aliento olía a alcohol. Sus labios eran horriblemente duros. Quiso meter su lengua. Al mismo tiempo metió la mano por debajo de mi falda y me jaló los calzoncillos para abajo. Metió su horroroso dedo donde recientemente había estado la mano de Diego. En ese momento grité.

El hombre me soltó y se fue corriendo. Arreglé mi ropa interior lo mejor que pude con las manos temblando, y miré para ver si había alguien que me pudiera ayudar, pero no había nadie. Nadie lo había visto. Nadie había oído. No llores, Rosa me dije yo. No llores.

Cuando le conté a Diego lo ocurrido, se puso rabioso, enfurecido. No hay palabras suficientes para describir su furia. Apenas esperó a que terminara de contarle para subir al carro y con un chorro de grava que salía por debajo de las llantas, se fue.

Creí que se iba a la comisaría de policía, pero no. Más tarde me explicó que sabía exactamente dónde encontrar a ese hombre. Le hizo pagar muy caro, según la explicación de Diego.

--Ya no tiene dedos intactos – me dijo.

Yo por mi parte, me sentía como en el viejo oeste del siglo pasado: que la violencia se paga con violencia sin nada de policías, ni de cortes ni de jueces, ni de leyes ni reglas. México me parecía por primera vez, un país del tercer mundo, y me hizo extrañar a Bruselas. Jamás me habría pasado una cosa similar allí.

Pero tampoco había personas como Diego en Bruselas. Personas capaces de hacer lo que él hizo. La venganza es una emoción primitiva, pero uno la siente a pesar del nivel de cultura. Yo en ese momento percibía el amor que Diego guardaba por mí como una fuerza más poderosa de cualquier policía, cualquier medio oficial, cualquier remedio que la cultura me ofreciera. Esa noche Diego me colmó de besos en todo el cuerpo, borrando por completo la mancha que ese hombre había dejado en mí.

17

Rosa
El tartán escoses

Volvieron otra vez las náuseas y mareos. Creí estar embarazada, pero no.

La casa seguía con sus embrujos. Me perdía constantemente en ella. Tropezaba con los objetos, con las paredes.

Diego salió de viaje, aunque le rogué que no fuera.

Cuando regresó, estuve peor.

Me llevó con un médico en la ciudad, pero no él encontró nada aparte de una presión baja de la sangre. Logré mandar una carta a mi padre, pero sin estar segura si la carta tenía sentido. El bolígrafo parecía tener voluntad propia y se me iba de un lado al otro de la hoja.

Miranda se desaparecía por largos ratos, pero no tenía la energía para localizarla. Luego venía a jugar con su Barbie conmigo en la cama. Decía que le había puesto el nombre de Minx. No entendí muy bien lo que me contaba.

La señora Poncia me traía la comida a la recámara porque no podía mantenerme sentada en el comedor.

A duras penas fui al taller de Diego para pedirle que me ayudara. Él estaba muy metido en su trabajo y apenas me hizo caso. Sentí a que me iba a morir. Tenía mucha sed y tomé el agua de sandía que había en la mesa. Era deliciosa y empecé a sentirme un poco mejor, pero muy débil. Fui otra vez a acostarme.

Pero cuando me desperté, me sentía mal otra vez. Muy mal. Localicé mi diario para apuntar allí lo que me pasaba. Me dio fuerzas acariciar el tartán escoses de la portada del diario. Ese diario me regaló mi madre. Pensar en ella también me dio fuerzas. De repente se me vino encima toda la tristeza que debí haber sentido cuando murió; esa tristeza que no sentí en el momento porque estaba tan metida en las complicaciones de Diego, de su casa, de mi existencia en ella. Me di cuenta de que extrañaba a mi madre con toda el alma. Extrañaba a la familia mía, el poder estar con ellos sin los problemas que ahora me rodean. ¿Por qué se deshizo así? Me siento mal. Tan mal.

18

Leonora
Árboles y muros

La dirección era algo misteriosa a mi parecer: Km. 123, Carretera México-Comala, y peor todavía porque, debido al chocolate que manchó el sobre, el número podría ser o 123 o 163; era imposible descifrar.

--Ah, Comala. Eso queda rumbo a las ruinas-- dijo la señora de la casa de huéspedes.

Ella nos había mostrado cierto cuidado maternal, seguramente porque tenía una hija de mi misma edad, y porque nos miraba como las dos huérfanas que éramos; andando a la deriva en la Ciudad de México.

Habíamos abandonado Bruselas sin mucha tristeza. ¿Qué nos detenía allí? Nada-- solo una familia quebrada y un pasado hecho pedazos. Y algo, algo, alguna cosa material o espiritual, algo que se había agotado en Europa, me llamaba desde el continente de las américas.

--Tendrás que irte primero en autobús hasta el pueblo, y de allí en combi. Pregúntale al chofer de la combi por la dirección. Él te podrá orientar-- dijo ella, con una expresión de duda en la cara.

La estación de autobuses estaba hasta el colmo de gente y me costó trabajo encontrar el autobús que nos correspondía. Subimos con la muchedumbre y nos tocó estar de pie hasta que se desocuparon unos asientos.

En el autobús viajaba gente de varias clases, pero como nos alejábamos del centro de la ciudad, se iban bajando los más prósperos hasta dejarnos rodeadas de gente muy pobre.

Me sentía muy alerta. Y muy feliz. Los quince días que llevaba en México habían sido todos y cada uno de ellos, como un viaje largo y emocionante. Yo apenas comía. Apenas dormía. Cuando andaba por las calles, los chicos me seguían con sus ojos, me decían cosas. Y hasta los señores de traje y corbata me miraban. Había una vitalidad en la gente que ya no se sentía desde hacía mucho en Bruselas.

La ciudad me encantaba al igual que me parecía cruda: había pobreza; había pordioseros. Había unas cuantas calles en el centro que eran modernas y lógicas y que me recordaban a las calles de Bruselas, pero también había una gran parte de la ciudad que era áspera, tosca. Yo transitaba esas calles incansablemente: mirando y absorbiendo, sintiendo los picantes olores de la comida que se preparaba al aire libre, oyendo a la gente gritando, oyendo la música de una gente todavía sin pulir.

Mirando por la ventanilla del autobús rumbo a Comala, observé que las calles eran anchas, de muchos carriles, pero tenían poco tránsito. En los cruces de las calles había un solo semáforo colgándose flojamente de las cuerdas de arriba. Los edificios no se veían muy viejos, pero muchos estaban clausurados. Era difícil saber si en algún tiempo funcionaban o si nunca llegaron a abrir siquiera.

Pasamos colonias de viviendas: las casas pequeñitas y todas iguales; esto después de atravesar grandes distancias sin población alguna. Me entabló en conversación una señora. Al pasar una de las colonias nuevas, ella comentaba que recientemente hubo un gran escándalo en esa misma. Se enfermaron muchos niños a causa de las inundaciones; que la colonia se veía bonita y muy bien hecha, pero que cuando la construyeron, no pusieron la alcantarilla adecuada y cada vez que caía un aguacero, se inundaba toda la colonia de las aguas residuales.

--¿Y con qué frecuencia caen los aguaceros? -- le pregunté. Pensaba en Bruselas, una ciudad donde caen sólo lluvias templadas.

--Usted no es de aquí, ¿verdad? Bueno, ahora no es tiempo de lluvia, pero cuando es tiempo de lluvia, caen diariamente.

--¿Y nunca vinieron a arreglar el drenaje?

--Pues, no. Así son las cosas. A los responsables ya les pagaron y no hay más remedio.

Volví a pensar en Bruselas, una ciudad tan nítidamente cuidada, de parques y flores, un lugar moribundo de burócratas y detallistas.

Por fin llegó el autobús al pueblo. No se bajó nadie más que nosotras dos. Era la hora de la siesta y todo estaba cerrado. Hacia frio y Adriana muy pronto empezó a lloriquear. Que sed tenía; que hambre tenía... pero todo dicho a su manera que sólo yo podía entenderla. Le presté mi jersey cuando la vi tiritando. De combis, no vi ninguna. No nos quedó más que esperar.

Por el otro lado de la plaza se extendía una calle larga, y al final se veía el campo, y más allá, una línea de montañas. Reinaba un silencio profundo, que era de esperar siendo la hora de la siesta, pero era un silencio pesado, aplastador, que callaba a todo incluyendo a Adriana. Nos sentamos a esperar.

Cuando por fin regresaban los aldeanos a reabrir las tiendas, nos miraron como bichos raros. Quizás por la ropa que llevábamos, quizás por la actitud de incertidumbre que se mostraba en nuestras caras.

--¿Km. 123? Pues, eso ha de quedar por allá-- me contestó la primera persona a quién yo le pedí ayuda. Me señaló con el dedo hacia las afueras del pueblo, por un camino largo y recto.

Tras veinte minutos de caminar, me di cuenta que no llegábamos a ningún sitio, así es que volvimos a la plaza principal. Pregunté a un señor quien me orientó en el sentido opuesto.

--Siga usted por aquí dos cuadras, y luego verá el panteón. Allí se da vuelta a la izquierda y verá una calle cuesta abajo. Ésa la llevará a la carretera.

--Y ¿las combis? -- pregunté.

--Aquí no hay combis, señorita-- me contestó.

Seguimos como el señor nos había señalado, pero tampoco así llegamos a la carretera. Otra vez volvimos a la plaza. Decidí preguntar a varias personas antes de volver a caminar, para saber si coincidieron los consejos.

Ningunas de las sugerencias eran iguales. Y conforme iba preguntando, la gente se ponía más recelosa, como si supiera de antemano mi pregunta y se fastidiara con mi súplica. Aumentaba el frio.

Recordé unas palabras de la carta de Diego, donde hablaba de una acequia que pasaba por los terrenos de su casa. Habíamos visto una acequia anteriormente; así que regresamos a ella y la empezamos a seguir.

Entre más lejos del centro del pueblo más descuidado se veía el ambiente. Al fondo de la acequia fluía lentamente un chorrito de agua sucia. Había pocas casas y las que había, no tenían número. No había acera y era necesario caminar con cuidado porque había distintos tipos de pavimento en la calle: ladrillo, piedras, concreto mal puesto. En partes no había pavimento. No había árboles, no había flores más que unas marchitadas y olvidadas en las macetas al lado de las puertas de algunas casas. El aire olía a basura quemada y a caca de perro. Sin embargo, me sentía muy bien, muy viva.

Cuando vi a un niño de unos nueve años, le pregunté con un poco de ansiedad por la carretera, y me respondió:

--Ah, ésta es la carretera.

--¿Ésta? -- le dije perpleja.

--Si señorita.

Así es que íbamos bien. O por lo menos íbamos en la carretera correcta; quién sabe si en sentido correcto. Pero lo único que nos quedaba era seguir.

Caminamos dos horas. Poco a poco dejamos atrás las casas y caminamos en puro campo. Poco a poco nos quedaban atrás la suciedad y el desorden del pueblo, y me entraba una especie de paz. El campo, que al principio tenía muy pocos árboles y muy poca vegetación, empezaba a parecer más verde. La aridez se empezaba a disminuir y sentí la fragancia de unas matas que no conocía. Ahora en vez de piedras y lomas desnudas, empezaba a verse pasto y arbustos, y los árboles eran altos y anchos. En la distancia vi lo que me parecía un largo muro de piedras oscuros que se extendía hasta el horizonte. Nos dirigimos hacia allá.

Era larguísimo el muro; y aunque no era muy alto, era lo suficientemente alto que no podíamos ver más allá de él. Lo seguimos por mucho tiempo hasta por fin dar con un pequeño hueco. A Adriana le dio miedo y no quiso entrar, pero yo sí. Al fondo había una puerta de madera; muy rústica pero maciza y bien hecha. Intenté abrirla, pero no se movía un centímetro. En la penumbra se vislumbraba un pequeñísimo cartel de estaño que decía: No. 123.

Volví donde me esperaba Adriana.

--Aquí es-- le dije con entusiasmo. Ella me miró con la cara borrada de cualquier expresión. De repente sentí caer todos mis ánimos. Sí, aquí era, pero ahora ¿qué? Yo había decidido buscar la casa de Diego Alba para hacer....¿qué? Yo había decidido abandonar el único hogar que antes conocíamos para venir hasta acá, para luego descubrir... ¿qué cosa? Yo había desarraigado a la pobre Adriana, la había traído hasta aquí, ¿con qué fin? Hasta el momento no me había dudado de mí misma, aun sin tener una meta final en mente, pero ahora sentí desplomar todos mis planes. Yo había querido investigar a Diego, yo quería penetrar en su vida.... con el fin de..... ¿vengarme? ¿De quitarme de las injusticias que hasta el momento me perseguían? Era como si la deshonra de mi padre, la muerte de mi madre y la muerte de mi hermana se hubieran juntado en una sola expresión de furia. Y esa furia se concentraba en la persona de Diego.

Frente al muro me sentía impotente. Cerré ferozmente los puños sin querer, hasta que sentí dolor, respiré agitadamente, apreté los dientes. Sentí el apogeo de la frustración.

Pero no vi que se armaba una idea muy dentro de mí. Apenas estaba consciente de ella; me llegaba desde muy lejos y sólo por pedacitos. Se dice que Dios está en los detalles y si así es, tenía que darle las gracias. Poco a poco los detalles de un plan se iban formando en mi mente.

19

Leonora
El plan I

La solución completa me llegó en un sueño.

En aquel modo peculiar de los sueños, yo me veía a mí misma de espaldas, sentada frente a un escritorio, escribiendo a máquina. Oigo el tac tac de las teclas. De repente puedo ver por mis propios ojos, la carta que se va escribiendo.

Muy señor Mío:

La presente es para informarle de la próxima investigación sobre el seguro de vida de la fallecida Rosa C. Burleigh. Es menester siempre en casos de muerte accidental investigarlos antes de suministrar al beneficiario los fondos correspondientes.

Favor de indicar su disponibilidad para el día 15 de noviembre, 1979 por medio de una carta escrita a nuestras oficinas. Si no hay inconvenientes, se presentará a su domicilio la Lic. Margarita López a las tres de la tarde para llevar a cabo la investigación. Necesitará hablar con toda persona que haya habitado la casa durante el periodo de 6 de abril de 1978 a 11 de abril de 1978.

Le rogamos nos disculpe la molestia.

Atentamente,

Cuando me desperté me temblaron las manos de la audacia del mi plan. ¿Entrar en la casa de Diego Alba disfrazada de una representante de una compañía de seguros; interrogarles a las personas; fingir estar escribiendo un reporte?

De niña me aplaudían las pequeñas actuaciones que hacia: ésta tendría que ser la mejor de todas.

Durante los siguientes días me empeñé en solucionar los detalles. ¿Dónde conseguir una hoja de papel con el membrete de una compañía de seguros? ¿Cómo escribir la carta a máquina? Y por encima de todo eso: ¿Cómo disfrazarme? Porque sólo disfrazada podía presentarme en la casa de Diego Alba. Me preocupaba la posibilidad de que Diego viera alguna semblanza familiar. De jóvenes, Rosa y yo nos parecíamos mucho y aunque con los años se habían cambiado nuestras apariencias, todavía existían facciones que indicaban un parecido familiar. Necesitaba parecerme mayor, bastante mayor. Seguramente Diego sabía que Rosa era la mayor de las cuatro hermanas; con verme aun mayor se imposibilitaría la conexión.

En cuanto al papel para la carta, tras mucho pensar se me ocurrió lo más sencillo de todo: pedir en una papelería una cantidad de hojas con el membrete inventado por mí misma; usar la dirección de la casa de huéspedes como la de mi ficticia compañía; y por fin-- simplemente comprar una máquina de escribir. Una maquina usada quizá no sería muy costosa.

En todo esto creí sentir la presencia de Rosa, creí sentir que me inspiraba, que me prestaba su astucia, que me brindaba la inteligencia que necesitaba.

Uno por uno, iba consiguiendo los materiales necesarios. Cuando por fin metí la carta en el buzón, era con una emoción desbordante. Aquella noche dormí profundamente por vez primera desde mi llegada a México.

Me llegó más pronto de lo que pensaba la carta que envió Diego, y me alegró leer que el día le convenía. Pero había más. Decía la carta que como el camino a su casa era muy malo, sería mejor que nos encontráramos en el pueblo de Comala, y que de allí nos trasladáramos a la casa en su automóvil. También si era necesario más de un día para las entrevistas, que me quedara en la casa los días necesarios. Todo me parecía correcto y hasta mejor de lo que yo pensaba.

Lo único que me preocupaba era qué hacer con Adriana. Pero igual, eso se solucionó fácilmente. La señora de la casa de huéspedes se había encariñado mucho con ella y aceptó de buena gana la idea de cuidarla durante mi ausencia.

Se acercaba el día. Yo ensayaba con el caminar, con el maquillaje, con el habla de una señora profesional. Practicaba con el nombre y demás datos de la supuesta compañía de seguros. En cierto modo, no era tan de mentira lo que proponía hacer: entrevistar a las personas que estaban en la casa cuando murió Rosa para descubrir cómo murió. Sólo que éste era asunto mío en vez de una cosa oficial. Me gustaba la idea de hacerme de detective. Muy pronto conocería al tan famoso Diego Alba; muy pronto estaría bajo el mismo techo donde por un tiempo, vivió mi hermana. Muy pronto tocaría las cosas que ella tocaba, me sentaría en las sillas donde ella se sentaba, muy pronto vería a Miranda, mi sobrina, la hija de mi querida hermana Rosa.

20

Leonora
El Plan II

El coche era negro y muy grande, con las ventanillas sombreadas. Me recordaba al auto que llevaba a mi padre por las calles de Bruselas cuando viajaba por razones de trabajo: lleno de secretos y tensiones. Rápidamente me eché una mirada en el reflejo del escaparate: sí, toda una cincuentona me parecía: robusta, un poco fea. Llevaba el pelo canoso gracias a las atenciones de una peluquera que quedó muy perpleja con mi petición, una falda café oscuro que me llegaba justo debajo de la rodilla, una blusa blanca de la más anodina, pantimedias gruesas y zapatos de tacón bajo. Cargaba la máquina de escribir y un portafolio negro lleno de la papelería de la compañía de seguros.

En los días anteriores pensaba obsesivamente en el pintor, oscilando entre varias emociones distintas. Por un lado, sentí por Diego Alba un receloso disgusto. La carta que me mandó a Bruselas no explicaba nada; sólo decía que Rosa no había querido un funeral. Pero, ¿cómo estar seguro de que fuera ella y no él quién lo había deseado? La carta no explicaba nada sobre el accidente: ¿qué tipo de accidente? ¿Cómo ocurrió? La carta no decía nada sobre la relación entre ellos: ¿se llevaban bien? ¿Se querían? La carta no hablaba de cómo estaba Rosa en aquellos días: ¿feliz? ¿deprimida?

¿A qué se dedicaba en ese periodo: ¿trabajaba? En Bruselas, después de recibir su carta, yo le había enviado una a Diego con todas estas preguntas y más, pero jamás me contestó. Le mandé otra y tampoco la contestó. Nikita me comentó que el correo en México no era muy seguro y que posiblemente las cartas se hubieran extraviado, pero ¿dos cartas? No. No fue muy creíble. A lo mejor, mi madre sabía algo sobre la vida de Rosa durante sus últimos días en México, pero las respuestas que ella guardaba murieron al morirse ella.

Por el otro lado, intentaba ser lógica con respeto a Diego, como sabía que hubiera sido Rosa en las mismas circunstancias. Realmente no tenía ninguna evidencia en su contra. De hecho, no conocía nada relacionada al pintor aparte de que fue, durante un tiempo breve, el marido de mi hermana, y que ella lo ha de haber querido. Pensándolo lógicamente, no habría razón de sospechar de él. La ausencia de información no necesariamente significa malas intenciones.

El pueblo de Comala dormía la siesta otra vez. Los negocios: todos cerrados; las calles vacías de gente. Del auto estacionado al otro lado de la plaza, se bajó un hombre fornido, con brazos poderosos y manos grandísimas, un hombre de caminar vigoroso y de voz, cuando se acercó a mí, profunda pero amigable.

--¿Señora López? Yo soy Diego Alba. Mucho gusto.

Diego me cedió la mano y yo a él. Me miraba muy directamente, sus ojos conectándose con los míos. Yo no sabía qué decir. Me sentía desnuda, desamparada. Frente a Diego, frente al marido de Rosa, las palabras se me morían en la boca.

--Espero que no le haya sido una molestia venir hasta acá. Sé que Comala queda un poco lejos de la civilización.

--Bueno, un poco-- balbuceé. -- Pero es bonito estar tan cerca de las ruinas....

Apenas empecé a hablar cuando a Diego le dio un susto. Me miró aún más fijamente, y al instante me di cuenta del problema. ¡La voz! Se me había olvidado de la voz. Seguramente Diego notaba alguna semejanza a la voz de Rosa. Entré en pánico pensando que la trampa iba a caer sobre mí, pero no. Diego rápidamente recapacitó y seguimos hablando como si nada.

Subimos al coche. Tomamos la misma carretera por la cual había venido el autobús la vez pasada. Seguimos por unos minutos sin hablar; yo mirándole a Diego de soslayo tratando de que no se diera cuenta de mi mirada. Era guapo, pero tenía algo más que la buena apariencia: tenía la fuerza de su atención. Cuando te hablaba o te miraba, te hacía sentir que tú formabas el punto más importante en su alrededor. Me daba inquietud y placer por igual.

A lo lejos se veía un bosque que parecía atravesar la carretera. De los dos lados había árboles y sentí una leve confusión. No me era evidente por dónde pasaría la carretera. Nos acercamos al espejismo y quería preguntar, pero como si estuviera anticipando mi pregunta, Diego dijo:

¿Le sorprende el camino, Licenciada?

Sí, me sorprendía. Y luego allí mismo dimos vuelta. De un momento a otra dejamos atrás la carretera. Entramos por una vereda sólo lo suficiente ancha para el auto. No vi cómo ni dónde estaba la entrada.

--Lo diseñé yo especialmente-- dijo Diego sin dejarme contestar. -- La entrada de la casa queda en una curva de la carretera, en medio de un grupo de árboles, como usted seguramente ha visto. Viniendo del oeste, es casi imposible ver la entrada y del este, imposible. De no saber dónde queda, es muy difícil llegar a mi casa.

--¿Lo hizo a propósito?

--Si. Tengo que estar lejos de la bulla para poder concentrarme en el trabajo. Siempre hay gente que quiere algo de mí. La casa me sirve de refugio cuando las cosas se ponen bravas.

Juntando toda mi valentía, le dije: --¿Así es que ésta es la única entrada?

--No. Hay otra --. Diego dejó pasar unos segundos, como si pensara en explicarme o no.

--Hay un muro de piedras que circunda los terrenos. Son ochenta hectáreas.

--Ochenta. Es mucho terreno.

Diego continuó: --No puse ninguna salida en el muro. Pero a Rosa le gustaba pasear por el campo y le molestaba no poder salir. Ella me pidió que pusiera una puerta, y para complacerla lo hice.

El pintor se puso pensativo, recordando. --Rosa era muy así. Se fijaba mucho en los detalles, en mantener la honestidad en todo. Ella me pidió que pusiera los números de la casa igual como los puse en la carretera: ciento veintitrés. Cuando le dije que nadie jamás los verían, ella reía, como que le gustaba la paradoja.

--Entonces.....

--La entrada en el muro está al otro lado de los cerros, muy lejos de aquí y bien escondida-- interrumpió Diego. --No hay manera de encontrarla a menos que uno sepa dónde está.

¿Está usted seguro, Señor Alba? -- me dije para mis adentros.

Viajamos por un sendero sinuoso durante varios minutos y luego entramos en un largo trecho del mismo bordado de árboles muy, muy altos cuyos troncos y ramas eran de un blanco asombroso.

--Son Eucaliptus. *Eucaliptus viminalis.* Llegan a los cuarenta metros de altura.

Diego me miró fijamente. Sentía la fuerza de su atención como un rayo láser.

--Son originarios de aquí? --le dije, balbuceando como un idiota.

--No. No lo son.

Diego se puso a reflexionar. --La historia de la casa y de los terrenos es muy interesante, si gusta saber un poco.

Por supuesto que me iba a interesar y cuando se lo dije, se paró en seco. Se volteó hacía mí y me dijo:

--Muy bien. Me parece perfecto. Por aquí tengo una casita donde nos podemos sentar un rato... ¿le parece?

Sentí una inminente ola de miedo.

--Y después iremos a la casa donde usted puede conocer a mis hijos y a la señora Poncia. Ellos son las personas que estaban en la casa cuando....

Esperé a que terminara. La mención de sus hijos me calmó y mi afán por investigar todo lo relacionado con Rosa y con Diego surgió otra vez.

--¿Cuando....?

--Cuando falleció mi esposa--dijo él. Al confesarse así, sentí que se abrió un grieto en la fachada del Señor Alba, lo cual me dio fuerzas para continuar.

--Muy bien--le respondí.

--Hablar de Rosa y de lo que pasó va a ser muy difícil para mí-- dijo Diego. --Por eso, le pido que no hablemos de eso hoy. Mejor, ahora le cuento de la casa y mañana empezamos con lo otro.

--Está bien, Señor Alba. Dispongo de tres días para la investigación. Lo creo suficiente.

Yo calculaba muy cuidadosamente mis palabras; trataba de mantener mi disfraz con un tono serio y cordial.

La casita donde Diego quería llevarme quedaba cuesta arriba, encima de un cerro. Era un sitio encantador, al lado de un pequeño lago donde flotaban unos patos entre una multitud de nenúfares blancos. Había un pozo de piedra al estilo antiguo del cual Diego sacó una jarra de agua y me sirvió un vaso. Era dulce y muy fría. Había galletas que aparecían de la nada. Nos sentamos en un patio al aire libre y Diego comenzó.

--Vine a México por razones de trabajo hace ocho años. Un día cuando se habían terminado las reuniones, fui a visitar las ruinas. Pase muchas horas allí, paseando de una pirámide a otra. Andaba con la cabeza llena de los seres que habían creado todo aquello: sus dioses, sus ideas. Sentí muy fuerte la impresión de un pasado que seguía en el presente momento. Estaba ansioso, inquieto. Quería dar una caminata para aclararme la mente y vi un sendero que se alargaba hacia el noreste. Me entraba una somnolencia, o confusión, o qué sé yo, y seguí caminando hasta llegar fuera de los límites del lugar turístico. Tras una hora de paseo, me topé con otro sendero; el mismo que ahora seguimos usted y yo.

--¿Qué la habrá pasado en las ruinas, Señor Alba? ¿Por qué se sentía así?

Diego me miró con una expresión de gravedad.

--A veces, cuando la impresión de una cosa es muy fuerte, me pasan esas cosas-- me explicó Diego. -- ¿A usted, Licenciada? ¿Le pasan tales cosas?

Tenía ganas de decirle que sí, que sí me pasaban cosas iguales, sobre todo en aquellos mismos momentos de estar con él, de escuchar sus palabras, de sentir su presencia tan junta a la mía.

--A mí casi nunca. Pero, siga por favor.

--Bueno. Caminé hasta llegar al esqueleto de una casa antigua, de la época colonial.

--¿La misma donde habita ahora?

--Sí y no. Tanto me encantaba la casa y sus terrenos que quise comprarlos. Yo llevaba tiempo buscando un lugar fuera del ámbito del arte y de la política. Un lugar donde nadie me encontrara.

Diego me miraba, enfocando su plena atención en mí.

-- Pero hubo una serie de problemas con la venta. No era nada fácil averiguar de quién era la casa; los registros se habían perdido hacía mucho. Sólo con la ayuda de un abogado muy bueno la logré comprar.

--Ah.

-- Luego la reconstruí.

--¿La mandó a reconstruir?

--No. Yo lo hice. De la casa antigua, quedaba el armazón casi completo. Entonces fue cuestión de rehacer las paredes y pisos. A la casa antigua, yo le agregué unos cuartos y pasillos donde hacían falta. Así es que no es exactamente la misma casa.

Diego cerró los ojos por un momento, recordando.

-- Estuve casi un año en aquello. No pinté cuadros. No fui a ningún lado. Trabajaba duro las doce horas del día, y por la noche no hacía más que caerme muerto en la cama.

No dije nada. No quería interrumpir su ensueño.

--No hay un rinconcito de la casa que yo no conozca. Ha sido mi refugio. En ella he pasado los momentos más felices de mi vida.

¿Se refería al tiempo que estuvo con Rosa? Quería con todas mis fuerzas preguntarle más, pero me detuve. Tendría que tener paciencia, y esperar a que el mismo Diego me iluminara.

-- Luego, en medio de la construcción, --continuó Diego -- me fijé en un charco en un patio interior que se llenaba y se vacía dependiendo de la hora del día. Excavé y descubrí que había allí un manantial.

Diego paró de hablar, reflexionando. -- Descubrir el manantial me parecía como una señal, una comunicación.

--¿De dónde, o de quién?

--Del pasado. Del futuro. No sé. Pero ahora viene lo más interesante. Durante la construcción, en una pared medio derribada descubrí escombros de una estructura mucha más antigua todavía, de estilo completamente distinto.

Pasó una nube por el cielo, oscureciendo el día inesperadamente. Yo sentí una inquietud, casi miedo, provocado por las palabras de Diego y de la historia tan vieja y misteriosa.

--¿Quiénes habitaban esta zona antes del siglo dieciséis? -- le pregunté.

La voz de Diego se hizo aún más seria, muy penetrante.

--Venga, para que vea-- me exigió el pintor.

Él se puso de pie. Dio unos pasos y me indicó que me parara al lado de él. Me levanté del sillón con una anticipación intensa.

--¿La ve?

--No-- le dije. --No veo nada.

Miré como él me dijo, pero lo único que vi fue la vereda por la cual habíamos entrando y las copas de los árboles.

--¿Qué es lo que me quiere enseñar? -- le pregunté.

Diego se puso detrás de mí, muy cerca. Habló muy bajo, susurrando las palabras.

--Mire. Son las pirámides.

Yo sentí el calor de su aliento en la nuca. Yo olí la fragancia de su cuerpo, la fragancia de su aliento. Su ser vibraba muy junto al mío. De repente pude ver lo que quería mostrarme. Allá por encima de los árboles se erguía la copa de una pirámide. Sentí un escalofrío que recorrió todo el cuerpo. Permanecimos mucho rato así, paralizados por la fuerza del pasado.

--Así es que vive usted en una casa muy misteriosa-- dije, temblando.

--Bueno, no tanto-- respondió.

Con su respuesta, se rompió el hechizo.

--Siento que hemos demorado mucho. A lo mejor usted querrá descansar. Está haciendo calor.....

En verdad, hacía un calor intenso. De repente, me dio un sueño contundente. Al subir al coche creo que, inexplicablemente, me dormí.

21

Leonora
El Plan III

Es curioso cómo un inesperado estupor llega a ocurrirle a una persona. No pueden haber pasado más de unos cuantos minutos en el calorcito del auto, pero, al fin y al cabo, sé que perdí la consciencia por un rato. Luego, cuando me desperté lo que vi fue como un sueño.

Delante de mi apareció una casa tan hermosa que parecía un cuento de hadas. Era grande, de muros blancos que se partían y se juntaban con la harmonía de un pueblo entero en miniatura. Las escalinatas subían por aquí y bajaban por allá; los arcos formaban columnatas que escondían y revelaban los pasillos y corredores detrás; los pasillos llevaban a patios interiores y había una variedad de puertas y ventanas --unas abiertas de par en par y otras bien cerradas-- que invitaba o prohibía el paso de los espíritus.

Alrededor de la casa había grandes extensiones de césped, asombrado por árboles altos, altísimos. La calzada en que íbamos daba unas leves curvas y pude ver más de la casa. Tenía dos alas que se extendían hacia atrás y al final de una de ellas, vi un edificio redondo, como un mirador, más alto todavía que el primer piso de la casa. Muchas de las ventanas llevaban rejas de hierro forjado en formas complicadísimas.

Pasamos por un portal de madera maciza, de la época de los árabes, y entramos en un patio interior. No pude ver mucho porque Diego me apresuraba con su presencia muy junta a mí. No caminaba con prisa, pero tampoco se demoraba para dejarme mirar. Atravesamos el patio para entrar en un cuarto medio oscuro.

--Me da lástima que usted se haya molestado en traer una máquina de escribir; discúlpeme por no haberle avisado antes. Pero es que no tenemos corriente eléctrica.

Diego colocó la pesada máquina en una mesa que apareció en la penumbra.

--Pero lo que tenemos son estos. Diego me indicó un candil de aceite. --Y siempre muchos fósforos-- dijo en un tono risueño.

Diego encendió el candil y vi que estábamos en una especie de despacho. Había estanterías que subían del piso hasta el techo, con muchos libros. Había un sofá, un escritorio muy grande, y un sillón de cuero con las patas en forma de patas de un león.

Diego fue a descorrer las cortinas de terciopelo que tapaban por completo unos ventanales y de repente el salón fue invadido por la luz de la tarde. Las paredes eran de una madera lustrosa que brillaba con una luz dorada; el suelo era de losetas que igual brillaban con su tono rojizo, y una alfombra de tonos verdes y azules oscuros lo cubría en gran parte. Al fondo de la sala había una puerta que daba a una recámara y un baño.

--Espero que le sean útiles estos cuartos, Licenciada.

--Muchas gracias señor Alba. Estoy segura que sí.

Nos decíamos las demás gentilezas de costumbre cuando de lejos se oía un sonido agudo. Era como el canto de un ave pequeña.

--Maaaaaaa--

Diego alzó la cabeza, escuchando atentamente.

--Mamaaaaa-- se oía ahora la voz de una niña. Se oían también unos golpes rápidos y regulares.

--¡Mamá! ¡Mamá!

Entró en el despacho una niña de unos ocho o nueve años. Se acercó a mí y me abrazó desesperadamente.

--¡Mamá!

La niña tiró el bastón que traía con una feroz alegría. Sentí la fuerza de sus pequeños brazos que me presionaban.

Hubo un momento en que el tiempo se detuvo de pasar. Quedamos paralizados.

--Ella no es tu mamá, Miranda-- dijo por fin Diego. --Ella es la señora López. Y ha venido a hacer unos trabajos aquí en la casa.

La niña se desprendió de mí como si yo fuera una llama encendida. Se agachó para buscar a tientas el bastón y luego se enderezó para apartarse a unos pasos de mí.

No sabía yo si era más grande mi sorpresa con la apariencia de la niña o con su confusión en cuanto a mí. La niña Miranda era la réplica de mi hermana Rosa: su cara igual de hermosa, su pelo igual de largo y ondulado, su voz igual. Pero me costó un esfuerzo lograr entender la mayor de las sorpresas. Miranda era ciega. Traía un bastón como todos los ciegos.

No. No podía ser. Una desdicha tan grande apenas pude entender. La pobre de mi sobrina no tenía más padres que su padrastro; este Diego que traía tantos secretos. Y ahora para colmarlo, ¿era ciega? Me quedaba muda del susto.

Luego me entraba un miedo: ¿La confusión de Miranda me delataría frente a Diego? Otra vez surgió el problema de la voz. Seguramente

Miranda reconoció la voz de su madre, representada en la mía. ¿Por un error inocente de la niña, se daría cuenta Diego que la señora López era un fraude? ¿Una estafadora que venía a su casa a sacarle información privada? ¿Una mentirosa que entraba intencionalmente a su dominio, a su refugio, a quitarle los secretos que guardaba?

Me sentía aplastada por un montón de dudas, un montón de miedo. Trataba de pensar en Rosa, en mi deber de descubrir la verdad sobre ella. Trataba de borrar todas las cuestiones éticas y concentrarme en una sola cosa. Y eso me daba fuerzas.

--Tenemos que dejar que la señora López descanse ahora, Miranda. Ella tiene mucho trabajo que hacer. Además, tiene que poner en orden sus cosas aquí en el despacho. Mañana querrá hablar contigo, así es que vamos a dejarla en paz, hija.

--Cenamos a las nueve. La Señora Poncia vendrá por usted-- dijo Diego, dirigiéndose a mí.

En eso salieron.

22

Leonora
La primera entrevista

--No queríamos despertarla para que viniera a cenar-- me dijo una señora mayor. --Estaba usted tan dormida...

Apareció delante de mí una señora sumamente rara. Traía el pelo largo y suelto, con muchas canas. En el labio superior lucía unos bigotitos y las cejas se hacían una sola raya en la frente. Sus ojos estaban muy hundidos pero su boca era enorme y protuberante. Los labios parecían hinchados y llevaban un tenue tono verdinegro. Los ojos parecían transparentes por la falta de color. Todo de ella me daba una fuerte sensación de incertidumbre.

Pero al igual de fea, la señora Poncia traía algo sumamente viva. Justo debajo de la piel, que por sí era muy pálida, vibraba una vitalidad, una inteligencia básica, terrenal. Sin saberlo yo en ese momento, me encontraba frente a la persona que más tarde llegaría a amargarme la vida mía y la de Adriana, como una raíz que viene del lodo para arrastrarnos hacia abajo.

Pero no estaba consciente de eso en aquel momento. Sólo sentía una confusión que no me dejó responderle. Ya era de día. Recuerdo que, al salir Miranda y Diego la tarde anterior, me acosté sólo por un minuto en el sofá. Tuve una pesadilla muy agotadora, la cual no lograba recordar, y luego cuando me desperté, ya había anochecido. Todo estaba muy oscuro y un enorme cansancio se había apoderado de mí. No pensaba bien. No encontraba la lámpara y de todos modos no traía cerillos para volverla a encender. Me quité la ropa, dejando que cayera donde sea, y me acosté.

La noche fue una serie de episodios de sueño y consciencia, todo mezclado. Tuve más pesadillas; una sí la recuerdo bien. Yo andaba perdida en la casa y peor todavía, no podía ver muy bien. Entrecerraba los ojos para luego abrirlos mucho; intentaba enfocarlos; tocaba las cosas a mi alrededor para orientarme, pero todo fue inútil. No podía ver. Claro que el sueño fue el resultado del susto por lo de mi sobrina. Ser ciega, a pesar de serlo únicamente en un sueño, es una cosa espantosa, horrible, capaz de trastornar a cualquiera.

--Gracias, Señora Poncia. Anoche no me sentía bien.

--Pero, ¿se siente mejor ahora? ¿Necesita que llame al médico? ¿O que avise al señor Alba?

--No, no es necesario. Me siento perfectamente.

Pero no era del todo cierto. Me perseguía un letargo que no me podía sacudir. La Señora Poncia me había traído el desayuno y lo puso en una mesa al lado de las ventanas.

Con el café todo me pareció un poco más claro. Miré por las ventanas al jardín. No había flores sino grandes extensiones de césped y arriba, unos árboles altos. A lo lejos, un bosque. No se veían más casas ni estructuras. El ambiente gozaba de una tranquilidad tan profunda que parecía una especie de sueño. La ciudad, con su bulla de gente y de tráfico, se había quedado en otro mundo.

--Si me permite, vengo al rato para la entrevista-- interrumpió la señora Poncia. -- El señor Alba ya me avisó de qué se trata--. La criada se veía incómoda.

--Pero no sé en qué le puedo ayudar; la verdad no sé lo que le pasó a la señora Rosa.

--Lo entiendo, señora Poncia. Esperemos que no le sea difícil hablar ya que es muy necesaria y muy importante su ayuda.

--Sí Licenciada. Con su permiso.

Rápidamente me duché y me puse de nuevo el maquillaje que me transformaba de una joven de veinte años en la cincuentona de ayer. Cuando volvió la empleada, ya estaba lista.

--Hablamos de la señora Rosa-- le dije. -- ¿Cuándo vino a la casa? ¿Usted ya estaba trabajando aquí?

--Pues, no sabría decirle con exactitud... es que, bueno....

Hablamos toda la mañana, pero no logré sacarle nada de importancia. Parecía que esquivaba todas mis preguntas sobre Rosa. Lo que sí quería enfatizar fue que llevaba muchos años con el señor Alba, y que había una gran confianza entre ellos.

Volvió el fuerte cansancio de la mañana. Me pesaban los brazos, me pesaba la mano al levantarla para escribir. Observé la primera de las hojas de papel que tenía delante de mí: no había escrito nada. Le dije a la Señora Poncia que se retirara.

El sol del mediodía entraba por los ventanales y una brisa suave me traía la fragancia del césped y de los árboles altos. En cuanto estuve sola, me acosté en el sofá y mientras escuchaba el tintineo del agua de la fuente, caí en un sueño profundo.

23

Leonora
La segunda entrevista

Me desperté con los golpes secos y firmes en la puerta del despacho. Era la señora Poncia con una merienda y Miranda con un enorme libro en las manos.

--El señor me mandó llevarle eso, Licenciada -- dijo la criada. --No acostumbramos comer por la tarde porque el señor Alba siempre está ocupado con el trabajo. Él prefiere cenar por la noche.

--Ah. Entiendo.

Después del breve descanso, me sentía alerta, refrescada. Y allí delante de mí estaba mi sobrina. Tenía ganas de que me abrazara otra vez, pero claro que eso fue imposible.

--Y yo le traje un libro. Son los cuentos de Don Quijote de la Mancha-- dijo Miranda.

Miré el libro. Era grande, con hojas gruesas.

--Voy a leerle un poco mientras come-- dijo Miranda. --Es que estoy muy contenta porque ahora yo puedo leer el cuento. Es el mismo cuento que me contaba mi mamá. Me lo leía mucho cuando me acostaba en la noche.

Miranda abrió el gran libro y puso los dedos en el primer renglón, pero no empezó a moverlos.

--No llegamos al final del libro. Dijo mi mamá que el cuento era muy, muy largo, pero que teníamos suerte por eso, porque nos iba a durar mucho tiempo.

Miranda había abandonado por completo su vergüenza de ayer. Era vivaz como una chispa de fuego, linda y delicada como el tintineo del agua que se oía por la puerta abierta.

Mientras comía, escuché su voz, tan parecida a la de mi hermana.

En este tiempo, solicitó Don Quijote a un labrador vecino suyo, un hombre de bien, pero de muy poca sal en la mollera. Tanto le dijo, tanto le persuadió y prometió, que el pobre villano se determinó salirse con él y a servirle de escudero. Sancho Panza, que así se llamaba, dejó su mujer e hijos y asentó por escudero de su vecino.

Miranda movía sus dedos ligeramente por las páginas del libro. --Sancho Panza es mi favorito-- dijo ella.

--¿Por qué?

--Porque es muy leal a su amo. Y le ayuda a creer cosas.

--¿Cosas verdaderas o cosas falsas? -- le pregunté a la niña.

--No importa cuáles son ni cómo son-- me respondió Miranda.

Me quedé perpleja con su respuesta.

--Y, ¿quién te enseñó a leer con los dedos? -- le pregunté cuando se me había pasado la perplejidad.

--La señora Bárbara.

Como si oyera su nombre, una señora se asomó por la puerta y me dijo:

--Perdón la interrupción. Yo soy Bárbara. Yo soy la maestra de Miranda.

Dirigiéndose a la niña, la señora le dijo, --Miranda, sal por un segundito. Espera un rato en la sala.

Al salir la niña, la señora se dirigió a mí.

--Disculpe que la interrumpa, pero quisiera hablar con usted cuanto antes. Parece que no ha empezado su entrevista con Miranda, ¿o sí?

--No. Pero, ¿de qué se trata esto?

--¿Puedo sentarme? Es que hay algo muy importante que usted debe saber sobre ella.

Le dije que se sentara.

--Permítame explicar. Mi esposo y yo tenemos una escuela para ciegos en Morelia. El señor Alba me ha contratado para enseñarle a la niña a leer braille. Mi trabajo no me permite venir más que cada quincena, pero he venido hoy porque es urgente que hablemos.

--Siga.

--Miranda está bajo tratamiento psicológico. El doctor Leocadio también ha venido hoy para hablar con usted. Yo creo que ya viene.

En efecto, un señor distinguido tocó la puerta entreabierta y entró al asentir yo con la cabeza. Se presentó y me empezó a hablar.

--La cuestión es muy delicada, Licenciada. Yo sé que usted tiene que hacer su investigación, pero en mi opinión profesional, entrevistarle a Miranda será dañino para la niña. Ella está --¿cómo le diré? -- en un estado precario. Cualquier pregunta sobre la muerte de su madre le podría provocar una crisis.

--¿Y qué opina su padre? No entiendo por qué no me ha mencionado esto antes.

El doctor y la señora Bárbara se miraron.

--Mire, Licenciada. El señor Alba no está de acuerdo con el tratamiento que le estamos dando a su hija-- respondió la señora Bárbara.

--La niña presenció el accidente que sufrió su madre-- explicó el doctor. --Desde entonces, no ha dicho nada sobre aquel día. Ha borrado toda memoria de los acontecimientos; es como si aquel día nunca hubiera existido.

--Miranda ha sufrido un trauma muy grave-- agregó la señora Bárbara. --Y al preguntarle sobre su mamá puede que se ponga aún peor.

Yo estaba quieta, absorbiendo la información.

--El proceso del tratamiento es largo, y hay que proceder con suma cautela-- dijo el doctor. Aún no estamos al punto de poder hablarle de su madre. Hemos logrado algunas cosas, pero tengo miedo de que la investigación de usted la traumatice nuevamente. No quiero perder lo que nos ha costado lograr hasta el momento.

Me sentía triste. Triste por mi pobre sobrina. Y frustrada por el bloqueo de mis intenciones. Primero la señora Poncia, que no me quiso decir nada, y ahora con lo de Miranda. Pero no me quedaba más. No quería poner en riesgo la salud mental de mi sobrina simplemente para satisfacer mis propios deseos.

--Entiendo perfectamente, doctor. No le preguntaré nada. Pero yo tengo una pregunta para usted: ¿A qué se debe su ceguera?

Otra vez, la señora Bárbara y el doctor Leocadio se miraron.

--Pues, ésa es la cuestión -- respondió el doctor. --Yo creo que la ceguera es resultado del trauma.

Nos quedamos en silencio, cada quién pensando en las cosas graves que habían ocurrido en la casa de Diego Alba.

--Pero en todo caso, me gustaría conocerla un poco, si me lo permite-- le dije por fin.

--No veo ningún inconveniente, Licenciada.

--Es más-- agregó la señora Bárbara. --Yo creo que le hará mucho bien a Miranda pasar tiempo con usted. La familia recibe muy pocas visitas; yo siempre le digo al señor Alba que le hace mucha falta a la niña relacionarse con otra gente. Ella vive muy aislada aquí.

La señora Bárbara fue a la puerta para llamar a la niña, y más rápido de lo que yo pensaba posible, entró de nuevo en la habitación.

24

Leonora
Don Quijote de la Mancha

Toda la tarde estuve con Miranda. Hablamos de sus libros favoritos, de su muñeca Minx, de sus lecciones con la señora Bárbara, de sus pláticas con los gatos y las gallinas que habitaban el área detrás de la casa.

--¿Tienes otras muñecas, Miranda? -- le pregunté.

--Tengo sólo una muñeca. Las otras desaparecieron cuando vinieron los cazadores de la otra tribu para llevárselas --me explicó.

--¿Cómo es eso?

--La señora Poncia me lo explicó-- dijo ella. –Siempre cuando se pelean las tribus y se matan entre ellos, van algunos a vengarse.

--Ah.

--Y si no encuentran a hombres, matan a las mujeres y a los niños. O se los llevan si ven que les sirven de algo.

Creí que Miranda me hablaba de fantasías que no tenían que ver con la realidad. Ahora sé que todo habría terminado de modo muy distinto si hubiera prestado la atención merecida a esas fantasías de mi sobrina. Pero no lo hice.

Se estaba atardeciendo ya cuando salimos del despacho y entramos al patio. Los rayos largos del viejo sol caían sobre los objetos, enardeciéndolos, enardeciendo el mismo aire. Había una profusión de flores y viñas que subían las paredes del patio, y crecían desbordándose en macetas de todo tamaño. Arriba, unas vigas que atravesaban el espacio le daban un melodioso ritmo de sol y sombra. Caminamos sobre las losetas de barro que brillaban hasta parecer pulidas. Vi una fuente, de forma reconocible como las fuentes de antaño, pero que lucía una nueva capa de azulejos cerámicos; de una multitud de colores, todos fracturados y reposicionados en un diseño nuevo. También había una mesa enormemente larga, con una variedad de bancos, sillas y sillones a su alrededor. En la mesa había varios floreros de vidrio también enormes, llenos de ramos y flores exóticas. Recuerdo que había diferentes fragancias; unas pesadas otras dulces y frescas.

Sentado en las sombras de un rincón del patio, estaba Diego. Estaba tomando lo que suponía era vino. Recuerdo que las burbujas relucían cuando, de repente, él levantó el vaso para beber, y por un momento un rayo de sol pasó por el líquido dorado. Al vernos, se puso de pie y pidió que nos acercáramos.

--¡Papá!

Miranda fue hacía él, su bastón haciendo un lento *toc toc* en el suelo.

Diego ayudó a la niña a sentarse al lado suyo y se dirigió a mí. En ese momento pensé en una cosa en que no había pensado antes: Miranda le decía "papá" a Diego. ¿Qué le habrá dicho Rosa sobre su verdadero papá? ¿Cómo se lo habrá explicado?

-- Ah, Licenciada. Usted llega justo a tiempo... el final de una jornada de trabajo.... ¿Cómo le va en la investigación? Espero que las pláticas le hayan sido útiles.

--Algo, señor Alba.

Me sirvió una copa sin preguntarme si la quería y me indicó que probara las aceitunas que yacían en un plato. Miranda comía una tras otra y juntaba los huesitos cuidadosamente en una parte del plato; una hazaña difícil para un ser ciego.

Diego y yo comenzamos a platicar. Cosas ligeras. Otras no tanto. Me enseñó lo que había estado dibujando cuando entramos al patio: la famosa serpiente emplumada de los indígenas.

--Encontré muchas piedras talladas con esta imagen cuando renovaba la casa-- explicó Diego. --Ahora la serpiente es mi tótem.

No sabía si sonreír o tomarlo en serio.

--Esta casa está llena de tótems Licenciada. Están escondidos, esperando a que se les acerque su amo para poder adueñarse de él o de ella.

Había algo en la voz de Diego que me hizo borrar por completo la idea de sonreír.

Anochecía y Diego encendió un gran candelabro que colgaba arriba de la mesa. Yo bebía el vino y la noche se perfumaba de las flores que sólo sueltan su fragancia en la ausencia del sol.

--Y, ¿es posible ver las pirámides desde aquí, señor Alba? -- le pregunté.

--Sólo de la atalaya, señora López-- me contestó la niña.

--Así es, Licenciada. Si gusta verlas de nuevo, debemos reunirnos allí. ¿Vengo por usted mañana, a las......?

De repente se oyeron voces que se venían acercando de una parte interior de la casa. Entraron el doctor Leocadio, la señora Bárbara, la señora Poncia y un chico de unos seis años. Era Cecilio, hijo de Diego. No tenía idea de su existencia; Rosa nunca habló de él.

La señora Poncia entró con la cena y era deliciosa. Había platos que no conocía: dulces y picantes, con semillitas encima; cosas blandas mezcladas con otras crocantes; lo frio con lo caliente; las carnes con su capa de chocolate amargo, y otra vez el vaso de vino del color del almíbar. En Bruselas yo acostumbraba tomar vino por la noche, pero allá era más para acompañarme en la soledad; ahora era para estar en compañía. Cada vez que yo vaciaba la copa, Diego me la volvía a llenar. Me sentía muy bien.

--¿No sé si usted se ha fijado en los objetos de obsidiana que tenemos en la casa? -- me preguntó Diego.

--¿Obsidiana?

--Sí. Es una piedra volcánica que usaban mucho los indígenas.

Diego me miró intensamente. -- La historia de esta zona es viejísima, casi imposible de imaginar. Fíjese en una cosa, Licenciada. Cuando llegaron los conquistadores, varias civilizaciones ya habían surgido, llegado a su cima de cultura y existencia, y luego desaparecieron. Varias. Una tras otra; una encima de los restos de la que vino antes; amontonadas en una gran enciclopedia de actividad humana.

La charla del pintor me dio una sensación de desasosiego. Sentía la presencia de otra gente, de otra historia. Recordaba la pirámide que me enseñó Diego desde la casita, y lo misteriosa que se veía alzándose sobre la copa de los árboles.

Diego siguió hablando.

--Amontonadas sus hazañas y sus horrores; sus venganzas y sus actos de amor. Yo creo, Licenciada, que el pasado nunca desaparece del todo.

Me dio escalofrío las palabras de Diego. Yo quería enterrar mi pasado en la tumba más honda del mundo. Busqué la manera de desviar la conversación, pero no se me ocurrió nada.

--La obsidiana la utilizaban los indígenas para fabricar objetos de arte y para las puntas de sus flechas. Y yo, yo también he fabricado unas cositas de obsidiana.

Diego me enseñó un juego de pinceles, anidados en una caja de madera y terciopelo, que brillaban con una luz verdinegra.

--Son los pinceles que le regalaste a mi mamá, ¿verdad? -- preguntó Miranda. Ella cogió uno a tientas y lo pasó por la mejilla, acariciándola con los suaves hilos.

--Hago lo que puedo para que el pasado no se borre por completo-- dijo Diego. Cayó sobre nosotros un momento de silencio.

Al terminar la cena Miranda quería que fuéramos a la sala para escucharla tocar el piano. Yo me maravillaba: esta chica ciega de nueve años sabía tocar el piano. Le pregunté si recibía lecciones y me contestó que no, pero que quería muy pronto tomarlas.

Entramos en la sala; un espacio grande con techo alto, decorado del mismo estilo como el despacho: muebles de madera maciza y oscura, sillas de cuero, más candelabros que colgaban de arriba, muchos cuadros en las paredes. Me paré delante de un cuadro: era de mi hermana Rosa sentada de perfil, más hermosa quizá de lo que era en vida, guardada para siempre en el marco de madera fina. Casi se me escapó una expresión de susto y de alegría, y apenas pude reprimirla. Me fui a sentar al lado de la señora Bárbara, un poco apartadas de los demás.

Miranda se sentó al piano y de allí salió una música hechicera. Empezó despacio, como queriendo hacer esperar al oyente, como queriendo torturar al oyente con la espera. Las notas flotaban en el aire. Yo reconocía la melodía, pero no el nombre. Era famosa, reconocida, pero al mismo tiempo era una melodía de lo más sencilla. Mientras la niña tocaba, le pregunté en susurros a la señora Bárbara, de que cómo era posible que Miranda tocara el piano así y me contestó que ella, con escuchar la música, improvisaba hasta encontrarla y luego memorizarla.

--Hay personas que tiene el don de la música-- dijo ella. --Y no importa que sea ciega.

--¿Pero de verdad es ciega?

--Eso está por verse-- respondió ella.

Nos juntamos con los otros y continuamos conversando. Cada vez que Diego me dirigía la palabra yo sentía el calor de su ser, el enfoque de su atención. No entendía muy bien qué me pasaba, sólo que estaba en otro mundo, con otras costumbres y otras conversaciones.

Eran las doce cuando por fin terminó la tertulia. Miranda me pidió que la acompañara a su dormitorio. Me tomó del brazo, y con el bastón blanco fuimos caminando por la casa.

Muy rápido perdí la noción de dónde estábamos. En la penumbra no era fácil ver por dónde caminábamos, y el candil iluminaba muy poco. Llegamos a su cuarto y me enseñó la muñeca Minx, que más tarde jugaría un papel muy importante en la solución de los misterios en la casa de Diego Alba, pero a la cual en el momento no presté mucha atención. Le daba las buenas noches y me preparaba para salir cuando entró la señora Bárbara.

--Quisiera hablar un poco con usted-- me dijo, acompañándome al pasillo.

--Claro que sí. ¿Algo se le ofrece?

--Necesito pedirle un gran favor. Como usted ha de ver, hace mucha falta aquí una maestra para enseñarles a los niños. Miranda y Cecilio no tienen más que a la señora Poncia.

La señora Bárbara suspiró con angustia.

--Y el señor Alba viaja mucho. Pasa días y días fuera de la casa. Yo sólo puedo venir cada quincena y los pocos días que estoy con ellos no es suficiente para darles la enseñanza que les hace falta. Los niños están muy aislados aquí, como usted se ha de imaginar.

--Y, ¿se supone que la escuela en Comala no está preparada para una niña ciega?

-- Por supuesto que no. Además, el señor Alba se opondría a que asistieran.

Ella suspiró con todavía más preocupación.

--Él tiene muchas razones.

--Pero, ¡tienen que estudiar! -- le dije con ansiedad. Yo pensaba en la pobre de mi sobrina; con tanto afán por los estudios y por la música, y sin la posibilidad de aprovecharlo.

--Precisamente-- dijo ella. --Por eso me empeño en conseguir a una maestra, a pesar de los obstáculos que ponga el señor Alba. Yo creo que al presentarle a Diego la persona adecuada, él tendrá que cambiar de opinión.

--¿La persona adecuada?

--Sí. Y por eso, quería pedirle un favor. Como usted ha de conocer bien la capital, me imagino que podría informarse sobre las agencias que se especializan en colocar a las maestras particulares....

La voz de la señora Bárbara se disminuía, como si perdiera la fuerza de su intención.

--Y esta maestra, ¿qué requisitos necesitaría?

--Pues, tendría que estar muy bien preparada obviamente. Pero se necesita algo más.

--¿Qué cosa?

--La habilidad de convencer al señor Alba de la necesidad de su presencia en la casa.

La señora Bárbara sacó un papelito en que había apuntado su teléfono.

--Por favor, yo no tengo la oportunidad de ir a la capital porque mi trabajo en Morelia me exige casi todo mi tiempo. Sé que no nos conocemos muy bien, pero usted me parece una persona comprensiva. Le estoy rogando que me haga este favor.

--Por supuesto, señora. Con todo gusto la ayudo.

Otra vez me puse a pensar en los detalles de la vida....

Nos despedimos y la señora Bárbara rápidamente se desvaneció en la oscuridad. Con mi candil firmemente en la mano, empecé a caminar.

Luego me pasó algo que, hasta hoy en día, no logro del todo entender.

Caminé en la dirección del patio, sabiendo que de allí podría localizar fácilmente mi cuarto. Pero no llegué al patio. Se puede decir que me perdí por el vino que tomé, pero no fue así. Fue la casa. La casa era un laberinto que me hizo perder a propósito. Caminaba por unos pasillos largos, pasando por lo que suponía eran otras salas, pero sólo por la sensación del espacio, no porque pudiera verlas. Luego pasaba por otros pasillos, pasillos que daban vueltas y que parecían doblar hacia la izquierda para luego redoblar hacia la derecha, sin sentido. Me llegué a confundir. Recordaba la pesadilla de la noche anterior, y me puse aún más ansiosa. Oía voces. Voces que hablaban otro idioma que no reconocía; lleno de sonidos toscos y nasales. Decidí volver a la recámara de Miranda, pero tampoco logré encontrarla. No sé cuánto tiempo llevaba perdida, pero me parecía que fue mucho, mucho tiempo.

Por fin, me encontré de nuevo en el patio y de allí localicé la puerta de mi habitación. La cerré con llave y me senté en el sofá, temblando. Al rato me recuperé y fui al portafolio para sacar las hojas que había traído. Me senté al escritorio, y con la llama tenue del candil, me puse a escribir. Escribí todo lo que me había pasado desde mi llegada a México, hasta ese mismo momento. Eran acontecimientos tan raros que no quise olvidarme de ninguno de ellos.

El sol había salido ya cuando entró la señora Poncia con el desayuno. Guardé las hojas. Hoy me tocaba entrevistar a Diego.

25

Leonora
Diego Alba

La escalera de caracol estaba en un estado lamentable: desvencijada y temblorosa, pero Diego la subió a toda velocidad, sin cuidado, casi con alegría. Me pidió permiso para subir primero diciendo que le era preciso asegurar no sé qué cosa de antemano.

Entramos en su despacho, en la parte más arriba de la torre. Había muchas ventanas que daban vista a los jardines y desde una, se podía ver la parte más alta de una pirámide. Volví a sentir el escalofrío de antes. Luego, eché una mirada rápida por todas las demás ventanas sin ver ninguna otra estructura. La casita de anteayer no aparecía; tapada por los muchos árboles, o por un cerro quizá. Me sentía en medio de una soledad inmensa.

--¿Supongo que usted tiene unas preguntas específicas...? -- me dijo Diego.

Me esforcé en concentrarme en el proceso de la entrevista.

--Se necesitan los detalles del accidente.

--Pero todo aquello está muy bien apuntado en los reportes que hizo la policía en los días después. ¿Seguramente usted los ha leído?

Me entró una momentánea confusión. Claro-- una compañía de seguros de vida tendría acceso a esa información.

--Sí, por supuesto. Pero.....

--Perdón que la interrumpa, Licenciada, pero se me ocurre una cosa. ¿Quién es el beneficiario de la póliza, si me lo permite preguntar?

Esa respuesta la tenía bien preparada.

--Su padre.

--Ah. Y, ¿todavía vive en Bruselas?

--No sabría decirle, señor Alba. Supongo que sí.

--Bueno, entonces. Seguimos. ¿Qué le puedo aclarar sobre el accidente?

--¿Me puede enseñar dónde ocurrió?

Diego se puso pensativo. --Sí. Pero el lugar no está cómo estaba en aquel entonces. He cambiado el arreglo del taller. Además, con el trabajo, se van cambiando todas las cosas: unos cuadros se terminan y otros se empiezan; unos se van para la galería en la ciudad, y otros los llevo conmigo cuando voy de viaje.

--Entiendo. Pero en todo caso....

Yo sentía latir muy fuerte el corazón, sentía fluir rápidamente la sangre por mi cuerpo. Por fin iba a entrar en el lugar donde mi hermana pasó sus últimos momentos de vida.

Bajamos la escalera y empezamos a navegar por los pasillos de la casa. Pasamos por arcadas al aire libre, entramos y salimos por puertas de vidrio, de madera, de metal. Bajamos escalinatas y me parecía que las volvimos a subir, pero seguramente no eran las mismas, pasamos por los aposentos de una casa antigua, y luego por otros no tan antigua, pasamos por debajo de una columnata, y luego otra, y después por una galería techada que conducía a un patio distinto al patio donde habíamos cenado la noche anterior. Pasamos por umbrales oscuros donde apenas se veían los bancos juntados a la pared, y otros donde se veían a lo lejos unas gárgolas pegadas muy arriba; pasamos por mamparas y biombos que dividían una sala a otra, siempre con sus muebles fastuosos, para luego entrar en un recinto que se parecía a un claustro conventual con sus bancos y sus vidrieras coloridas. Pasamos por lo largo de una tapia de piedra en que la argamasa estaba cayéndose de vieja, y luego por otro recubierto de frisos en el estilo de la edad media. La casa conformaba un universo propio, en el cual yo no me encontraba nada bien ubicada.

Por fin entramos en el taller del pintor. Estaba llenísimo de cosas; apenas había suelo libre para caminar. Allí estaban sus muchos cuadros, sus telas, sus bocetos pegados en las paredes; allí recostaban sus bastidores enormes en el piso y contra las paredes; en las mesas estaban sus papeles desgarrados, sus pinceles y espátulas, sus trapos y hojas de periódico manchados de pintura.

--Aquí es, Licenciada.

Diego me mostró un estante repleto de recipientes de todo tamaño, llenos de los óleos que usaba en su trabajo.

--Yo fabrico mis propios óleos, como lo hacen todos los pintores-- me explicó.

Todo lo que decía Diego, lo decía de una manera muy especial. Era como si el tono de su voz, sus gestos, sus miradas, todo lo de él, se enfocara en mí; como si esperara mis respuestas con una esmera atención; como si no existiera otra mujer más que yo en su mundo. Diego Alba tenía la habilidad de hacerme sentir única, codiciada, hasta bella. Quisiera que me volviera a tocar con la mano, como lo hizo al ayudarme a subir la escalera de caracol. Quisiera que me hablara muy de cerca, como lo hizo en la casita al mostrarme la pirámide. Quisiera que me viera sin el pelo canoso y el maquillaje, sin la ropa fea que llevaba y con ropa bonita, quisiera poder hablarle francamente.

--Entonces, ¿fue aquí donde se murió?

--No. Pero fue aquí donde sucedió el accidente.

--Y, ¿quiénes estaban presentes?

--Sólo Miranda y yo. La niña jugaba con sus muñecas mientras yo trabajaba. En la mesa estaban las botellas de los muchos ingredientes que uso. Empleo muchos ingredientes raros, pigmentos que colecciono del campo de por aquí.

Diego tragó saliva. --Unos son tóxicos.

Al pronunciar la palaba, me dio un presentimiento. Quería y no quería a la vez, que Diego continuara hablando.

--Aquel día, en la mesa había una jarra de agua de sandía que había preparado la señora Poncia. Tenía el mismo color del líquido que usaba para los óleos y el recipiente era igual. Sin fijarse en la diferencia entre los líquidos, Rosa tomó de lo que no debió tomar.

--¿La vio usted tomarlo?

--No. No la vi. Yo estaba trabajando, pero claro.... después del accidente me di cuenta de lo que ella había hecho.

No dije nada. Diego se volteó para no mirarme más, y vi cómo se le bajaron los hombros con el peso del recuerdo. Permanecimos así por un largo rato.

--Los efectos no se hicieron patentes inmediatamente-- me dijo sin mirarme.

--¿Está usted diciendo que la señora Rosa no detectó el sabor?

Diego se volvió hacía mí.

--Eso es lo que no entiendo. No lo entendí en el momento, y sigo sin entenderlo hasta ahora.

Nos quedamos un rato, cada quién sometido en sus propios pensamientos.

--Y luego, ¿qué pasó? -- le pregunté.

--Ella fue a la recámara. Dijo que quería descansar, que tenía sueño.

--Y usted, ¿qué hizo?

--Me quedé en el taller. Seguí pintando.

Otra vez nos hundimos en el silencio.

--Y, ¿cómo estaba la señora Rosa en aquellos días? ¿Tendría motivo para suicidarse? Le hice la pregunta creyendo que Diego se sorprendería con la idea del suicidio, pero no.

--Habíamos pasado por unos ratos malos-- dijo Diego.

Era obvio que le costaba hablar y sólo con un gran esfuerzo lograba pronunciar las palabras. --Yo desconfiaba de ella.

--¿Por qué?

--Rosa traía sus cosas. Ella tenía un pasado en Chile que todavía la afectaba. Y luego había lo de su padre.

-- ¿A qué se refiere?

Con esto Diego pareció cerrar algo dentro de sí.

--Realmente no tiene que ver, Licenciada. La cuestión era de una intoxicación inadvertida. Fue un accidente cuyo misterio nunca se resolverá. Así concluyeron los policías, y en efecto no hay más que decir.

--Pero si es un caso de suicidio, se anula la póliza. El seguro de vida no se podrá cobrar.

Diego se esforzó en dominar su estado anímico.

--Nadie ha podido averiguarlo hasta el momento. Y con decirle a usted que yo desconfiaba de Rosa, pues, se lo conté en un momento de confianza. Si usted insiste en repetirlo, lo negaré. Lo negaré profundamente.

Diego me contempló plenamente.

--Mire, Licenciada. Yo quiero que el padre de Rosa reciba todo el dinero que le corresponda. Y haré lo necesario para que así sea.

No pude evitar el tono de amenaza en la voz de Diego. Sentí un verdadero miedo. Pero por el otro lado, me agradaban los sentimientos del pintor. Por unos segundos, olvidé que todo esto era mentira. Sí, el padre recibiría el dinero; era justo.

--Perdóneme señor Alba. No quise insistir.

Con esto, se rompió el momento torpe y volvimos a la cordialidad de antes. Diego me acompañó a mi habitación diciéndome que estaría fuera de la casa por el resto del día pero que iría la señora Poncia por mí a la hora de la cena.

--Tendremos invitados y será un poco formal, así es que si usted …

Con el corazón tumbado me di cuenta que Diego me pedía que me vistiera de otra manera, pero no tenía más ropa que la ordinaria que traía. No entendí del todo por qué la falta de ropa elegante me daba tanta rabia. Estando en la casa de Diego por razones de trabajo, ¿qué iba a importarme verme bien frente a él y sus invitados? Sin embargo, me daba rabia no tener ninguna prenda bonita que ponerme.

26

Leonora
Las hormigas

La cena tomó lugar en el patio grande; los invitados eran socios de Diego; la comida era igual de rica y el vino era igual de abundante.

Pero no me sentía nada bien. La conversación variaba entre los temas del arte y el negocio del mismo; nombres que yo no reconocía, temas que no sabía su importancia. Estaba la señora Bárbara y el doctor Leocadio también. Yo charlaba con ellos cuando la plática se iba por otros caminos y Diego apenas me prestaba atención. Su enfoque se dirigía hacia una señorita muy elegante y muy bella. Se llamaba Esmé Moreau y era francesa. Al momento de oírla hablar con su acento francés, perdí la poca cantidad de ánimos que tenía. Me sentía más insignificante que las hormigas que transitaban el suelo del patio.

Lo que quería hacer era volver a las habitaciones y ponerme a escribir. En cuanto pude, me retiré. Sentada en el sillón de alto respaldo, con el suave cuero acariciándome las piernas y las patas de los leones apoyando mis pies, me puse a escribir. Era importante apuntarlo todo, todo. Sentía que a Rosa le importaba que lo hiciera. Sentía, casi, que Rosa estaba conmigo, leyendo las palabras que aparecían al mover el bolígrafo en el papel.

Cuando terminé de escribir todo lo que traía dentro, escribí una carta a Nikita. En la carta expliqué lo que se iba fabricando en mi mente, lo que iba a ser mi próximo paso.

El día siguiente, Diego me llevó a la plaza del pueblo y esperó conmigo hasta que llegó el autobús. Hablamos de los niños; tema que yo introduje a propósito. Yo le preguntaba sobre los estudios de los niños y él me repetía más o menos lo que había dicho la señora Bárbara sobre lo mismo.

--¿Usted cree que hago mal en no dejarles asistir a la escuela? -- me preguntó.

Pensé muy bien lo que iba a decirle.

--Pues, no pretendo aconsejarle sobre eso, señor Alba. Pero sí creo que su hija es una preciosidad. Tiene una inteligencia muy viva.

--Sí, lo sé.

--Ella demostró un gran placer al conocerme a mí. Estuvo toda la tarde conmigo.

--Ah, ¿sí?

--Sí. Yo creo que es importante abrirle las puertas de la vida.

--Pero la escuela del pueblo es malísima. Y con lo de la ceguera…

--Hay otros modos de darle la enseñanza que merece.

--Ya sé, ya sé. La señora Bárbara me dice siempre lo mismo.

En ese momento llegó el autobús y me tuve que despedir. Pero Diego tuvo una última pregunta.

--Y, ¿los resultados de su investigación…? ¿Quedó usted satisfecha sobre ellos?

--Algo, señor Alba. Algo.

27

Leonora
Luz María Mendoza

La cita era para las cuatro de la tarde. A las cuatro y veinte, oí una voz. Venía hacia mí una figura que yo reconocía, caminando rápido y llamando un nombre.

--¿Señorita Mendoza? ¿Luz María Mendoza?

Había estado ensayando con el nombre, tratando de acostumbrarme al sonido, igual con el cuento de mi pasado: soy de Bloemfontein, Sudáfrica; hija de padre español y madre sudafricana. A Diego no le sería fácil informarse de los detalles en un lugar tan lejano. Sin embargo, esperaba no tener que hablar mucho del pasado; en realidad estuve sólo un par de días en Bloemfontein cuando tenía diez años, de visita con una amiga de mi madre.

--¿Señorita Mendoza?

Luz María Mendoza era cantante de rancheras cuyo cartel yo vi en la calle cerca de la casa de huéspedes. Ahora yo también me llamaba Luz María Mendoza, y así me presenté a la señora Bárbara cuando le hablé por teléfono, haciéndole creer que hablaba de la agencia de empleados domésticos. Ella, encantada con la rápida solución al problema de los descuidados niños Alba, había arreglado una entrevista con el pintor para la semana entrante. Me iba a encontrar con Diego en la plaza del pueblo, como un *dejá-vu* de la vez pasada.

--Así es que usted busca la posición de maestra -- comentó Diego. --¿Cuántos años de experiencia tiene--? dijo él, sentado en el banco al lado mío. Me miraba de arriba para abajo, examinando todo mi ser, examinando muy cuidadosamente mi cara.

--Cuatro. Con una familia de dos hijos. La niña tenía ocho años y el niño tenía cinco.

--Ah. Es casi la misma situación aquí. Pero le advierto señorita Mendoza, que la casa queda muy retirada de la ciudad. Estaría usted muy aislada. ¿Eso le preocupa?

--No. Creo que no-- le contesté. Dejaba que la voz variara un poco, como si guardara duda, pero ninguna duda existía en mí. Iba por el primer paso y me latía de más el corazón.

Diego sacó y empezó a revisar detenidamente el currículum que la señora Bárbara le había enviado; un currículum que ella recibió por correo de la agencia de empleados domésticos. Otra vez me sirvió muy bien la máquina de escribir.

--Veo que además de las materias normales, usted sabe francés. Mi hija sabe un poco de francés-- dijo, pero luego dejó de hablar, como si le doliera la conversación.

-- ¿Su hija? -- le pregunté.

--Sí. Miranda tiene nueve años y Cecilio tiene seis. La madre de Miranda ha fallecido últimamente y con mi trabajo.....

-- ¿Cuánto tiempo hace que....?

-- Casi un año.

-- Comprendo. Los niños requieren mucho cuidado, además del estudio.

-- Si. Y con lo de la vista....

Esperé a que Diego terminara. Quería ver cómo me iba a explicarlo.

--La niña está ciega. Pero recompensa muy bien. Ella anda sola por la casa, sabe vestirse, comer sola....

Diego hablaba como si estuviera tratando de convencerme de algo. Pero yo no necesitaba estar convencida: quería el trabajo con toda mi alma.

--Me sería útil conocerlos -- le dije.

--Sí, cómo no.

Subimos al auto y, pasando por la misma trayectoria de antes, me llevó a la casa. Presté mucha atención para ver si podía averiguar por dónde quedaba la entrada, pero tampoco esta vez, la noté. Pasamos la casita donde Diego me había explicado lo de las pirámides, y sentí un nerviosismo increíble.

Esperándonos en el mismo despacho donde hace poco la Licenciada López de la compañía de seguros había estado haciendo sus investigaciones, estaba la niña Miranda.

--Papá, ¿ella va a ser mi maestra?

--Vamos a ver, mi hija.

De lejos se oyó el grito de un niño.

--Ha de ser Cecilio-- comentó Diego. --Miranda, ve a ver qué quiere.

--Miranda es la única que puede con él-- me dijo Diego.

Pensaba en cómo éramos Rosa y yo de niñas: cómo jugábamos, cómo ella me cuidaba a mí, cómo me podía confortar igual o mejor que mi madre.

Y ahora, esta chiquilla sabía tratar y consolar a su hermanito mejor que nadie.

No le había dicho nada a Diego sobre Adriana. Temía arriesgar la posibilidad de conseguir el empleo con la mención de un posible inconveniente.

Pero como si estuviera leyendo mi mente, me preguntó Diego--¿Y está usted sola aquí en México?

Diego puso su mirada encima de mí como unos rayos penetrantes. Yo sabía que los años me han cambiado mucho; sabía que ya no me parecía a Rosa, o más bien, como Rosa se miraría ahora si estuviera viva todavía, pero brotó en mí la posibilidad de que Diego sospechara algo. ¿Quedaría algún detalle, alguna semblanza?

Decidí echar toda precaución a los cuatro vientos. Sentí que éste era el momento decisivo: el momento en que comenzaría a recuperar lo que quedaba de mi familia. Estaba casi sin aliento.

--Soy la guardiana de mi hermana menor.

Vi que Diego se sorprendió, y que trataba de disimularlo.

--¿Una hermana? ¿Qué edad tiene ella?

--Tiene catorce años.

--Ah--. Me miraba Diego con una intensidad asombrosa.

--A …. A….. Amelia es una niña muy tranquila. Posiblemente sea buena compañía para sus hijos.

--¡Sí, sí papá! -- exclamó Miranda.

Me temblaban las manos. Por poco le dije que mi hermana se llamaba Adriana.

Diego dejó pasar varios segundos sin decirme nada.

--Muy bien. ¿Le parece el empleo, señorita Mendoza?

No habíamos hablado del pago. No importaba. El plan podría funcionar.
Me quedé sin decir nada.

--¿Entonces? – me volvió a preguntar.

Asentí con la cabeza porque no confiaba en la voz de no temblar.

28

Leonora
El lazarillo

Descubrí muchas cosas durante mis primeros días que trabajaba de maestra en la casa de Diego Alba; cosas que al principio me desconcertaban, pero con el transcurso del tiempo se volvieron aceptables, o por lo menos, aguantables. Supongo que así somos los seres humanos: el aceptar lo nuevo nos permite seguir y no desesperarse.

En primer lugar, la casa no era lo que parecía al principio. Es decir, no era sólida. Era más bien como un laberinto: llena de pasillos ocultos, escalinatas que llevaban a puertas cerradas con llave, unos cuartos con una sola puerta y otros con muchas; había salones que se veían por una ventana u otra, pero que eran imposibles de entrar por no estar conectados a ningún otro salón, había cuartos larguísimos y oscuros cuyo propósito no me era nada claro.

Además de la complejidad arquitectónica, la casa tenía una especie de ánimo que se sentía al atravesar un portal o salir al jardín, o entrar en ciertos cuartos. Era una sensación de que la casa meditaba, juzgaba, rechazaba. Muchas veces me sentía como el invitado no invitado; la invasora que la casa se empeñaba en excluir. Será por las palabras de Diego al contarme la historia de la casa, o las palabras de la señora

Poncia al hablarme de los espíritus de los guerreros indígenas que todavía habitaban allí, o quizá por la misma imaginación mía, me sentía muy afectada por la casa. Hasta volví a tener el mismo sueño que tuve la primera noche, en que andaba perdida en la casa sin poder ver. Era como si la casa me desorientara a propósito.

A mí me tocó un dormitorio pequeño con puerta al patio de atrás. Allí la señora Poncia lavaba la ropa y la ponía a secar, las gallinas andaban y los gatos dormían en el sol. No sabía qué utilidad o qué uso tenía el cuarto antes, pero ahora tenía todo lo necesario para mí y para Adriana; hasta había un escritorio antiguo con su sillón de respaldo alto, muy parecido a los muebles del despacho que vi en mi primera estancia en la casa. Pero como muchas cosas en la casa, el cuarto tenía su aspecto oscuro también.

La primera noche, Adriana dormía mientras yo colocaba nuestras cosas en el armario. Era muy tarde y todos se habían ido a dormir. De repente escuché voces susurradas que venían del otro lado de la pared, justo detrás de la cómoda. No pude imaginar de qué se trataba. Abandoné el arreglo de la ropa y me acosté cuanto antes. En la penumbra del cuarto no me atreví a investigar.

En la mañana, con mucho esfuerzo logré mover la cómoda hasta ver en la pared, la rendija de una puerta. La puerta no tenía pomo: se abría con empujarla por un lado y cerrarla por el otro, girando sobre un punto invisible.

La abrí unos centímetros, pero me entraron unos nervios tan fuertes que la volví a cerrar sin asomarme. Coloqué de nuevo la cómoda; recordando la pesadilla que tuve la primera noche que pasé en la casa. Si me fuera a pasar por aquella puerta escondida, ¿quién sabe dónde terminaría?

Luego había lo relacionado con el niño Cecilio. Nadie hablaba nunca de su madre, quien se supone había sido la mujer de Diego en algún tiempo. O quizá Cecilio fue fruto de una relación más casual. Quería saberlo, pero era imposible investigar.

El niño hacía toda clase de travesuras y la señora Poncia siempre lo defendía. Si por ejemplo encontramos un vaso roto o comida tirada en el suelo donde habían estado Cecilio y Adriana, la señora Poncia siempre culpaba a mi hermana. Yo no creía que fuera Adriana, pero no tenía manera de defenderla.

¡La pobre Adriana! No entendía mucho al principio. Le costaba acostumbrarse a esta nueva vida. Preguntaba siempre por su mamá, por Nikita, por su papá. Me dio un miedo constante que me preguntara por qué yo le decía Amelia en presencia de todos y Adriana al estar a solas. Intenté explicárselo lo mejor que pude. No dejaba de preguntar por qué ya no íbamos a *La Gran Place* a tomar chocolate caliente y comer *gaufres*. Preguntaba por qué ya no iba al *lycée*. Lloraba mucho. Se quejaba de dolores de estómago, de la cabeza. No sabía confortarla, pero igual sabía que no hacía travesuras como las que solían ocurrir en la casa. Me parecía que la señora Poncia no estaba nada dispuesta a aceptar a Adriana, y hasta tenía celos de ella, por las atenciones que le hacía el mismo Diego. Porque Diego sí la trataba bien. Siempre hacía el esfuerzo de entenderla a pesar de sus incoherencias, desenredando el significado entre sus muchos garabatos lingüísticos.

También me preocupaba la actitud de Miranda hacia su muñeca, su Barbie que ella llamaba "Minx": esa muñeca de piernas larguísimas, de cintura pequeñísima, de pechos y caderas redondísimas. De niña, Rosa, Nikita y yo jugábamos mucho con las Barbies también, pero al final del día las guardábamos para jugar con otras cosas. En cambio, Miranda cargaba la suya día y noche. En los primeros días la niña no soltó la muñeca para nada.

Según Miranda, la muñeca Minx podía ver. Minx tenía opiniones sobre las ocurrencias en la casa. Hasta sabía todo aún sin estar presente. Minx le hablaba en la noche a Miranda, diciéndole cosas que la niña se avergonzaba repetir al otro día. Minx tenía una voz muy bonita y sabía cantar. A veces Miranda no podía prestar atención a sus lecciones porque

Minx la necesitaba. Y siempre cuando yo le pedía que me enseñara la muñeca de cerca, Miranda se negaba. Nunca logré examinarla muy bien, ni en los periodos de olvido porque la niña tenía una excelente percepción y llegaba justo cuando yo la buscaba, para impedírmelo. Cuando yo le pregunté quién se la había regalado, Miranda me contestó que fue su mamá.

Otra cosa que noté en los primeros días fue que el cuadro de Rosa desapareció de la sala donde estaba. En el momento de descubrir la ausencia, me detuve delante del hueco en la pared y, de la rabia y la tristeza, me puse a llorar. Traté de reprimir las lágrimas, pero algunas se me escaparon. Creo que la señora Poncia me vio al pasar por detrás de mí, aumentando mi ansiedad. Y como supuestamente yo no había visto nunca el cuadro, no podría preguntarle a nadie ahora. Esos fueron unos momentos muy malos.

Lo que sí me daba alegría era darles las lecciones a los niños. Estar con ellos me recompensaba mucho por las dudas y frustraciones que sentía en la casa. Las clases las hicimos de forma oral, como Sócrates. A base de preguntas y de discusión, les enseñaba lo que tenían que aprender. Miranda y Cecilio captaban la instrucción rapidísimo. Ellos se entusiasmaron mucho con el estudio, pidiéndome más y más tarea, más y más información. Los dos tenían una curiosidad enorme; no quedaban satisfechos con las lecciones comunes; querían saber el porqué, el cuándo, el dónde.

Al final de la primera semana, Miranda propuso que pusiéramos una pequeña obra de teatro, basada en un libro que leía.

--¿Cómo se titula? ¿De qué se trata? -- le pregunté.

--Se llama *Marianela*. Se trata de una pobre chica que es amiga de un ciego. Él es muy guapo y ella es muy fea.

Con pronunciar la palabra "ciego" me quedé petrificada.

-- Viven donde hay muchas minas. El chico es de familia rica y tiene estudios mientras Marianela es pobre y nunca ha ido a la escuela.

--Ah.

--Además, es huérfana. Su padre era malo y dejó a la familia y su madre bebía aguardiente porque su trabajo en las minas era muy duro. Un día bebió mucho y su jefe la corrió.

Yo sentía latir mi corazón de miedo y de fascinación. *Marianela... Marianela...* el nombre me sonaba. ¡Pero qué coincidencia con lo de la ceguera! Me parecía de lo más morboso que Miranda leyera aquel libro.

--Entonces su madre fue a un hoyo muy grande y se tiró adentro.

--¡¿Se suicidó?!!

--Sí-- dijo Miranda, muy calmada. Ella siguió hablando sin notar mi perturbación. Yo no pude más que notar lo parecido a la historia real: un niño ciego, una huérfana, una madre que se envenena por desesperación. ¿Cómo diablos, había encontrado mi sobrina aquel libro? ¿Quién se lo enseñó?

--La Nela acompaña por todos lados a Pablo, que es el chico ciego. Ellos andan por las montañas más peligrosas. Son amigos muy íntimos-- continuó Miranda.

--¿Se enamoran los dos? -- le pregunté, recordando un poco el cuento.

--Ella sí. Pero Pablo se tiene que casar con su prima, que es muy hermosa. Luego llega un doctor y le opera de los ojos. Pablo puede ver, ya.

--Y cuando ve a Marianela, supongo que la pone a un lado-- dije yo.

--Pues, sí y no. Pablo la quería mientras no la veía, pero en cuanto ve a su prima, pierde la noción. Él se vuelve loco con la belleza de la prima.

--Y luego, ¿cómo trata a Marianela? --le pregunté.

--La sigue apreciando, pero no tiene tiempo de demostrárselo porque la Nela se enferma. Ella se muere en el mismo momento en que Pablo la ve por primera vez.

--¿De tristeza?

--De tristeza-- afirmó Miranda. --Es muy bonito el final del cuento.

Me quedé horrorizada con la idea de montar una actuación de *Marianela*.

--Entonces, ¿me puede ayudar, señorita Luz, a redactar el diálogo?

No supe qué decirle.

--Ande, será bonito, se lo prometo. Además, le gustará mucho a mi papá.

En aquel momento, se me ocurrió una idea. Al hacer la actuación, era posible que Diego dejara ver una reacción que iluminara algo sobre la muerte de Rosa. Le dije a Miranda que lo podríamos hacer.

--Bien. Señorita Luz, usted será Marianela. Yo, la prima Florentina. Mi papá será Pablo, y la señora Bárbara se puede disfrazar de hombre para ser el doctor Golfín.

Todo esto decía en la mismita voz que tantas veces yo escuchaba la voz de Rosa: muy eficaz, muy organizada, muy segura de sí misma.

Esa tarde nos reunimos en el patio, con sus flores y sus fragancias, bajo su bonito juego de sol y sombra, para escribir la tragedia de un ciego.

29

Leonora
El beso

La señora Bárbara estaba encantada con la idea de montar una actuación de Marianela; encantada. Los personajes le parecían interesantes: Marianela, la chica fea e inocente que ama al ciego; la prima hermosa que pronto será su esposa; el doctor sabio y servicial cuyas acciones ponen a girar los acontecimientos trágicos. Para la próxima visita tendríamos todo listo.

Miranda había elegido para mí el rol de la fea, pero no me molestaba en lo más mínimo. Yo quería que mi sobrina triunfara en todo lo que se pudiera. Para sí misma escogió el papel de la prima que está por casarse con el ciego; y puso a su padre, a Diego, en el rol del ciego. No se me escapaba la ironía de la situación: Diego, el pintor, que veía mejor que nadie, iba a hacer de ciego.

Miranda no tardó en explicárselo.

--Montarlo aquí en la casa fue idea de la señorita Luz-- le dijo a Diego. --Fíjate papá, lo ingeniosa que es la señorita Luz. Ella lo ha hecho todo.

--Pero, pero--- balbuceé.

--Ah, muy bien -- dijo Diego, sin permitirme explicar. --Estoy muy ansioso por ver esta obra de teatro. Y, ¿cuándo es la función?

--En quince días -- contestó la señora Bárbara. --Por la noche. Será muy emocionante bajo la luz de las velas.

--Y, ¿quién será el público? -- preguntó Diego. --Hace falta tener quiénes nos aplaudan, ¿no cree usted, señorita Luz?

--Ah, pues...

--Invitaré a unos conocidos-- dijo Diego.

--Y yo puedo llevar a unos alumnos del instituto -- agregó la señora Bárbara.

Al día siguiente, a la hora del desayuno, yo entré en el comedor en el mismo instante que entró Diego. Se veía más contento que el gato que se comió el ratoncito.

--No dormí ni un instante en toda la noche, señorita Luz.

--Espero que no le pase nada grave, señor Alba.

--Al contrario. Estuve ensayando para la obra de teatro. Me la sé de memoria.

--Qué bien. Me alegro. Creo que Miranda se pondrá muy feliz al oírlo.

Diego se puso muy serio.

--Miranda está mucho mejor, ahora que está usted en la casa.

--¿Mejor?

--Antes de su llegada, ella hablaba muy poco. Bueno, hablaba mucho con Minx, pero muy poco con nosotros. Pasaba muchas horas a solas en su recámara.

--¿Qué hacía?

--Leía. Desde que la señora Bárbara le enseñó a leer Braille, se ha vuelto la reclusa. Pero todo ha cambiado ahora, gracias a usted.

Bajé la cabeza para disimular la alegría que sentía, pero la mirada de Diego me la hizo alzar.

--Nunca pensé que fuera tan grande el cambio en ella. Tenerlas en la casa, a usted y a Amelia, le ha devuelto a la casa la vida que tanto hacía falta-- dijo el pintor. --Sé que es poco tiempo, señorita Luz, pero me siento muy a gusto con todo lo que hace aquí, muy a gusto.

No dije nada. No pude, por la emoción que sentía.

--Y veo que Miranda está muy entusiasmada con la actuación, igual que yo.

--Gracias señor Alba, por sus palabras tan gratas. Yo también me siento muy bien aquí.

La noche de la función estaba fresca bajo la luz de la luna, y la fuente hacía un tintineo liviano. Diego había dibujado el marco de una ventana con vista de distantes cerros, que hacía de fondo. La señora Poncia y yo habíamos traído un sofá de la sala, que sería dónde la pobre Nela moriría. Poncia me ayudó de mala gana, pero se puso feliz cuando Diego le dijo que podría participar en la actuación. Sería un personaje más: la enfermera, asistente al doctor Golfín.

En los días antes de la actuación, Miranda y yo hablamos mucho de la obra.

--La chica ama locamente al ciego-- yo le comenté a Miranda. --Pero ¿qué siente él por ella?

-- Él la quiere mucho y quiere casarse con ella-- respondió con certeza mi sobrina.

--¿Tú crees que el amor de Pablo por Marianela era un amor de verdad desde un principio? -- le pregunté.

--Yo creo que sí. Porque fue un amor puro.

--Entonces, ¿cómo pudo cambiar tan fácilmente? -- le pregunté.

Miranda se estaba inquietando mucho; parecía que le daban ganas de llorar.

--¡No! ¡La seguía queriendo! Es que no le daba tiempo de decírselo.

--Ya, ya, cálmate niña. No es para tanto. Mira, ensayemos una vez más... le dije.

Reflexionaba en los pensamientos ingenuos de mi sobrina, y en el poder de los deseos internos de uno, para hacerte ver las cosas de una manera, y no de otra.

Cuando todo estaba listo, empezó la función. Diego pronunciaba sus diálogos muy bien, y yo, pues, modestamente puedo decir que lo hacía muy bien también.

Pero en la segunda escena, pasó algo. Cuando yo, moribunda, (o sea, Marianela) extendí la mano para que Pablo la besara, Diego se lanzó por su propia cuenta. En vez de poner de nuevo mi mano en la manta, se quedó con ella y le dio otro beso. Y otro. Sentí sus labios cálidos en mi mano, sentí el fulgor de su emoción trasladada de su piel a la mía.

--*Nela, Nela, ¡mi amor! ¡Cómo me he equivocado! Yo dudaba de ti, y sin razón. Yo pensé lo peor, pensé mal, mal, mal. El amor que me diste fue verdadero, y yo pensé que no lo era. Doctor, ¡No responde!*

Miranda no titubeó con el cambio del diálogo. --*Morir... morirse así sin causa alguna....¡Esto no puede ser!*

Hasta el final de la escena, Diego no soltó mi mano. Sentí que no quería soltarla, que le costaba soltarla. Yo me quedé de lo más perpleja con lo ocurrido, pero el público aplaudió mucho al final.

Luego, cuando todos los visitantes se hubieran ido, la señora Poncia se me acercó.

--Cuídese mucho, señorita Luz. El señor Alba está todavía afligido por la muerte de su esposa. Usted no querrá que—

En este momento llegó Cecilio y la señora Poncia dejó de hablar. ¿Qué fue lo que me iba a decir? ¿Que dejara en paz a Diego? ¿Qué no me acercara a él? O, más espantoso-- ¿fue una amenaza, una advertencia de que me podría pasar a mí lo que pasó a Rosa? No sabía si la idea era ridícula o no. Habían ocurrido tantas cosas relacionadas a la obra que no entendía: por qué Miranda presentó la idea a Diego diciendo que la idea fue mía, qué pensaba Diego al cambiar el diálogo, qué significaba la emoción que expresaba. Yo había querido que él me mostrara algo relacionado con la muerte de Rosa y lo hizo. Pero no sabía interpretarlo.

Pero por lo menos, me quedaba el beso que me dio Diego en la mano, el beso que me quemó la mano, que me llenó de deseos, el beso que ocurrió en aquella noche fresca.

Al dormirme después de la actuación de *Marianela,* soñé con pirámides, soñé con la muerte, y con los muertos. Y en la mañana cuando me senté al escritorio para apuntarlo, me fallaron las palabras. No encontraba manera de hacerlo. Sólo eran imágenes, sensaciones.

30

Leonora
La despensa

Una noche tuve que entrar en la despensa de la casa; un cuarto medio enterrado en la tierra, con ventanas pequeñas muy arriba tapadas de cortinas gruesas que admitían poca luz. La despensa olía a cebollas, a polvo y a vejez. Buscaba el vino blanco, por petición especial de Diego. Que lo llevara al taller donde, al terminar la cena, posiblemente pasáramos unos momentos de conversación.

Pero el vino no estaba donde debía de estar. Busqué en los estantes cercanos. Tampoco. Fui más lejos, hasta dar vueltas sin sentido. Ya no me importaba el vino sino salir del pánico que quiso apoderarse de mí.

En un rinconcito vi algo que no entendí: un objeto rectangular, pero de poco grosor, mal tapado por unos trapos sucios. Destapé una parte. Fue el retrato de Rosa que se había desparecido unos meses antes. Alcancé ver muy poco del retrato, pero fue suficiente para ahuyentar el miedo y llenarme de valentía. Casi en un frenesí, intenté destapar el resto del retrato, pero el cuadro estaba bien metido entre otras cajas. Lo jalé, pero no se movió. Lo volví a jalar y esta vez salió de su escondite, pero…. pero…. o Dios mío. Vi una raya al fondo que se extendió de un lado a otro. La cara de mi hermana me veía con la misma tranquilidad de siempre, pero yo no pude mirarla por la angustia que sentía.

A lo lejos oí que alguien entró. Sentí los pasos, lentos pero firmes. Alcé la cabeza para enfrentar a la persona que menos quería enfrentar en ese momento.

--¿Le ayudo en algo, señorita Luz? -- preguntó la voz áspera de la señora Poncia.

Ni dije nada. No me vino a la mente ninguna respuesta adecuada.

--La despensa no es lugar para cuadros – me dijo, como explicándole a una niña de cinco años.

--¡Yo no lo puse aquí!

--Y mire lo que ha hecho—dijo ella señalando el rasguño feo.

--Es que…

La señora Poncia cogió el cuadro, lo volvió a tapar y lo metió de nuevo en su lugar.

--No hablemos de eso. Yo me encargo del vino.

Con eso salió. Yo sentía mucho la pérdida de la oportunidad de estar con Diego a solas, y todo por culpa de la señora Poncia.

En cuanto terminó la cena, fui otra vez a la despensa. Aunque me daba mucho miedo la idea de llevarme el cuadro, lo quería hacer. La posibilidad de poder mirar la cara de mi hermana en mis momentos difíciles me alegraba mucho. Pero cuando llegué, el cuadro no estaba. Ni siquiera la señora Poncia, que era un genio en manejar los detalles de la casa, podría haberlo llevado. No había tiempo.

Me sentía enferma del corazón, débil, aplastada por el poder de la señora Poncia. De nuevo en la despensa, frente al hueco donde había estado el cuadro, me puse a llorar. Sentí una corriente de aire frío que entró al nivel del suelo. Quise salir, pero no tenía fuerzas. Se me congelaron los pies. Me sentía muy sola y muy desamparada allí en la casa de Diego Alba, pero no veía la manera de recuperarme a mí misma sin ayuda. Cerré los ojos y evoqué la imagen de Rosa. Le pedí que me ayudara, que me prestara su astucia para poder yo salir adelante. Sentí que la corriente de aire cesó.

31

Leonora
La señora Bárbara

Pasaban los días, pasaban los meses. No se repitió ninguna contrariedad como la actuación de *Marianela* ni lo ocurrido en la despensa. Diego viajaba; a veces estaba un par de días fuera de la casa, a veces más. Con regularidad venía la señora Bárbara, venía el doctor Leocadio. Yo preparaba las lecciones, comíamos, cenábamos, dormíamos. La vida tenía cierto ritmo, cierto estilo. Lo único que me preocuparon fueron los dolores de estómago que afligieron a Adriana y a mí. A lo mejor eran los ingredientes que usaba la señora Poncia en la comida, pero como a nadie más le afectaba, yo no decía nada.

Y, ¿qué sentía yo por Diego, tras todo aquello? Todas las noches, al dormirse Adriana, yo me sentaba delante de aquel escritorio de madera negra y maciza, respaldada en el sillón de cuero con sus patas en forma de león, y escribía. Llenaba hoja tras hoja del bloque de papel que traje de la capital, esas hojas con el membrete de la compañía de seguros. Allí ponía el contenido de mi corazón, las profundidades de mis sentimientos. Y al releerlo, me di cuenta que empezaba a enamorarme de Diego Alba. Anhelaba sus pláticas, sus miradas. Extrañaba su atención cuando no estaba.

Diego no se portaba conmigo como un patrón común y corriente. Me hablaba de cosas que le interesaban, cosas que le habían sucedido en sus viajes, charlas que tenía con la gente. Y por su parte, no me equivoco en decir que yo formaba para él una especie de centro también. Me pedía mi opinión sobre su trabajo; con el tiempo yo ganaba la confianza de decirle que esta o la otra cosa no me gustaba, que se vería mejor de otra forma. Diego nunca se molestaba; al contrario, se interesaba mucho.

Pasaba igual con los niños. Todos los días yo esperaba ansiosamente la hora de la cena cuando nos reuníamos en el patio o en el comedor, para que Diego oyera las noticias de la jornada escolar. Se interesaba muchísimo en las materias y en la enseñanza. A Diego, todo le interesaba; hasta los detalles más triviales.

Y había otra cosa que empezó durante aquel tiempo. El beso que me dio en la obra de teatro, se repetía. Siempre que Diego viajaba, al despedirse y al regresar, me cogía de la mano, de modo teatral, y me la besaba con toda la ternura y pasión que mostraba en la actuación. Con el transcurso del tiempo, aquel beso empezó a abarcar todo lo de él: el beso me hablaba, me pedía perdón, se reía conmigo, me escuchaba llorar; en aquel beso habitaban todos los sentimientos, los suyos y los míos: aquel beso nocturno que empezó con un gesto de teatro, terminó en un símbolo potente de lo que pasaba entre nosotros.

Un día llegó la señora Bárbara más tarde que de costumbre. Terminada la cena, Diego y la señora entraron en la sala y cerraron la puerta. Alcancé a escuchar que estaban discutiendo.

--Me comenta Luz que hace más de dos meses que Miranda no sale de la casa.

La voz de la señora Bárbara se oía furiosa.

--Yo estaba fuera del país. ¿Qué quieres que haga?

--Ah, y ¿por qué no me avisaste que no ibas a estar?? ¡Yo hubiera venido más seguido!

--No tengo que rendirte cuentas, Bárbara--. La voz de Diego estaba lisa, controlada, al contrario del sentido de sus palabras. --Tú insistes en vigilar a mi hija y lo haces por tu propia cuenta. Tú y yo bien sabemos que no me gusta que lo hagas, pero por razones que los dos conocemos, tengo que permitírtelo.

--No está bien tenerla encerrada aquí, Diego. Ella necesita conocer, necesita experimentar. Su mundo es muy limitado, y tú tienes la culpa.

Diego respondió: --Los chicos están aprendiendo muy bien con Luz. Hasta están más avanzados que otros chicos de su edad; mucho más avanzados.

Yo estaba muy feliz al oír que Diego me defendía.

--No dudo que Luz es la mejor maestra del mundo, pero no es suficiente. A Miranda le hacen falta amiguitas de su edad, la hace falta estar con más niños, y tratar con otros adultos también. ¿Cómo es posible que no lo veas así?

--Y ¿cómo es posible que tú no veas que tus comentarios sobre este asunto no son necesarios?

La voz de Diego no revelaba ningún rastro de ira, como era su costumbre cuando se enojaba. Pero paradójicamente, su actitud de calma y control sólo hacía que su adversario se pusiera aún más rabioso. Entre más angustiada la otra persona, más calmado se ponía Diego. Yo misma había experimentado eso cuando Diego amonestaba a Cecilio o la señora Poncia sobre alguna dificultad en la casa.

--También me enteré que el doctor Leocadio tiene más de un mes que no viene. El acuerdo era de una vista por semana, y que me pasara a mí los apuntes de las visitas-- continuó Bárbara.

--Yo no estaba en casa para asegurarlo, te digo--. Diego suspiró como para calmarse. —Además, bien sabes que estoy completamente en contra de que mi hija sea sometida al análisis psicológico.

--Diego, me prometiste que a Miranda le ibas a dar todo lo que ella necesitara.

--Y lo estoy cumpliendo.

La señora Bárbara no dijo nada por un largo momento. Por fin murmuró con odio:

--Pisoteas la memoria de Rosa.

Con eso, salió Bárbara furiosa.

Yo estaba tan emocionada que apenas lograba respirar. ¡Rosa! ¿Qué podría saber la señora Bárbara sobre mi hermana?

Al día siguiente me moría de ganas de hablar con ella, pero no sabía cómo proceder. Mi situación de maestra no me permitía hacer muchas preguntas. Pero la misma señora me buscó en mi cuarto después de la cena. Parecía angustiada, con necesidad de desahogarse con alguien.

--Luz, te has encariñado mucho con Miranda, ¿no es así? Se nota al ver cómo la tratas.

--Sería muy difícil no encariñarse con ella, señora. Es encantadora.

--Pues, te quiero pedir un gran favor. Quiero que me hables por teléfono si el doctor Leocadio falta. Él debe venir los jueves por la tarde, y quiero asegurar que venga o saber si no viene.

--Claro que sí, señora Bárbara. ¿Pero me permite una pregunta? -- Había decidido rápidamente hacerme la ingenua.

--¿Usted cree que el doctor Leocadio realmente puede ayudar a Miranda?

--Ay, Luz.

La señora Bárbara se veía muy cansada, muy triste. –Voy a contarte algo, pero no es para que pienses mal del señor Alba.

Afirmé con la cabeza. Fui a cerrar la puerta de mi cuarto; no quería que nadie escuchara lo que ella me iba a contar.

--Bueno. Cuando yo tenía veinticinco años, fuimos mi marido y yo a Bélgica a seguir los estudios de la enseñanza de los ciegos.

Mi corazón dio un latido enorme al escuchar el nombre del país de mi infancia. La señora Bárbara continuó: --Estuvimos dos años en Bruselas y allí conocí a una señora. Ella estaba casada con cuatro hijos, pero de eso no hablamos mucho. No fue hasta después que lo supe.

La señora Bárbara se quedó en silencio, pensando. Luego continuó.

--El marido de esta señora, de mi amiga, tenía un puesto muy alto en el consulado, pero tampoco de eso hablamos. Lo que sí hablamos eran las maneras de ayudar a los pobres, a los ciegos. Ella tenía un corazón enorme para los desamparados.

No pude creer lo que oía. ¡Bárbara hablaba de mi familia, de mi madre!

La señora Bárbara reflexionó. -- Ella fue una gran amiga mía. Yo llegué a quererla mucho --. Se paró de hablar, como si le doliera resucitar los recuerdos.

--Luego cuando me encontré en una situación difícil, ella me ayudó.

--¿Cómo?

--No importan los detalles. Basta decir que mi amiga me salvó de una cosa terrible; si no fuera por ella, hubiera caído en la cárcel, o peor.

¿¡En la cárcel...!? Pensaba rápidamente. ¿Alguna dificultad criminal? ¿Sería que mi madre aprovechara de ser la esposa del cónsul para sacar a la señora Bárbara de su "cosa terrible"? Me moría por preguntárselo.

La señora Bárbara suspiró profundamente. --Un día nos encontramos en *La Gran Place* para tomar un café y comer *gaufres*, que son las galletas que se comen allí.

Sentí las lágrimas en los ojos e hice un gran esfuerzo para no dejarlas caer. En ese momento yo podía saborear aquel café y aquellos *gaufres;* así de fuerte estaba la memoria. Se me vino a la boca un sabor agridulce; por todo lo que nos había pasado en Bruselas.

--Ese día mi amiga me comentó que su hija mayor, que vivía en Chile, se había separado de su esposo. ¿Te imaginas mi sorpresa al escuchar que tenía una hija tan grande? Jamás le hubiera calculado la edad para tener una hija adulta. Pero así fue. Y que su hija tenía una hija también, de seis años. Ellas habían estado viviendo en Chile, pero sucedió algo grave y tuvieron que salir del país.

--¿Qué cosa?

--No sé. Sólo sé que fue una especie de emergencia. En todo caso, la hija- --Rosa se llamaba--y la nieta se fueron para la ciudad de México.

--¿Por qué México?

--Tenía algo que ver con el gobierno de Chile. Cosas de la política. Mi amiga no quiso ponerlo en claro, lo cual era muy inusual con ella. Me daba la sensación que la obligaron a esconder los detalles.

--¿Qué le habrá pasado a la hija en Chile?

--No sabría decirte. Pero era evidente que mi amiga estaba muy, muy preocupada por su hija y por su nieta. Yo estaba a punto de volver a México cuando ella me pidió un gran favor.

--¿Cuál?

--Que yo me informara acerca de Rosa y de su nieta.

--Pero, ¿cómo?

--Bueno, ella sabía que teníamos la idea de montar una escuela para ciegos. Fíjate, Luz... Dios obra de manera muy misteriosa. En aquel entonces teníamos planeado montar la escuela en la capital, y por eso me pidió que buscara a su hija allí. Que me hiciera su amiga o por lo menos, una conocida de ella, y que ganara, si fuera posible, su confianza. Me sentía muy endeudada con ella y quería de todo corazón hacerle el favor. Ella me había hecho un favor mucho más grande antes.

La señora Bárbara continuó. --Pero no fue en la capital que montamos la escuela, sino en Morelia. Mi marido conocía a gente allí que nos ayudó. Pero me adelanto. Quiero contarte lo que pasó antes de que saliéramos de Bélgica.

Mi corazón empezó a latir muy fuerte.

--Mi amiga descubrió que su esposo le había sido infiel. Y estaba tan destruida que se suicidó.

¡No se suicidó....! tenía ganas de gritarle.

--Entonces, cargaba en mi consciencia la promesa que le hice y que luego no podía cumplir. Las promesas que se hacen a los muertos son sagradas, pero estando en Morelia, y muy ocupada con poner en marcha la escuela, no podía encontrarme con Rosa en México.

La señora Bárbara esperó un momento, recolectando sus pensamientos.

--Hasta que un día se le ocurrió a mi esposo poner una obra de arte en la escuela. Y ¿quién crees que llegó a pintarla? Diego Alba, el esposo de Rosa. Te digo, Dios está en todos los detalles.

--Increíble-- dije yo débilmente.

--A Diego yo lo conocía desde antes. Nos conocimos en Bruselas.

Al decir esto la señora Bárbara se puso inquieta, como si se arrepintiera de habérmelo dicho.

--No tenía la menor idea de que se había casado con la hija de mi amiga – dijo ella tras un esfuerzo para dominar sus temores. --Diego quería que revisáramos a su hija que de repente había perdido la vista. A cambio, le pedimos que pintara el mural en la pared de la escuela.

--¿Un mural para ciegos?

--Es muy especial. Está hecho con materiales táctiles. Es tanto para mirar como para tocar. Diego es muy ingenioso. En el transcurso de todo esto, nos enteramos de que Rosa había muerto.

--¿Cómo se enteraron?

--Una noche Diego tomó mucho y se le escapó. Tú sabes cómo es él.

Sí, yo sabía muy bien cómo era Diego. Yo sabía cómo se ponía con unas copas encima.

--Yo me sentía tan mal --continuó Bárbara. --¡La misma Rosa que yo había prometido a mi amiga en Bruselas, esa misma Rosa se había muerto! No había podido informarme acerca de ella; no había podido averiguar nada. Pero en aquel momento, cuando llegó Diego al instituto me dio una nueva oportunidad.

La señora Bárbara continuó: --Con lo que me contaba Diego, iba sacando mis conclusiones. Fíjate Luz, Dios había puesto en mi camino a la mismita persona que yo necesitaba para cumplir mi promesa. Si ya era tarde para informarme acerca de Rosa, todavía quedaba tiempo para encargarme de su hija, Miranda.

Yo esperé a que la señora Bárbara continuara. No quería preguntarle nada, para no desviarla de la historia.

Bárbara siguió. --No le tenía mucha confianza a Diego, pero le conté de mi amistad con la madre de Rosa y el deber que luego sentía para con Miranda. Le dije que tenía un mandado muy pesado por parte de la madre de Rosa, y que pensaba cumplirlo.

--Y, ¿cómo reaccionó el señor Alba?

--Pues, seguía pintando el mural en la escuela como si nada hubiera pasado, como si no me oyera siquiera.

La conversación con la señora Bárbara me dejó una bola de nervios. Quería en ese momento confesarlo todo, decirle quién era yo, explicarle el porqué de mi empleo en la casa de Diego, pero no me atreví. No estaba preparada para el caos que sucedería si lo hiciera.

-- Una noche, soñé con mi amiga de Bruselas-- continuó la señora Bárbara. --Fue un sueño intenso, de esos que te cuestan creer que sólo hayan sido un sueño. De hecho, yo sentí que mi amiga me hablaba; que me pedía que me hiciera cargo de la niña. Me desperté con la firme intención de decirle al pintor que nos dejara la niña en la escuela.

--¿Y?

--Se negó rotundamente. Lo único que logré fue someter a Miranda a la primera serie de exámenes, allí en el instituto.

Las dos caímos en un silencio profundo. Por fin Bárbara retomó el hilo de la conversación.

--Durante el tiempo que estuvieron Diego y sus niños, yo llegué a encariñarme mucho con Miranda. Ella es, para mí, la hija que nunca tuve. Y yo sabía que estar en una escuela especial para ciegos la ayudaría muchísimo. Yo estaba dispuesta a encargarme totalmente de ella.

--Pero Diego se negó-- dije.

--Precisamente. Tuve que dejarla ir.

La señora Bárbara suspiró con tristeza. --Ahora hago lo que puedo. Yo contraté al doctor Leocadio, que por cierto es un especialista en los traumas infantiles.

--¿Cómo el trauma que sufrió Miranda al presenciar la muerte de su madre?

--Sí. Luz, el doctor Leocadio cree que los ojos de Miranda funcionan perfectamente bien. Él dice que el problema está en otra parte.

No supe que decirle. Las mismas sospechas había guardado yo, pero no las quería reconocer. No quería admitir que posiblemente, Diego estuviera en un error en estar en contra del análisis psicológico. Tampoco quería admitirlo yo ahora. No quise pensar mal de Diego. Casi me volvía loca la situación de querer saber y no querer saber.

Otra vez sentí un gran deseo de confesar todo a la señora Bárbara. Pero si lo hiciera, me convertiría en enemiga de Diego. Decir a la señora Bárbara quién era yo sería como traicionar a Diego por completo. Yo no quería que nosotras formáramos una alianza en su contra. Eso no. No quería matar la esperanza de que algún día, Diego Alba confirmara lo que sentía por mí.

32

Leonora
Viene Nikita

Al año de estar en la casa de Diego, me llegó una carta de Paris. Nikita había decidido abandonar los estudios. No explicó nada-- costumbre que seguramente heredó de su padre. Ella decía que quería venir a México, a quedarse conmigo mientras. ¿Mientras qué? Total, no importaba. Yo me alegré, aunque no tenía la menor idea de cómo presentar el plan a Diego.

Pero como muchas cosas, el mismo Diego lo solucionó. En una conversación me preguntó sobre mi familia y así tuve la oportunidad de contarle la historia inventada de mi infancia en Bloemfontein. Desde que recibí la carta de Nikita, había estado en eso; la creación de otra serie de mentiras. Nikita ahora se llamaría Nancy. Dios mío. Tantas mentiras. Mencioné unos detalles sobre la ciudad sudafricana para darle al cuento un toque de verdad. Al mencionar que mi hermana pensaba dejar los estudios, Diego sugirió que ella viniera a México, a buscar qué hacer aquí.

--¿Aquí en la casa?

--¿Por qué no? Hay cuartos desocupados. Además, ella la podría ayudar con los niños.

Diego me miró con una cara que me desconcertó.

--Las tres hermanas, juntas. Esto te debe alegrar.

Nikita llegó atontada y confundida. Le explique la historia inventada de nuestro pasado, pero me prestó muy poca atención.

Yo por mi parte me alegré muchísimo con su llegada, pero ella no correspondió a mi alegría. Se encerraba en su cuarto, pidiendo que la señora Poncia le trajera su comida aparte. La noté muy deprimida, pero no había nada que yo pudiera hacer.

Lo que por fin le hizo salir de su melancolía eran las visitas del doctor Leocadio. Para su tercera visita, la depresión de mi hermana se había ido. Ella salió de su cuarto vestida y maquillada como no la habíamos visto desde que llegó a México.

-- Buenas tardes, doctor. Yo soy Nancy Mendoza. Soy la hermana de la maestra Luz María y soy licenciada en psicología de la Sorbona de Paris. Si le puedo servir de alguna forma, estoy encantada de hacerlo.

"Licenciada en psicología"? Yo sabía que Nikita no había terminado los estudios; que le faltaba mucho por hacerlo.

El doctor se sorprendió como era de esperar, pero se recuperó rápido. Nikita en aquel entonces era muy linda.

--Pues, me hace falta quién me haga los apuntes de las visitas. Si me podría hacer el gran favor....

Entonces Nikita empezó a asistir a las citas del doctor Leocadio con Miranda, con la responsabilidad de redactar todo lo que pasaba en ellas.

Pasaron los días. Una noche cuando Adriana dormía y yo comenzaba a dormirme, oí de nuevo unos sonidos que venían por detrás de la cómoda. Alguien o alguna cosa tocaba suavemente. Se acercaban los sonidos hasta pararse justo donde estaba la puerta escondida, y luego la cómoda empezaba a moverse. Alguien trataba de entrar por la puerta.

Me quedé inmóvil de miedo.

--¡Lea!-- Oí un susurro urgente. --¡Ábreme!

Me apresuré en apartar la cómoda de su lugar y entró mi hermana en la habitación.

--No sabías del pasillo, ¿verdad? -- me preguntó con cierto tono de triunfo. --Ven, para que veas. Hay un pasillo que corre entre mi cuarto y el tuyo.

Efectivamente así fue. Entramos en un pasillo completamente oscuro, y aun con los dos candiles, se veía muy poco.

--Pero, ¿cómo te enteraste de esto? -- le pregunté. --¿Cómo te atreviste?

--Escuchaba voces. Quería saber de dónde venían, quienes hablaban. Ven, vamos a investigar hasta dónde llega el pasillo.

Yo no quería investigar. Yo quería volver a mi recámara, a acostarme en la cama con las cobijas sobre la cabeza, pero Nikita no me dejó.

Caminamos lentamente, tanteando las paredes del pasillo. Fuimos a una distancia que no podía calcular muy bien. Recordaba cuando me perdí después de hablar con Miranda en su cuarto por primera vez, recordaba cómo me confundía y me desorientaba por completo en la complejidad de la casa.

Por fin llegamos al final del pasillo y Nikita empezó a tocar: buscando otra puerta como la que daba a mi cuarto. Le fue difícil encontrarla, pero por fin nos asomamos en la despensa; un espacio frío con estantes de metal que llegaban hasta el techo. Allí había una gran cantidad de comida enlatada, de jamones y carnes, de sal y frijoles, y maíz desecado. También había toallas y sábanas, platos y cubiertos: había toda clase de víveres como para durar mucho tiempo sin necesidad de salir. ¿Por qué sentía Diego la necesidad de guardar tantas cosas? También, la despensa me inquietaba por la oscuridad y por la brisa fría que entraba al nivel de los pies. Siempre me parecía un lugar con voluntad propia: un lugar que no me quería en lo más mínimo.

--¿Ya ves? Es posible andar en la casa sin que nadie lo sepa. Y creo que hay más pasillos todavía.

--Pero, ¿qué necesidad hay para esto? -- le pregunté.

--¡Lea! Llevas un año aquí, y todavía lo preguntas? ¿No sabes cómo es Diego?

--¿Cómo?

--¿Que no has visto nada? Diego construyó la casa de manera que pudiera andar por dondequiera sin que nadie se entere. La necesidad que tiene Diego es la necesidad de escuchar conversaciones que no le incluyen, de averiguar cosas que no le corresponden, de saberlo todo.

Regresamos a tientas a la puerta que daba a mi recámara. --Si sigues por allí, al rato llegas a mi cuarto--. Nikita indicó con la mano. -- ¿Vamos?

Muy desganada la seguí y efectivamente llegamos a su habitación. Ella había dejado la puerta parcialmente abierta; porque de otra forma hubiera sido imposible encontrarla. El pasillo era como un túnel completamente oscuro y completamente secreto. De no conocerlo, jamás se sospecharía de su existencia.

--No le digas nada a Adriana sobre las pasillos-- me dijo Nikita.

--Claro que no-- le contesté.

Me senté al borde de la cama.

--¿Qué te pasa Lea? -- mi hermana me preguntó ansiosa.

No sabía qué me pasaba. ¿Dónde se había escondido esa chica atrevida que llegó a México hace un año? ¿Cómo se había convertido en esta chica nerviosa, tímida?

No dormí bien aquella noche, ni en las noches siguientes.

33

Leonora
El padrillo

Entramos en un periodo en que las cosas no cambiaron mucho. Nosotros salíamos poco, sólo cuando venía la señora Bárbara y en ausencia de Diego. Mientras tanto, Diego salía frecuentemente a los viajes de negocios; viajaba mucho a Londres, a Nueva York, o a se iba a reuniones en otras partes de México y del Caribe. A veces llegaba muy quemado por el sol o con una barba o fumando puros o con un montón de libros y cuadros de otros pintores.

De Rosa no pudimos descubrir nada. En las ausencias de Diego, Nikita y yo revisábamos la casa, pero era imposible investigar todos los rinconcitos. La casa guardaba sus secretos muy bien; ni un rastro de ella pudimos encontrar.

Al principio yo le preguntaba a Diego sobre Rosa, usando el pretexto de la enseñanza de Miranda, diciéndole que el saber un poco de la mamá me ayudaría a enseñar a la hija, pero él nunca quiso decirme nada. Tampoco la niña. Era como si los dos se hubieran puesto de acuerdo para ocultarme todo lo relacionado con ella. Ya con el transcurso del tiempo, dejé de preguntar.

Adriana --pobre Adriana-- seguía igual de tonta. Me daba lástima admitirlo, pero parecía que no había remedio. Había aprendido a leer en Bruselas, pero leía monótonamente, sin entusiasmo. Tenía gran capacidad para la memorización, pero luego al preguntarle de qué se trataba el texto, no sabía decir. Era como si le faltara por completo la intuición. No podía sintetizar lo que aprendía; lo único que podía hacer era repetirlo. Todavía sufría de la misma inhabilidad de entender lo que se le decía. A no ser de estar justo delante de la persona que le hablaba, parecía que Adriana no oía nada. Le pedí al doctor Leocadio que le hiciera una prueba de audición, pero él no pudo averiguar si el problema estaba en el cerebro en los oídos. Con mucha delicadeza me dijo que el tratamiento sería muy costoso; yo no tenía el dinero suficiente aun empleando todos mis ahorros.

También había dificultades entre Adriana y Miranda. No se llevaban bien las chicas. Miranda no tenía paciencia con la pobre Adriana. Prefería leerle a Minx los libros en Braille, que pasar tiempo con ella. Y Adriana no sabía involucrarla en ningún juego que inventara. Lo que sí tenía Adriana eran celos de Miranda. Se ponía furiosa si se enteraba que a Miranda yo le daba algún premio por salir bien en un examen, y de recompensa tenía yo que darle uno también a Adriana, aunque era patente que no lo había ganado.

Con Cecilio, Adriana sí jugaba, pero muchas veces los juegos terminaban con llantos y lágrimas. Cecilio se aprovechaba mucho; a pesar de ser mucho más joven que Adriana, Cecilio era más listo. Fueron incontables las veces que yo los encontré jugando en algún rincón de esa casa laberíntica, y oía cómo Cecilio atormentaba maliciosamente a mi hermanita. Le hacía creer cualquier cosa con tal de quitarle el juguete, o de salirse con las suyas. Además, las quejas de Adriana seguían. Le dolía mucho el estómago. Se negaba a comer la comida que nos preparaba la señora Poncia y me pidió que yo la hiciera. Luego la señora Poncia se ponía recelosa y escondía la comida que yo necesitaba. Ella sabía que a mí me daba miedo entrar en la despensa; entonces cuando le preguntaba por este o el otro ingrediente, me decía que se encontraba allí para hacerme entrar. Todos esos problemas me tenían bastante ocupada.

Ahora Miranda. Miranda. Hay tantas cosas que decir que podría estar dos días contándolas sin terminar. A diferencia de Adriana, Miranda tenía unos poderes de intuición impresionantes. Me asombraba con las ideas que expresaba: una vez me comentó que Minx y Sancho Panza eran iguales.

--¿Cómo?-- le pregunté. --¿En qué sentido?

--Los dos son muy fieles a sus amigos.

--Eso sí.

--Y también les ayudan a creer las cosas reales y las fantasías.

La realidad y la fantasía, ¿en qué forma funcionaban en la mente de Miranda? En aquel entonces, no me di cuenta de la importancia de su comentario, y no fue hasta muchos años después que me arrepentí profundamente de no haberle preguntado más.

La chica leyó muchos libros: La Celestina, Lazarillo de Tormes, los cuentos del Libro de buen amor y del Conde Lucanor. Los viejos clásicos eran lo que había en la librería para ciegos en el centro, al cual acudimos cada vez que venía la señora Bárbara. El apetito de la chica por la literatura no tenía fin.

Tocaba cada día mejor el piano, gracias a la música que escuchaba y que imitaba. Había un tocadiscos antiguo, un gramófono de cuerda, y Miranda era muy aficionada a él. Siempre comenzaba sus ensayos con *Für Elise*; la melodía sencilla de Beethoven que siempre me daba escalofrío cada vez que la escuchaba.

Miranda hacía muy bien sus lecciones de historia, de matemáticas, de ciencias. Iba bien con el inglés y el francés. Lo único que me preocupaba del progreso escolar de Miranda era su costumbre de preguntarme, por parte de Minx, cosas que yo no sabía muy bien y que tenía que investigar para poder contestarla. Por ejemplo, Minx quería saber cómo, exactamente, funcionan los imanes. Minx quería saber por qué las cosas caen al suelo al dejarlas caer, en vez de subir; Minx quería saber por qué no es posible brincar a mañana ni volver al ayer si es perfectamente posible brincar de un lugar a otro o volver a un lugar en que se estaba antes.

Pero lo que más le intrigaban a Minx eran los colores. Quería saber cómo eran los colores; que si era posible saborearlos con la lengua como si fueran alimentos; que si era posible tentarlos con la mano como si fueran substancias con textura propia. Diego le había mencionado a Miranda que el azul es el color más dañino; Minx quería saber por qué.

A estas preguntas y muchas otras yo me esforzaba en darle la explicación adecuada, pero muchas veces me quedaba bastante perpleja y tenía que inventar una cosa u otra. Y siempre que le inventaba cosas, tenía la sensación de que Miranda reconocía mis evasiones. Era imposible ocultarle algo que realmente quería saber.

¿Y Diego? ¿Cómo se portaba conmigo? ¿Qué sentía yo por él? ¿Cómo vivíamos allí en esa casa él y yo?

Para llegar al grano: yo lo amaba. Lo amaba con todas mis fuerzas. Me ponía desolada cada vez que viajaba; me desesperaba por una palabra de amistad de parte de él; me moría de celos al saber que había estado con otra gente, compartiendo su ingenio con otras personas. A Diego Alba, el famoso pintor, el hombre fornido de gestos grandes, yo amaba sin poder mostrarle ni una gota de cariño.

Sabía muy bien cómo había llegado a estar en aquel estado de ánimo. Diego me había cautivado con su manera de ser, con sus apetitos y sus habilidades, igual como cautivaba a Rosa, estoy segura. Me enamoré de su risa, de su voz honda, de su cariño por los niños, (hasta con Adriana que no era nada de él). Me enamoré de sus cuadros, que la mayoría me dejó ver; figuras humanas geométricas y colores carnales, sensuales. Me enamoré de sus manos grandes, su caminar vigoroso, de su imaginación. Y por encima de todo esto, sentí el poder de su querer; es decir, sabía si algún día me llegara a querer, sería fulminante.

Pero no me dejé llevar por los sentimientos. Me reprimí. Me callé. No puse atención a mi propia voz interior, mis deseos interiores. ¿Por qué? Porque todavía ardía en mí el fulgor de la decepción de mi padre con mi madre. Porque todavía guardaba miedo, mucho miedo, de entregarme a otra persona. Porque estaba trastornada por la falta de un padre que me cuidara, ese padre que me había abandonado. Por lo que pensaría mi madre del engaño en que me había metido, por engañar a Diego con un nombre falso e intenciones escondidas. Porque me hacían mucha falta los consejos de una madre. Por Rosa. Por estúpida. Me reprimí por ser torpe y ciega e introvertida y muchas cosas más.

Me había empezado a despistar, allí en esa casa laberíntica en las afueras de una ciudad que apenas conocía, viviendo una vida muy peculiar, en una situación muy irregular. Con razón no me entendía del todo a mí misma. Nikita no me ayudó mucho, pero no por maldad sino porque ella también sufría sus propios problemas. Nikita había abandonado sus estudios y todo lo que ello significaba -- independencia, libertad, una futura profesión, – por reunirse conmigo en esta situación tan rara. Yo por mi parte empezaba a sentir por Diego un sentimiento profundo; fuera de toda lógica, de todo razonamiento y más poderosa que las dos.

Diego, por su parte, siempre me hablaba bien, me trataba bien. Yo sabía perfectamente que le gustaba mi compañía; que le gustaba estar conmigo, hablar conmigo. Y era cierto que hablamos, hablamos mucho. Sin embargo, él siempre guardaba una parte de su vida lejos de mi conocimiento. Nunca me platicaba de su pasado, de su vida antes de mi llegada. Ese tópico era prohibido. Tampoco revelaba todo de su carácter; guardaba aparte ciertos aspectos de su personalidad. A veces en plena conversación animada sobre su arte, o sobre un próximo viaje -- conversaciones en que Diego solía hablar libremente -- de repente, como si se arrepintiera de dejarme verlo tan de cerca, se callaba a la fuerza. Se podría decir que por un lado lo conocía bastante bien, pero por otro, no lo conocía nada. Recuerdo que, durante ese periodo, me desesperaba diariamente. Vivía en una tensión casi inaguantable.

Y Nikita. Ahora, Nikita.

Al principio sólo platicamos de las cosas más triviales; no tocamos el tema del pasado y apenas pude informarme sobre su vida en Paris. No mostró interés en las cosas de la casa más que lo relacionado a las visitas del doctor Leocadio a Miranda. Esas visitas eran la única cosa capaz de hacerla reaccionar. Siempre cuando se aproximaba el día de la visita, en la noche anterior Nikita se pintaba las uñas de los pies y de las manos; se lavaba y se arreglaba el pelo con tubos; se ponía cada clase de cremas; y se acostaba muy temprano para poder levantarse temprano para terminar de arreglarse antes de que llegara el doctor. El proceso de su belleza artificial era muy complicado.

Cuando Nikita conoció por primera vez al doctor Leocadio, le había dicho que ella sabía taquigrafía y así podía redactar fielmente las charlas. Pero en un momento de descuido, ella me confesó que no lo sabía en lo más mínimo, y para disimular, simplemente apuntaba más o menos lo que recordaba o inventaba lo que faltaba para que la charla tuviera sentido.

Fue en esta época cuando pasó lo del padrillo.

La casa de Diego tenía lo que nosotros llamábamos" el corral". El corral era un espacio al aire libre detrás de la casa donde Diego solía poner sus lienzos grandes mientras estaban en proceso de pintar. El corral tenía tapias altas y gozaba de una privacidad completa. La única entrada era por el taller; entonces si Diego cerraba la puerta del taller con llave, era imposible ver lo que ocurría en el corral.

Bueno, eso es lo que pensaba Diego. Un día que yo andaba tras de los niños, descubrí que era posible presenciar lo que pasaba en el corral sin ser visto. Un cuarto desocupado tenía una ventanita muy arriba, llena de telarañas y polvo, y si yo me subía en una silla, podía ver una parte del corral. Aquel día, hice que los niños se fueran y yo me asomé a la ventanita.

Estaba Diego de pie frotándose el sexo. No había bajado los pantalones y la tela lisa dibujaba un pene, ¿cómo lo puse en mi diario? ¿Grandilocuente? Ese me parecía el término correcto. Lo sigo viendo ahora, años y años atrás, con todas sus partes, todas sus curvas, en todo su estado de tensión. Miré por un rato, fascinada, pero como iban pasando los minutos, aumentaba la sensación de vergüenza y me bajé de la silla.

Un día Diego llegó a la casa con un enorme tubo con un lienzo gigantesco adentro, enrollado. Cuando lo extendió, abarcó el taller entero así es que en el corral construyó un marco especial para poder pintar en él. Allí pasó varios días casi sin salir. Cuando terminó el marco, vino a cenar con nosotros en la noche para revelar que el cuadro se llamaría *El padrillo* y para pintarlo, se necesitaría un caballo de verdad.

El día siguiente fue en busca de un caballo adecuado y no tardó mucho tiempo en conseguirlo. Lo que trajo fue un caballo hermoso, grande, con crines lustrosas y músculos duros y definidos. Los niños se pusieron en un delirio con el animal, que por cierto no era muy manso y con quien tuvimos que tener mucho cuidado. Los testículos eran dos bolsas enormes y pesadas que se contoneaban y se golpeaban cuando el caballo iba al trote en el corral. Hasta Miranda preguntó qué era el sonido que se oía y ni Diego ni yo supimos qué decirle.

--Son sus cojones, mensa-- dijo Cecilio. Diego se rió, pero a mí me preocupó. Estaba segura que Miranda me preguntaría después que qué son cojones. También por lo de "mensa". Miranda no era ninguna mensa; todo el contrario y me fastidió la actitud del chico. Siempre buscaba la manera de demostrar su supuesta superioridad sobre la hija adoptiva.

Así es que tuvimos un verdadero caballo en el corral, con todo y bosta, que Poncia tenía que sacar y luego echar en un lugar lejos de la casa.

Una noche, muy tarde, yo sentí movimientos y sonidos en el corral. Temía andar a solas por la casa de noche, pero fueron más grandes mis deseos de saber qué hacía Diego y fui a investigar. La puerta del taller estaba con llave y no pude entrar. Se me ocurrió asomarme por la ventanita del cuarto desocupado.

Allí estaba Diego, frente al lienzo enorme pintando en silencio. A horcajadas en el lomo del caballo había una muchacha. Estaba desnuda, boca abajo, con los brazos sueltos hacía abajo y la cara metida en las crines. El caballo no estaba muy quieto y la muchacha se iba de a un lado a otro, deslizándose en la piel resbalosa del animal. Diego estaba de mal humor; susurrándole al "pinche animal", y dejando de pintar para intentar tranquilizarlo. Varias veces la muchacha se enderezó para quejarse o para colocarse nuevamente en el lomo. Era una chica joven, bonita, muy bonita, con pechos redondos y firmes, y curiosamente grandes las aureolas.

No alcancé a ver el lienzo y me moría de curiosidad por verlo. Pero me moría de celos cuando vi bajar la chica del caballo para acercarse a Diego. Diego le dio un beso apasionado que duró mucho rato. El pintor acarició el cuerpo entero, poniendo especial atención a los pechos hasta dejarlos inflamados y rojizos. Luego inclinó la cabeza para morderlos. La chica gemía de placer. Dejaron la pintura para entrar en el taller.

Esto mismo volvió a ocurrir cinco veces. Lo sabía porque no podía evitar escuchar, muy tarde, los mismos sonidos, los mismos movimientos, los mismos gemidos. Cinco noches sin dormir, aguantando la rabia, aguantando los celos.

Diego nunca nos dejó ver el cuadro *El padrillo*. En cuanto lo terminó, lo enrolló, lo metió en el mismo tubo y lo mandó al extranjero.

Pero esto no fue el final de la historia. Un par de días después, vino Nikita a mi cuarto.

--¡Odio a Diego! -- dijo sin prefacio.

--¿Cómo? ¿Qué quieres decir?

Nikita estaba furiosa. Tenía los ojos llenos de fuego.

--Tiene una muchacha. Se acuesta con ella, aquí en la casa.

--¿Y qué con eso? -- Yo trataba de mantener mi voz en un tono neutral.

--No sabías que.... que... bueno-- ¿Para qué te voy a mentir? Diego y yo llevamos meses de.....

--¿De qué? --le pregunté, la histeria aumentando adentro de mí.

--Pues, tú sabes cómo es Diego.

--Si, sé muy bien cómo es Diego. Lo que no sé es cómo eres tú.

El esfuerzo por mantenerme en un estado de calma era enorme, casi imposible.

--¿Cómo soy yo? Soy como soy. Yo hago con mi cuerpo lo que me parezca. Es más. A estas alturas, ¿a quién le va a importar?

Sentí derrumbar las paredes de mi mundo. Nikita... con Diego....

--Debería de darte vergüenza-- dije. --Diego es muy mayor. Casi podría ser tu padre.

Nikita parecía encogerse, como tratando de alejarse de sus mismas palabras.

--Quizá por eso me acerqué a él. Sentía la falta de un padre y Diego se aprovechó.

--¡Pero tú aceptaste!! ¡Tú dejaste que se aprovechara de ti!

Fui hacia ella y la agarré de los hombros. En ese instante, Nikita perdió toda su ira y su fanfarronería. Era como si el toque de mis manos la soltara de la prisión en que se hallaba. Se echó a llorar.

-- Tengo mucho miedo. Diego me hace tantas cosas. Tantas cosas. Casi me rompe en dos.

Las palabras de Nikita me hicieron arder.

--Entonces ¿por qué lo haces?

--No puedo evitarlo.

Yo esperé a que mi hermana explicara más.

--Siempre es muy el caballero, al principio. Me dice cosas bonitas, me regala cosas. Pero después, tengo el cuerpo adolorido y me juro no volver con él, y otra vez caigo. No sé qué me pasa que no puedo ser más fuerte.

Yo sí sabía por qué: Diego ejercía el mismo poder sobre mí. Yo me sentía tan indefensa como ella. Yo me sentía igual de débil. Me sentía como un ser sin voluntad propia, igual que Nikita.

--¡Vámonos de aquí-- me rogó. --Vámonos para la ciudad.

No sabía qué decirle. El sueldo que recibía se iba juntando en el banco, pero no era suficiente para empezar de nuevo en otro lugar. Además, no quería dejar a Miranda. No quería dejar a Diego. Eso no.

Estuvimos un largo rato en mi cuarto, la una llorando por fuera y la otra llorando por dentro.

34

Leonora
Nikita habla

Por un lado, no tenía nada de qué perdonar a Nikita por lo que hizo con Diego. Yo no tenía ningún derecho sobre él. Tanto él como Nikita eran adultos con voluntad propia y ¿quién era yo para prohibirlos? Yo era la maestra, simple y sencillamente. Lo único que pude hacer era regañarla por haberse entregado a un hombre que ella no amaba.

Pero por el otro lado, sentí torcer mis entrañas al pensar en lo que pasó. Esas manos que yo quería que me acariciaran a mí, habían acariciado a Nikita. Esa boca que yo quería que me besara a mí, la había besado a ella. Mi propia hermana. Era mil veces peor que si hubiera sido con otra mujer, con una desconocida. Era mil veces peor que con la muchacha del caballo. Tenerla allí, a Nikita delante de mí, y saber que fue la amante del hombre que tanto yo quería, fue intolerable.

Pero Nikita estaba tan mal que no podía guardarle rencor. Lloraba a cántaros; estaba completamente deshecha.

--No sabes las cosas que me pasaron en Paris-- dijo Nikita entre sollozos.

Yo estaba confundida. No me imaginaba que le hubieran pasado cosas en Paris que la perjudicaran.

--Cuéntame entonces.

--Necesito algo de tomar. Me siento mal, como me voy a desmayar-- dijo ella.

En mi cuarto yo guardaba unas botellas de vino blanco; acudí a abrir una y le serví a ella y a mí. Tras vaciar la copa de un solo trago, empezó a hablar.

--Después de lo que pasó con papá, me alegró la idea de escaparme de Bruselas. Y estaba muy emocionada con la idea de estudiar en la Sorbona. ¿Te imaginas? Un lugar tan prestigioso. En *Paris*.... la ciudad del amor. Todo muy hermoso.--. Nikita suspiró. --Pero las clases eran muy difíciles; mucho más difíciles de lo que imaginaba. Química, biología, física. No sacaba buenas notas. No me sentía capaz de hacerlo.

--¿Por qué nunca me lo dijiste?

--Porque sabía que ya tenías suficiente con el trabajo y con cuidar a Adriana. Sabía que tu vida en Bruselas no era nada fácil, y no quería darte más problemas.

--¡Ay Nikita! -- La abracé, sufriendo de nuevo el fracaso de la familia. --Me lo hubieras dicho.

--Bueno. Hay más. Conocí a un chico que me ayudó con las clases. Muy rápido nos enamoramos.

--Pero no debiste dejarte enlazar con alguien mientras todavía estabas tan frágil-- le dije. --Recién nos habían ocurrido tantas cosas: lo de papá, de mamá.....

--Precisamente por eso me sentía tan necesitada. Me hacía mucha falta el apoyo de alguien, y aquel chico estaba allí, en mi camino.

Le serví más vino. Era vino blanco; que siempre decía Diego que no hay pecado en beber el vino blanco porque siendo blanco, no hace daño.

--Luego, ¿qué sucedió?

--Lo que tenía que suceder. Me quedé embarazada y el chico me dio dinero para que yo terminara el embarazo.

--¡Ay Nikita! La volví a abrazar, con lágrimas derramándose en mis ojos.

--Él no quiso casarse conmigo, no quiso ser padre, y pocos meses después se separó de mí diciendo que no aguantaba escuchar mis remordimientos-- Nikita empezó a sollozar otra vez.

--Yo....... lo quería...... pero...... acabé... por odiarlo. Lo odio. Lo odio. Como igual yo odio a Diego.

--Ya. Olvídate de él.

Yo sentía un gran alivio en ese momento. Pude perdonar por completo a mi hermana. No sólo eso, sino el gran silencio que ella había guardado desde que llegó a México, se rompió. Nikita y yo hablamos toda la noche: recordando lo de la familia, bebiendo vino, analizando las cosas del pasado, bebiendo más vino, llorando, secando las lágrimas para volver a llorar otra vez. Nos alegramos al encontrarnos unidas una vez más: hermanas de espíritu, de alma y de sangre, pero lloramos con amargura la pérdida de todo lo que antes teníamos.

35

Leonora
Entre la espada y la pared

Nikita se había recuperado ya para la próxima visita del doctor Leocadio, pero yo no. Me sentía tan inestable que se me ocurrió presentarme con él de paciente, o por lo menos, pedirle algún consejo médico. No dormía. No comía. Lo único que me ayudaba fue el cuidado de los niños. Pero lo hacía de modo mecánico, esperando que ninguno de los tres se diera cuenta.

En cuanto a Diego, ¿qué puedo decir? Cenábamos todos los días en grupo, nos hablábamos, nos tratábamos, pero todo ocurría bajo una capa de furia apenas disimulada. Yo sé que Diego lo notaba, pero nunca dijo nada ni alteró su manera conmigo. Incluso llegué a pensar que lo de Nikita y de *el padrillo* no le afectaba, pero luego sabía que sí. Lo vi a Diego en varias ocasiones --siempre muy noche-- en el corral haciendo cosas raras. Se ponía delante del lienzo y llenaba el pincel con una gran cantidad de óleo. Arrojaba los óleos al lienzo donde se estrellaban en la tela con sonidos violentos. Diego parecía un tirano de los cuentos antiguos de los griegos: Poseidón y su tridente castigando los mares.

¿Y en cuanto a mí? Yo me sentía atrapada, ligada a una cosa que no me correspondía. Por Diego sentía un amor furtivo, más intenso quizás por estar completamente escondido. A nadie pude hablarle de aquel amor; apenas a mí misma podía admitirlo. Los celos me comían al pensar en todas las cosas que Diego había hecho con otras mujeres. Siempre cuando no estaba en la casa, imaginaba que él estaría pensando en mí, quizás, pero al mismo tiempo, sabía que su atención tenía muchos otros puntos en que enfocarse.

Pero luego me regañaba a mí misma: tenía poca evidencia de que su cariño hacia mí significara algo. Diego jamás me había prometido más que el sueldo y el alojamiento. ¿Con qué razón guardaba yo esperanzas?

Claro, la razón no tenía nada que ver. Pensaba en Rosa: mi hermana hábil, organizada, lógica. Ella también había caído bajo el dominio de Diego. Y luego le sucedió algo terrible. En mi mente reinaba un caos. Miedo y amor mezclado. Pero siempre ganaba la certeza de que el beso que me daba Diego en la mano nunca me mentía.

Poco a poco, con la ayuda del tiempo, yo me recuperé. Diego se fue de viaje por dos meses; esto me ayudó también a restablecer el ritmo de los días. Hasta Nikita se adaptó a vivir tranquilamente en la casa, y dejó de pedirme que nos fuéramos. Las visitas del doctor Leocadio y su trabajo con él la ayudaron a conformarse a la situación.

Siempre por la noche me ponía a escribir, a apuntar todo lo que me pasó. Me hacía siempre la misma pregunta: ¿de alguna forma, tenía yo alguna relación con Diego? Muchos dirían que no. Muchos dirían que Diego Alba es muy egoísta; un mujeriego. Muchos dirían que Diego Alba jamás será capaz de querer de verdad; que él se dedica solamente al pecado y al placer. Pero ellos no lo veían en casa, hablando conmigo con el entusiasmo de un artista en la plenitud de sus talentos; no lo veían cuando estaba con los niños, interesándose por los más mínimos detalles de su felicidad. No lo veían cuando me besaba en la mano, no veían la ternura con que lo hacía.

Fue durante ese periodo que los chicos estudiaban los mitos griegos. Habíamos leído una parte de la Odisea; de las sirenas que llamaban a Ulises con intención de hacerlo abandonar su viaje. Para poder pasar por en medio de ellas, Ulises tuvo que taparse los oídos con cera y pedir a sus tripulantes que lo ataran al mástil del barco. Que sólo así podría sobrevivir estos peligros. Y luego, para pasar por un estrecho canal de agua, tuvo que elegir cuál de los dos monstruos situados en orillas opuestas le haría menos daño: el torbellino Caribdis o la fiera Escila, ella de seis cabezas y gran apetito por los marineros. Miranda, con su perspicacia de costumbre, me dijo un día, --Señorita Luz, usted está entre Escila y Caribdis, ¿verdad?

--¿Cómo, entre Escila y Caribdis?

--Pues, en medio de dos cosas peligrosas. Dos cosas que la pueden perjudicar mucho -- dijo Miranda en tono de quién le explica a una tonta.

--Y, ¿cuáles son estas cosas--? le pregunté.

--Ay, señorita Luz. Usted ha de saberlo.

No me quiso decir más.

En aquel momento, me sentía molesta; molesta con el mundo y molesta conmigo misma. Cuando en ese momento Nikita me habló de una cosa sin importancia, casi le grité la respuesta. Ella parpadeó rápidamente, sorprendida.

--¿Qué te pasa?

--Me tiene harta todo esto. Hasta tú.

--¿Yo? ¿Qué he hecho?

--Tú, pues….

--Mira -- dijo Nikita. -- No podemos estar de malas. No podemos discutir. Miranda y Adriana nos necesitan. Ella me abrazó.

--Sé que ocultas algo -- dijo ella. -- Y sé que te pesa. A ver, cuéntame. Te sentirás mejor.

Pero no pude. Hablarle del amor que tenía por Diego serviría solamente de que ella se alejarla de mí. Por Diego, mi hermana no sentía más que desdén, odio, desconfianza. Al darse cuenta de mis sentimientos por él, Nikita me vería con otros ojos; no me tendría la misma confianza de antes. No. Eso no. Otra vez me encontraba entre la espada y la pared; acosada por el peligro de revelar la verdad sobre mí.

Luego, unos días después, mi hermana me salvó la vida.

Llegó a mi cuarto en la madrugada, pasando por el pasillo interior, para decirme que había encontrado el retrato de Rosa. Me habló en voz alta, pero apenas se oía por el agudo silbido del viento. A veces pasaban esos vendavales y siempre me inquietaba la violencia del aire. Era como si los espíritus de la naturaleza -- que estaban bajo el dominio de la señora Poncia -- buscaran deshacerse de nosotras, las intrusas.

--Está en un gabinete en la despensa.

--¿Cómo te enteraste?

--Anoche yo pasaba por la puerta del taller, y vi que Diego y la señora Poncia lo estaban empaquetando. Por lo visto, iba destinado al extranjero porque llevaba un montón de material encima para protegerlo.

--¿Alcanzaste ver la dirección?

--A Cuba. Luego la señora Poncia lo llevó a la despensa, lo metió en un gabinete, puso la llave y dijo unas palabras en su idioma; su hechizo de siempre. ¿Vamos por él?

Hacía tiempo que Nikita decía si algún día lograba encontrar el cuadro, se lo iba a llevar. La idea me dio miedo; seguramente Diego descubriría el robo. Y los hechizos de la señora Poncia, los conocía de sobra. A todas las cosas que ella usaba -- sartenes, escobas, cuchillos -- ella susurraba sus conjuros; la había visto y oído muchas veces.

¿Vamos por él? – repitió mi hermana.

Fuimos a la despensa. Nikita sacó una llave.

Abrió el gabinete y allí estaba la caja de cartón con la dirección de Cuba claramente escrita en un papel pegado a ella. La miramos fijamente.

--Lea, ¿no te da miedo saber que Diego anda todavía en la política? Quiero decir, Rosa andaba en lo mismo y mira lo que le pasó. Perdió todo lo que tenía en Chile, hasta su marido.

Contemplamos la dirección. Seguramente Diego tenía tratos con los cubanos, con los comunistas. Resonaban las palabras de Nikita sobre lo ocurrido a Rosa.

--¿Tú crees que Rosa se suicidó? – le pregunté.

--Yo no lo creo. Ella era de carácter muy fuerte como para rendirse tan fácilmente.

--Y se supone que Diego la quería, ¿verdad? Si la quería, no habría tenido motivo para….

--Diego no quiere a más que a sí mismo—dijo secamente mi hermana.

--Quiere mucho a los chicos. A Miranda. Y a Cecilio.

--Lo que siente por Miranda es una obsesión, que es muy diferente. Y en cuanto a Cecilio…

La charla se interrumpió bruscamente. En ese momento oímos un sonido que venía de las entrañas de la Tierra; un sonido gutural, profundamente hondo. Duraba unos segundos. Luego hubo un enorme shock. La casa entera se movió bruscamente; y luego otra vez se repitió el trastorno terrenal que sonó como el trueno de un terrible dios.

--¡Es el viento! -- gritó Nikita. ¡Salgamos!

Ella se echó a correr, pero no yo no pude mover ni un músculo. El miedo me atrapó.

¡Corre --!! me volvió a gritar. Cuando vio que no pude, regresó por mí. A empujones y arrastres, me condujo a la salida de la casa. Corrimos a una distancia y cuando nos volteamos, vimos caer uno de los eucaliptos enormes. Y yéndose para abajo, arrastró otro árbol igual. Los dos cayeron justo donde unos momentos antes habíamos estado Nikita y yo. El aire de mis pulmones quedó atrapado por el susto.

Luego se calmó un poco el viento y nos acercamos a la catástrofe. Todavía temblaban las hojas, como pajaritos intentando escapar de sus jaulas. Las raíces de los árboles, que extendían a una gran distancia de los troncos, habían desenterrado una enorme cantidad de tierra, dejando atrás grandes hoyos, y socavando los cimientos de la casa. Una parte de la pared exterior correspondiente a la despensa había sido derrumbada. La despensa ahora estaba invadida por una confusión de ramas quebradas, rotas de múltiples formas.

Se nos acercó la señora Poncia.

--¿Ven lo que pasa por culpa de los metiches? – nos dijo con una mueca de superioridad.

Ella solía tratarnos con mucha falta de respeto, pero la brusquedad de su comentario nos dejó atónitas.

--Ha sido el viento, que es una fuerza natural, señora Poncia – dijo Nikita, tras un momento de recuperación.

No le dijimos a Diego que habíamos estado en la despensa. No tenía importancia. Y ahora, el cuadro de Rosa quedó enterrado; posiblemente destruido.

Diego tardó cinco días en despejar el área, y en cuanto pudo, se puso a reconstruir las paredes de la casa. Trabajaba a un ritmo acelerado, como si le ardiera por dentro una llama de miedo, o de pánico apenas controlado. Mientras trabajaba, Nikita y yo intentamos localizar el cuadro, pero fue inútil, sobre todo porque tuvimos que disimular el esfuerzo. Tampoco fue posible preguntarle a Diego: el cuadro estaba bajo llave precisamente para ocultarlo de ojos ajenos.

Me dio tristeza la casi-recuperación del cuadro. Cuando se desapareció por primera vez, me resigné a jamás volverlo a ver, y para ahora tener tan cerca la posibilidad de verlo de nuevo, me llenó de una sensación de pérdida más fuerte que nunca.

Y luego, que Diego se deshiciera del cuadro tan fácilmente también me dio mucha pena. El retrato de alguien que has querido debería de ocupar un lugar muy especial en el corazón. ¿Cómo pudo hacerlo Diego? Además, a pesar de ser creado por el pintor, ese cuadro nos pertenecía a nosotras, a mí, a Nikita y a Adriana, y por encima de todo, a Miranda, que apenas tenía tiempo de conocer a su propia madre, y que guardaría su retrato con mucho amor por toda la vida, si sólo pudiera.

36

Leonora
Un puente al pasado

Una noche llegó Nikita por el pasillo interior a mi cuarto.

--Necesito contarles algo – dijo ella. Adriana dormía, pero se incorporó al entrar Nikita.

--¿A Adriana también? – pregunté, pero de inmediato vi, por la expresión primero de felicidad en su cara, y luego de decepción al oír mi pregunta, que yo había herido los sentimientos de mi hermana.

--Por supuesto que a Adriana también—dijo Nikita. Del bolsillo sacó una bolsita de plástico. Adentro: unas galletas muy parecidas a los *gaufres* que comíamos en Bruselas.

--Pero, ¿cómo? – sonaron en coro las voces mías y de Adriana.

--Las hice yo. La señora Poncia me ayudó con los ingredientes.

Sentí erizar los pelos en la nuca al pensar que la señora Poncia había participado en la confección de las galletas, pero seguramente Nikita no había permitido ninguna intervención culinaria. Así es que las comíamos una tras otra, pero de repente Adriana se puso a gemir. Tenía los puños aplastados al estómago, como si tratara de contener el dolor.

--Dale las pastillas que trajo la señora Bárbara.

Se las di, tratando de ahogar mis preocupaciones. Siempre que le hablaba a Nikita de los poderes sobrenaturales de la señora Poncia, se reía de mí. Mi hermana no creía en esa clase de cosas.

Mientras esperamos a que hicieran efecto, Nikita habló, primero de cosas sin importancia. Al ver que Adriana se sentía mejor, empezó.

--Yo sé que Diego tuvo algo que ver con la muerte de Rosa.

Pasó un momento de silencio.

--¿Cómo lo sabes?

Adriana ya no gemía, sino que escribía a toda velocidad en su cuaderno, mirándonos intensamente mientras hablábamos para poder entender, porque de otra forma no oía.

--Encontré esto.

Nos enseñó una cajita de metal, decorada de flores pintadas. De ella, Nikita sacó un sobre. La dirección en el sobre: *María Luisa Fernández, 30 Rue de la Science, Bruselas.* Era la letra de Rosa. El sobre llevaba sellos, pero estaba claro que esta carta nunca llegó a su destinatario. Niktia sacó la carta del sobre.

--¿Dónde la encontraste?

--En la cocina. En las cosas de Poncia.

Adriana y yo esperamos, apenas respirando. Nikita empezó a leer.

--Dice aquí que Rosa desconfiaba de Diego. Tenía miedo de que Diego ya no le creyera; que no creyera que se hubiera divorciado en Chile.

--¿Divorciado? Pero Rosa nunca se divorció de René. No entiendo.

--Yo tampoco. Nikita se puso a pensar. --¿Será que Rosa le mintiera por alguna razón? ¿Qué le escondiera lo de la muerte de René?

Yo me encogí de hombros.

--Luego acusa a mi madre de haber reconocido a Diego aquí en México, en el Hotel Geneve. Sospechaba que se habían conocido antes.

--Posiblemente se hubieran conocido, ¿verdad? Diego viaja mucho.

--Pero, ¿por qué ocultarlo? No, Lea. Yo creo que Diego y mis padres estaban involucrados en algo. Algo que no querían que Rosa supiera. Cuando por fin Rosa empezaba a investigarlo, Diego presintió que las cosas iban en contra de él.

--¿Estás diciendo que la mató? Qué locura.

Nikita negó con la cabeza.

--¿Qué fue lo que te dijo Diego, exactamente, sobre el día en que tuvo el accidente?

--Que Rosa tomó una substancia que él utiliza en la pintura, creyendo que era agua de sandía.

--¿La vio tomarla?

--Pues, no. Pero suponía que así ocurrió por la semejanza de los líquidos y las botellas.

--¿Ya ves? -- dijo en tono de triunfo mi hermana. --No la vio. Su muerte pudo haber sido otra cosa completamente. Algo que no tenía nada que ver con lo que haya o no haya tomado Rosa. Además, es ridículo pensar que Rosa no hubiera detectado el sabor.

--Me dijo Diego que fueron comprobados los resultados en las pruebas de intoxicación.

--¡Bah! Estamos en México. Hay corrupción a todos los niveles. Fácilmente Diego pudo haber comprado los resultados. O pagado a alguien que los cambiara. Qué sé yo.

--Que Rosa haya dicho que desconfiaba de Diego no significa que….

Nikita no dejó que yo terminara la frase.

--Sí lo significa. Si yo fuera el juez, diría que hay suficiente evidencia para proceder.

--Son todas conjeturas, Nikita—le dije, angustiada. –No podemos estar seguras de nada. Nos falta información.

Nikita inclinó su cabeza a un lado.

--Hay una persona que podría llenar los vacíos.

--¿Quién?

Yo no tenía idea sobre quién pudiera ser la persona. Nikita esperó un momento, queriendo quizá que dijera algo, pero no se me ocurrió nada.

--Papá.

--¡Papá!

--Sí. Ha pasado tiempo. Quizá a estas alturas…

--A estas alturas nada. Nos abandonó, ¡Nikita! No, yo no estoy dispuesta a perdonarlo.

--No es cuestión de perdón, Lea. No mezcles las cosas.

--Para mí es una sola cosa. La desconfianza que siento por él hace que todo lo que diga -- si es que lográramos hacerle hablar-- se convierta en excusas, en mentiras.

--Es posible que haya una explicación razonable por lo que hizo —dijo ella con esperanza. —Algo relacionado con la política, o …

Ella no terminó la frase. La historia de mi padre durante los últimos años que pasamos en Bruselas era imposible de sondear. No encontré nada que decirle.

Terminamos el vino, pero no con gusto por el desacuerdo entre nosotras. Mientras tanto, Adriana escribía a toda velocidad, pero más tarde, cuando miré su cuaderno, no logré entender nada. No tenía manera de saber si Adriana entendía lo que decíamos, o si para ella, todo era tan confuso como sus garabatos.

En la noche soñé que Diego me hacía el amor y era de los sueños que te llenan el cuerpo entero de sensación. En el mismo sueño sabía que estaba soñando, pero no por eso fue menos rico. En la mañana me estiraba, acostada todavía, sin ganas de levantarme y así borrar la delicia. Pero mi ensueño fue interrumpido por Adriana.

Estaba de pie al lado de la cama, desnuda de la cintura para abajo. Lloraba. La puerta que llevaba al pasillo interior estaba parcialmente abierta, pero estaba segura que Nikita la había cerrado firmemente la noche anterior.

Hasta en sus más lúcidos momentos Adriana luchaba por expresarse; ahora era imposible. Me sentía estrangulada con un enorme peso de angustia adentro; sin poder ayudar a mi pobre hermana, sin poder saber si algo realmente le había pasado en la noche; en la noche en que yo soñaba que Diego Alba me hacía el amor.

37

Leonora
El retrato

Todavía nos dolía la pérdida del cuadro de Rosa; todavía quedamos con el susto de la caída de los árboles y la destrucción de la despensa; todavía guardamos las dudas sobre la carta que Rosa escribió a nuestra madre, y cómo fue que la señora Ponica la guardaba en sus cosas: seguimos con las mismas dudas de siempre, cuando me dijo Diego que me quería retratar.

Me quedé sin contestar por unos segundos. Pasaron por mi mente un sin fin de cosas: lo de la chica de *el padrillo*, lo de Nikita, lo del cuento de la señora Bárbara, lo de Rosa y de mí. Y por encima de todo eso, pasó también la incertidumbre de no saber si Diego se daba cuenta de que yo sabía esas cosas. De ninguna de ellas habíamos hablado directamente, pero él tampoco había tratado de ocultarlas. Así es que se profundizó un pozo de secretos entre Diego y yo.

--Mira, pensé ponerte así, de espaldas, pero con la cabeza casi de perfil: el cuerpo en la sombra y la cara en la luz-- dijo Diego.

Esa era la posición exacta de Rosa en el cuadro que Diego había pintado unos años antes. ¿Seguramente no se le había olvidado? ¿Qué querrá decir todo esto? Yo pensaba en Diego y Rosa, en su vida de marido y mujer.

Ser retratado es una cosa, en cierto sentido íntima, e imaginarme bajo la mirada escudriñadora del artista, igual como había mirado a Rosa, me daba un no sé qué.

Pero por encima de todas estas preocupaciones, sentí una alegría intensa. Pasar tiempo con Diego era lo que siempre buscaba, lo que siempre quería. Y que me pintara, que reflexionara sobre mí, que tuviera siquiera la idea de pintarme, me llenó de emoción. Luchaba conmigo misma para no mostrar mi estado de ánimo.

--Sólo si me permite ver el cuadro mientras esté en proceso-- le dije.

Luego me pregunté por qué diablos yo no lo dejaba ver mis pensamientos, mis anhelos. Pero luego pensé en el destino de Rosa y de mi madre, lo cual me hizo entender que el mundo es un lugar vasto y peligroso; lleno de misterios que engañan, personas que mienten, hechos que desilusionan. No. Mejor me callaba. Mejor escondía mis sentimientos por Diego. Mi deber era cuidar a mis hermanas y a mi sobrina, porque no había quién más lo hiciera.

Diego me volvió a hablar del retrato y fuimos un día al taller. Me puso en posición. Movió mi cabeza, colocándola primero inclinada así y luego asá, un tantito más para acá, luego para allá. Sentí sus manos grandes acunando mi cara, su piel sobre la mía. Sentí su aliento, su calor.

Cada vez que me senté para que me retratara el pintor Diego Alba fue maravilloso. Sentí cosquillas en el cuero cabelludo que se extendían por la columna vertebral hasta llegar a los pies; resultado de la mirada del pintor en mí. Me sentía desnuda, como la primera vez que nos hablamos. Me sentía un objeto de inmenso valor: codiciada, apreciada. Me sentía hecha de una materia más fina que un simple conjunto de carne y hueso; me sentía frágil, pero al mismo tiempo inmensamente fuerte: capaz de recibir la avalancha de concentración que Diego ponía en mí.

Mientras pintaba, Diego susurraba canciones que yo también sabía; cachitos de melodías que Miranda tocaba o cantaba. A Miranda le encantaba cantar donde fuera y con quien fuera y a la hora que fuera. Me hizo pensar en la relación entre las palabras *cantar* y *encantar*. Tal como las sirenas le habían cantado a Ulises que, si no hubiera estado atado al mástil de la nave, habría abandonado su viaje para quedarse con ellas, de igual manera las canciones que cantaba Diego me contentaron, me arrastraron hacia él, igual que las sirenas.

Cumplió su palabra y me dejó ver el cuadro mientras estaba en proceso. Se parecía a mí, más bonita de lo que era en realidad. Diego decía que era uno de sus mejores cuadros y era obvio que estaba muy feliz con él.

Cuando el cuadro estaba terminado Diego lo bajó del atril para ponerlo al lado mío, como comparando las dos figuras. Sonrió y me cogió la mano para besarla, aunque eran las dos de la tarde solamente y no se iba ni regresaba de viaje.

--Ha quedado a la perfección, señorita Luz-- me dijo.

Pero la perfección no puede durar. Cuando Diego entró más tarde en el taller, vio que el cuadro estaba destruido. Alguien había tirado óleo negro encima del lienzo. La imagen de mí que había quedado tan bonita, estaba toda manchada. No solo eso, sino que había tierra mezclada con el óleo, tierra que se hacía del óleo una especie de lodo. La destrucción fue completa.

Fui corriendo al estudio cuando oí el grito del pintor. Los dos miramos con ojos aterrados a lo que iba a ser un gran triunfo pero que ahora no era más que una porquería.

Entró Cecilio. Diego y yo nos volteamos a verlo, sin verlo realmente por el susto que todavía sufríamos. Cecilio se paró al lado del cuadro, como esperando que le dijéramos algo.

--¿Tú sabes algo de esto? -- le preguntó Diego.

--Amelia y yo estábamos pintando, pero yo me salí hace rato.

--¿Y Amelia?

--Ella se quedó. No sé qué hacía.

--Amelia jamás haría una cosa así.... -- empecé a decir, pero rápido me rectifiqué.

Adriana sí se portaba muy mal a veces, quejándose del injusto tratamiento que ella pensaba que recibía. Tenía una gran envidia por las habilidades de los otros niños. Ella reconocía que no era tan hábil como Miranda y Cecilio, pero no sabía cómo cambiar. Adriana estaba metida en un mundo muy pequeño, desde donde vislumbraba la luz que brillaba sobre otros sin poder ella salir de la oscuridad. Me entró una duda. ¿Podría haber sido ella?

--Búscala Cecilio. Tráela para acá-- mandó Diego.

Cuando la chica entró en el taller instantáneamente supe que no había sido ella. Entró con una inocencia que no se puede fingir; ni la mejor actriz del mundo lo hubiera podido hacer. Diego le mostró el cuadro.

--¿Qué sabes de esto? -- le preguntó Diego. Adriana miró intensamente la cara del pintor.

--¿De qué?

--¡De esto! ¡De esto!

--Pues es un cuadro..-- contestó tímidamente Adriana.

Y sí, era un cuadro. Como muchos otros que había pintado Diego, ni más ni menos raro. Adriana no tenía el criterio para darse cuenta siquiera de que este cuadro era en alguna forma, diferente a cualquier otro. Miré sus manos. Las tenía sucias de tierra y de óleo negro.

--¿Qué pintabas aquí con Cecilio? -- le pregunté.

De su boca salieron palabras sin sentido. Miré las manos de Cecilio. Estaban limpias.

--¿Y no arrojaste nada ni tocaste el cuadro, Amelia? -- le pregunté desesperada.

--Yo no. No. No.

Adriana intentaba expresarse; trató de decir lo que era obviamente muy importante, pero no pudo pronunciar más que un revoltijo de sonidos que ahora ni siquiera eran palabras.

--¿Así es que Cecilio te dejó sola aquí? -- preguntó Diego.

--Sí. No. Vilo. Pormí, pintó.

--Yo me salí-- dijo Cecilio. -- Fui a la cocina. Pregúntaselo a la señora Poncia-- protestó el chico.

Diego soltó una sarta de palabrotas. Dio patadas al cuadro, gritó. Pero no había más que hacer. Cecilio no confesaba nada y Adriana no podía confesar.

Cuando yo fui a la cocina unos minutos más tarde, vi unas toallas manchadas de negro, como que alguien se había lavado y luego secado las manos, pero Diego estaba tan furioso que no me atreví a decírselo. ¿Y qué confirmaría yo con eso, de todos modos?

El retrato nunca llegó a ser, truncado como el amor que sentía por Diego, destinado a no salir nunca a la luz del día.

Fue entonces, después del episodio del retrato, que Cecilio empezó a cambiar. Si antes obedecía a Miranda o a su padre cuando ellos le hablaban en serio, ahora esquivaba de modo muy astuto, sus amonestaciones. Si antes se disculpaba cuando Diego le regañaba, ahora las palabras de su padre no tenían ningún efecto. Si antes Diego intentaba corregir sus errores, asegurándole que lo hacía por su bien, ahora a Cecilio no le importa nada el adiestrar de los demás. Algo dentro del chico empezó a flaquear; su moralidad, su ética empezó a debilitarse, y comenzó a formarse dentro de él una mentalidad maleable, inestable, que llegó a ser su característica más destacada. De niño Cecilio amaba a Diego con un afán asombroso, tanto como para imitarlo en todo. Hacía todo igual como lo hacía su padre, hacía de la pintura a su modo infantil, hablaba como él, decía las cosas de la misma manera, usando las mismas palabras; en todo Cecilio era hijo de Diego. Si antes demostraba los aspectos positivos de su padre, ahora demostraba sólo los negativos. Celos. Rabia. Gritos. En mí no cabía duda que fue Cecilio quien arruinó el retrato, pero tuve que poner mis pensamientos juntos con los otros; un gran pozo de cosas ocultas, cosas a medio saber, cosas que me daban miedo y me causaban mucha angustia, pero sobre las cuales no tenía modo de solucionar ni ponerlas en claro.

38

Leonora
Las nupcias

La perversidad de Cecilio seguía sin cesar. Buscaba a Adriana supuestamente para jugar con ella, pero en realidad era para burlarse de ella. Le decía que la quería y que se iban a casar cuando fueran mayores. La llevaba lejos de la casa y la dejaba sola. Cuando yo le preguntaba, Cecilio decía que no sabía dónde estaba, y horas más tarde Adriana volvía a la casa triste y sin poder responder a mis preguntas. Si Cecilio veía los calzoncillos de Adriana en el tendedero, se los llevaba para mancharlos y luego los ponía de nuevo a secar. Las manchas eran horribles, justo como si fueran sangre de la menstruación. Se reía abiertamente cuando mi hermana intentaba hablar. Una vez me sacó de quicio su actitud y lo cogí de los hombros y lo sacudí. Sentí en mis manos una fuerza como el águila del sello oficial de los Estados Unidos: las garras con sus flechas para defender el país. En ese momento entró la señora Poncia y me gritó que lo saltara. Sentí tanta rabia en ese momento que apenas logré controlarme.

Desde un principio yo había sospechado que Cecilio era hijo de ella, pero el niño jamás le decía "mamá", jamás le mostraba el cariño debido. Nadie hablaba de la madre de Cecilio, si es que existía, y pensar que Diego y la señora Poncia tenían un hijo en común me daba nauseas.

--¿No sabes que Diego va muy seguido a su casa en el pueblo? – me preguntó sorprendida mi hermana. --¿De verdad no lo sabías?

--Pero, ¿para qué?

--Leonora. Leonora. No me digas que eres tan ingenua.

No es que fuera ingenua, pero me negaba a pensar que esa mujer de labios protuberantes y ojos hundidos, esa persona de carácter áspero y retrógrado, esa señora de los hechizos y las creencias malévolas, que ella pudiera atraer a Diego, a mi Diego.

Mientras Cecilio seguía su trayectoria alarmante, Miranda se ponía más dulce, más comprensiva, más dócil. Muy a menudo íbamos las cuatro: Adriana, Nikita, Miranda y yo, a hacer un picnic en los jardines de la casa. Afuera, en el aire libre, Miranda y Adriana andaban juntas, agachándose para sentir la fragancia del pasto, escuchando el canto de los pájaros, intentando adivinar la clase de pájaro por su canción. En aquellos momentos Adriana podía hablar bastante bien. Pero luego cuando Miranda prefería tocar el piano o leer en vez de jugar con Adriana, mi hermana regresaba a su estado de incoherencia. Me daban ganas de llorar ver cómo la influencia de algo bueno podría cambiar tan fundamentalmente a Adriana, igual que algo malo la podría dañar.

La relación entre Miranda y Cecilio era bastante rara, en mi opinión. Cecilio nunca practicó sus malas artes con ella, y ella siempre lo trataba con cariño. Muy normal y hasta bueno. Pero a veces llegaba casi al punto de ser algo romántico. Jugaban a ser novios; crearon mini bodas en que los novios se peleaban ante el altar, o huían al acercarse el ex novio o la ex novia. Miranda era una chica con gran interés en el melodrama; para ella, el drama de su imaginación era tan real como el drama del teatro. Me molestaban estos juegos; me parecían anormales. El colmo ocurrió un día en que los vi besándose. Yo quería corregir este mal paso, pero cuando se lo comenté a Nikita, ella decía que simplemente eran impulsos infantiles sin importancia. Según sus estudios de psicología, sería contraproducente poner mucha atención a aquello porque así los niños pondrían aún más interés en ello en vez de menos.

Tan preocupada estaba yo que quise hablar con el doctor Leocadio. Pero eso tampoco dio fruto. El doctor dijo que hablaría con Miranda sobre Cecilio, pero para la siguiente visita cuando se lo pregunté, él dijo que Miranda había negado rotundamente haber besado a Cecilio. El doctor estaba de acuerdo conmigo en muchas cosas sobre los niños, y esta vez yo pude ver que se preocupó bastante. Pero tenía las manos atadas. La cuestión de Miranda siempre estaba tan delicada que presionarla podría causarle mucho daño. Eran muchas las ocasiones en que hablábamos la señora Bárbara, el doctor, Nikita y yo sobre la mejor manera de ayudarla. Eran muchas las ocasiones en que no llegamos a ninguna solución. La frustración era agotadora.

Igual fue la sensación de ver cómo actuaba Diego cada vez que venía a la casa la señora Esmé Moreau. Señora. Señorita. No tenía idea de su edad ni de su estado matrimonial. Suponía que no estaba casada ya que nunca vino ningún señor Moreau, pero no podía estar segura. Esmé era una mujer bella y elegante, sumamente bien vestida. A lo mejor compraba su ropa en Paris. Siempre olía a perfume caro. Hablaba con un encantador acento francés que yo llegué a odiar. Tenía un carro deportivo y lo conducía a alta velocidad. Siempre se oía cuando venía por el camino a la casa: el motor como el rugido de león y la grava volando al pararse el auto.

Como era la dueña de la galería donde Diego tenía en venta sus cuadros, era natural que él le prestara mucha atención. Eran socios. Pero era demasiada atención. Nikita sospechaba que pasara algo entre ellos; algo más que el puro negocio. No quise creerlo. Siempre que Esmé visitaba me hacía sentir inferior. Yo también había comprado ropa en Paris, pero ya no. Yo también hablaba francés, aunque por la falta de práctica se me olvidaba un poco. Yo también tenía mis opiniones sobre el arte. Pero nada de eso importaba en comparación a ella. Ahora yo me vestía de ropa común y corriente; olía al jabón que compraba la señora Poncia en el pueblo; no sabía conducir un auto. Confieso que lloraba de rabia cada vez que Esmé hacía patente su dominio sobre Diego, y yo, como empleada no tenía ningún derecho de hacerlo.

39

Leonora
El vendaval

Fue un día de mucho viento y confusión cuando ocurrió lo de Adriana y el doctor Leocadio.

A mi hermana siempre le gustaba salir afuera cuando pasaba un vendaval. Le encantaba ver cómo los eucaliptus enormes se inclinaban en lo alto, y cómo las hojas se sacudían a lo loco en la brisa que venía de todos lados al mismo tiempo. No se asustaba cuando los troncos gruesos de los árboles rugían como leones albinos, como queriendo abrazarse o bien alejarse. Nunca se espantaba cuando la gran blancura de sus troncos se revelaba al salir el sol inesperadamente del cielo nublado. A mí me daban miedo esas tormentas de aire, más todavía con la caída de los árboles que destruyó la despensa. Pero a Adriana le fascinaban.

Lo que le gustaba era pararse en un sitio lejos de la casa, y mirarse en un pequeño espejo. Yo me imaginaba que ella pronunciaba las palabras y las frases que le daban dificultad en la conversación. Ella no quería que nadie la observara y por eso sólo logré verla un par de veces. Tampoco era posible oír exactamente lo que decía: el viento se llevaba sus palabras al salir de su boca. Pero así, mirándose atentamente en el espejo, Adriana practicaba su lenguaje. ¿Quizá fue por la misma falta del sonido de su voz que mi hermana ganaba el coraje necesario? ¿O fue la habilidad de observarse en el espejo? No lo sabía.

Aquel día, la vi salir de la casa y luego volver con la cara muy feliz. Más tarde yo pasaba por delante de la puerta del despacho cuando escuché algo que me paró en seco. Era la voz de Adriana, más clara y coherente que lo normal.

--Mis hermanas creen que es usted un gran psicólogo.

Adentro estaba el doctor Leocadio. Me detuve en el pasillo, deseosa de oír qué más decía ella.

--¿Un gran psicólogo? No lo creo. Hay cuestiones psicológicas que no he podido resolver, ni creo que lo pueda en el futuro.

La voz del doctor llevaba un tenue tono de tristeza.

--Yo sé a qué se refiere, Doctor.

Adriana tenía entonces dieciséis años y aunque estaba retrasada en sus estudios e inmadura en sus modales, yo noté algo adulto en su voz.

--No, Amelia. No lo sabes. E incluso si lo supieras, no deberíamos hablar de ello. Mira. Te llamé para hacerte una prueba.

--¿Qué clase de prueba?

Me asomé un poquito en el despacho. Ninguno de los dos me vio.

-- Es de los sentidos. Quiero que veas algo y que me digas qué es.

Sin esperar su respuesta, el doctor se volteó hacia los estantes y empezó a buscar un libro. Siguió hablando.

--Sabes lo que es la filosofía, ¿verdad?

Adriana no reaccionó. El doctor Leocadio continuó hablando, de espaldas a ella.

--Más que psicólogo, yo me considero filósofo, aunque no soy muy bueno para ninguna de las profesiones.

Adriana pareció no oír nada. El doctor volvió hacía ella. Le dio el libro.

--Es un libro—respondió Adriana.

--Ábrelo. En las primeras páginas verás una cita. Quiero que me la leas.

La verdad es como el aire; está en todas partes, pero no tiene ningún punto fijo. Por eso el buen filósofo considera primero las mentiras.

Adriana se volteó un poco y ahora la pude ver de perfil. Frunció el ceño. --No entiendo—le dijo al doctor.

--Amelia, ¿tú crees que puedes diferenciar entre la verdad y la mentira?

Mi hermana no dijo nada. Pasó un largo silencio.

--Muy bien – dijo por fin el doctor. Se dirigió al escritorio donde guardaba los cuadernos que usaba para apuntar lo que ocurría durante sus visitas con Miranda. Sacó un cuaderno.

--¿Ha terminado la prueba? – preguntó ella.

--No. Sabes lo que esto, ¿verdad?

--Sí.

--¿Alguna vez has sacado algún cuaderno de aquí?

Ahora mi hermana se veía incomoda.

--A veces está abierto el cajón – dijo con dificultad.

Desde afuera se oía el silbido del viento y el estrellarse de las hojas.

--Y, ¿alguna vez has leído algo? ¿O escrito algo?

Sonó el viento tan fuerte que no logré escuchar su respuesta. De repente, hubo una serie de relámpagos que iluminó el cuarto como el flash de una cámara. Adriana salió corriendo. Tras un momento de susto, yo entré en el despacho.

--Ah, señorita Luz, qué bueno encontrarla en este momento. Quisiera enseñarle algo.

El doctor Leocadio abrió el cuaderno y me mostró una página. Tenía los márgenes llenos de tinta: palabras en inglés, francés, castellano-- todas mal escritas; había dibujos, señales, garabatos; todo el jeroglífico que usaba mi hermana para expresarse.

Entre la multitud de escritura, pude ver los nombres de mi familia: Robert Burleigh, María Luisa Fernández, Nikita, Leonora, Adriana, Rosa. Apareció la dirección de nuestra casa en Bruselas: Rue de la Science #30. Sentí miedo, como un golpe que me sacudió muy adentro. Allí, acusándome, estaba una verdad inconfundible, pero envuelta en una capa de puras mentiras. Sentía una especie de vendaval adentro de mí, una marea que quiso tumbarme al suelo.

--Está obvio que Amelia se ha metido en lo que no debe—comentó el doctor.

Cogí el borde de la mesa para mantenerme en forma vertical. Intenté pensar. ¿Qué podía decir para desviar el interés del doctor en el cuaderno?

--Yo también he visto que el cajón está frecuentemente sin llave – dije yo secamente.

El doctor se sorprendió. Nosotros siempre nos tratábamos con mucho respeto.

--Entiendo que usted quiere defender a su hermana, pero tenemos que corregirle cuando comete errores.

No dije nada.

--Yo hablaré con la señora Bárbara. Quizá ha sido un descuido de ella –dijo el doctor, intentando normalizar la charla.

Me sentía mal por hablarle así al doctor. Él era una persona muy buena; un aliado, un ser que sólo quería ayudar. Igual que la señora Bárbara. Los dos siempre hacían lo que pudieran para tranquilizarme a mí, y a mis hermanas cuando pasaban problemas en la casa.

--Debo decirle también que tu hermana me ha buscado varias veces para intentar hablar conmigo. Siempre viene muy agitada. Habla en francés, en inglés, usted sabe. Lo de siempre.

Dios mío. ¿Qué más le habrá dicho mi hermana al doctor?

Desde la habitación conectada al despacho, entró la señora Poncia, con sus trapos y su cubeta. Maldije la mala suerte que la puso allí donde podía haber escuchado todo.

Ella fue al ventanal que daba al jardín. De espaldas de nosotros se puso a mirar afuera. Yo también miré. Allí estaba Adriana, de pie en medio de una gran extensión de pasto, gritando en la boca del viento. Se veían las venas de su cuello hinchadas por el esfuerzo.

--Niña salvaje—dijo la señora Poncia. Luego pronunció unas palabras incoherentes con una sonrisa que abarcaba la cara. El silbido del viento hizo una penetrante entrada en los oídos, como para ensordecernos. La señora Poncia dejó caer su cubeta y salió al jardín. Pareció que iba en pos de Adriana.

--Doctor, por favor, vaya por Amelia, hágala entrar en la casa—le dije con urgencia. Él asintió con la cabeza y salió.

Sin pensarlo muy bien, yo fui al cajón donde el doctor había guardado el cuaderno. Intenté dominar mis manos. Con dificultad logré arrancar la hoja en que Adriana había dibujado. No sabía muy bien qué ganaba con arrancar la hoja, pero por lo menos no estarían a la vista de todos los nombres de mi familia. No estarían esas mentiras si es que el doctor Leocadio buscaba alguna verdad en ellas.

Para la próxima vez que pasó un vendaval, intenté prohibir que Adriana saliera, pero no logré hacerlo. Tampoco las otras veces. Mi hermana menor se iba cada día más lejos de mí, y me sentía impotente de pararla.

40

Leonora
El visitante I

Siete años habían pasado desde la primera noche que pasé en la casa laberíntica de Diego Alba. Me preguntarán cómo estuvimos tanto tiempo allí. Por mí, puedo decir que no extrañaba al mundo de afuera; lo que sentía por Diego me sostenía como la comida más necesaria. Además, mi trabajo con la enseñanza de los chicos me llenaba; me hacía sentir muy necesaria y muy útil. Hasta llegué a temer las exigencias del mundo de afuera: ¿Qué utilidad tendría yo allí?

En cuanto a Nikita diría que le pasaba igual, sólo que ella no lo admitió; ni siquiera a sí misma. A veces se le ocurría algún plan: iríamos a la capital; montaríamos allí una escuela para niños discapacitados; iríamos a Morelia a trabajar en la escuela de la señora Bárbara; volveríamos a Bruselas a…. A este punto siempre le recordaba que teníamos a nuestro cargo a una chica ciega y otra con una deficiencia mental. Y poco dinero. El sueldo que nos daba Diego no era mucho; no alcanzaba para ninguno de los planes de Nikita.

Así es que nos quedamos.

En esos siete años, yo vi crecer a los niños: los vi aprender sus lecciones, los vi madurar. Bueno, para decir la verdad, yo vi crecer a Adriana y a Cecilio, pero en Miranda lo que vi fue una cosa más complicada.

Físicamente, Miranda no cambió mucho. A los doce años, parecía igual que a los diez. A los quince años, era más alta, pero a una edad en que muchas chicas están formándose como mujeres, Miranda guardaba todavía su figura de niña. A los dieciséis años, unas leves curvas adornaban su cuerpo, pero por su delgadez, apenas se notaban.

Si físicamente no cambiaba Miranda, emocionalmente demostraba una sensibilidad asombrosa. Intuía cosas, adivinaba cosas, sabía cosas que no debía saber. Por ejemplo, Diego me había dicho claramente que su costumbre era, cuando viajaba, no avisar a nadie sobre la fecha de su regreso. Eso fue para evitar malentendidos: a menudo sus planes cambiaban a medio camino. Pero Miranda siempre sabía el día que regresaba, hasta la hora en que llegaba. Era como si ella leyera el pensamiento del pintor.

Conmigo, parecía que la chica me conocía mejor de lo que me conocía a mí misma.

--¿Qué es lo que busca, señorita Luz? Se me figura que hay algo que usted desea pero que no puede obtener, ¿no es así? -- me preguntó una vez cuando me vio más callada que lo normal. No la contesté por el temor de que me fuera a adivinar qué deseaba yo.

Fue en aquel año, el año que Miranda cumplió los diecisiete que llegó Fernando Blau, un pintor barcelonés que Diego invitó a la casa para un curso de aprendizaje.

Fernando era joven, muy guapo y muy ingenioso. Se había hecho reconocer en España por sus esculturas. Diego me mostró una foto: mostraba una roca de forma irregular, tallada para formar una esfera ruda. La superficie áspera estaba marcada por varios túneles, como invitando a que se metiera una mano.

Adentro de la roca, que estaba pulida a la perfección, había formas vagamente biológicas --curvas y protuberancias que parecían genitales o bocas o narices -- que provocaban una delicia para la mano que los ojos sólo podían imaginar. Ahora, Fernando Blau venía a México para que Diego le enseñara a pintar.

Fernando llegó con un montón de libros y cuadernos, de óleos, y pinceles y demás cosas para su arte. Llegó también con una actitud de superioridad inaguantable. Se creía el gran experto en el arte contemporáneo entre otras cosas. Con Diego se portaba de manera desafiante: escucharlos conversar era como presenciar una pelea de boxeo; a veces ganaba Diego con una respuesta contundente; a veces ganaba Fernando con una pregunta que el pintor no sabía contestar.

Al principio me parecía que Diego se empeñaba en dejarnos solos, a Fernando y a mí. Buscaba cualquier pretexto para retirarse de la cena o de la conversación, pero no sin dejar que resolviéramos algún punto o que siguiéramos sin él. Siempre cuando Nikita se juntaba a nosotros tres, Diego hacía que se sintiera incómoda y que se retirara. Nos daba quehaceres que Fernando y yo debíamos cumplir, cosas que tuvimos que hacer para algún proyecto suyo que él mismo, por alguna razón, no podía llevar a cabo.

Nikita me comentó que Fernando le parecía de carácter genial y abierto. Me dio como ejemplo la costumbre de él de hablar con todos. Con la señora Poncia, bromeaba y se prestaba para escuchar todos los chismes del pueblo; con Nikita coqueteaba ligeramente; con el doctor Leocadio charlaba seriamente de la psicología; conmigo hablaba de cómo mejor enseñar a los niños, de los vínculos entre las artes y las matemáticas. Pero por debajo de sus gentilezas siempre había esa actitud exagerada de amor propio.

Pero fue en Miranda y Cecilio dónde Fernando Blau hizo su más profundo efecto. Desde el primer momento en que llegó, Miranda se fijó en él. Se arrimaba a él cada vez que podía, buscaba cómo y cuándo hablar con él a solas, lo defendía frente las risas y las burlas de Cecilio. Miranda tenía diecisiete años, aunque no lo parecía, y en sus entrañas se empezaban a despertar los deseos de mujer.

Un día los vi juntos. Estaban sentados en un sofá medio escondido en un rincón de la casa. Miranda tenía la muñeca Minx en sus manos. No lograba escuchar lo que decía, pero parecía que la mostraba a Fernando. Lentamente el artista cogió la muñeca y la miró detenidamente. Continuaban conversando. Mientras hablaban, Fernando empezaba a desvestirla. Con movimientos deliberados y lentos, quitó primero las mangas de la blusa, luego bajó la blusa hasta la cintura, mostrando los pechos duros y puntiagudos. La falda que llevaba tenía un pequeño botón atrás que Fernando desabotonó y un cierre pequeñísimo que empezaba a bajar. Miranda parecía no fijarse en los movimientos del joven artista, hasta de repente, quizás al oír el levísimo ruido que hacía el cierre, puso sus manos encima de las suyas para detenerlo. Quitó la muñeca de sus manos un poco asustada. Luego, la volteó para mostrarle algo que tenía en el pecho. En la cintura había una cosa que no lograba mirar muy bien. Me parecía ser una mancha o algún defecto en la piel de la muñeca, pero al levantarla más arriba, vi que era un mecanismo que al manipularla hacía que se abriera el vientre. No pude verlo muy bien, y rápidamente Miranda lo cerró. Me moría de ganas por saber de qué se trataba, pero sabía que me sería muy difícil encontrar un momento para estar a solas con la muñeca puesto que Miranda tenía un sexto sentido en cuanto a dónde estaba ella en todo momento.

Durante esto Fernando parecía estar en una especie de trance que sólo se desvaneció al poner Miranda sus manos sobre las suyas. Era como si el toque de piel contra piel lo despertara. Luego se acomodó en el sofá para estar sentado más cerca de ella. Eso me daba miedo. Miranda era muy joven, muy ingenua, mientras tanto Fernando era mayor, venía de un ambiente distinto al de ella, y que seguramente había estado con una, o más mujeres anteriormente en su vida. Miranda no tenía defensas para salvarse del ataque que montaba el joven escultor.

Siguieron hablando por mucho tiempo sin que Fernando me viera, pero temía que él alzara la cabeza en cualquier instante y que me viera con la cara pegada al cristal de la ventana, así es que al rato me retiré.

Desde aquel día, trataba de interponerme cuando los veía juntos, pero no siempre lo lograba. Es más; Miranda se molestaba conmigo cada vez que lo hacía, y como nunca se molestaba conmigo, me preocupaba eso también. Igual no quería que ella se alejara de mí.

Con Cecilio y con Fernando las cosas no iban muy bien. Cecilio tenía una envidia enorme del señor Blau; causa de su comportamiento tan horrendo hacía él. Robaba sus cosas para enterrarlas en la tierra del corral; se burlaba de su acento español; ensuciaba su ropa que la señora Poncia ponía a secar en el patio de atrás; escupía en su plato cuando pensaba que nadie lo veía; hasta una vez depositó una cagada perfectamente formada justo delante de la puerta de su cuarto.

Pero Cecilio era siempre muy astuto. Todas esas maldades las hacía de una forma tan sutil que nunca era posible culparlo plenamente. Siempre había la duda de que fuera Adriana la culpable. Y como Adriana no sabía defenderse, caía una y otra vez en las trampas del chico malicioso.

El tema de los chicos surgía diariamente entre Nikita y yo.

--Dice el doctor Leocadio que a Cecilio no le gusta que su padre le preste más atención a Fernando que a él. Que también la actitud de Miranda hacia Fernando le molesta y le causa más ansiedad-- comentó mi hermana.

-- ¿Y ahora el doctor está analizando a Cecilio también?

--Bueno, según él, es imprescindible analizar a todo el grupo, o sea, hay que mirar la dinámica del grupo entero para ver las conexiones entre los miembros. Eso ayuda a sacar conclusiones sobre el paciente.

--Y ¿qué dice el doctor sobre mí? -- le pregunté.

--Tú funcionas como la madre que Miranda nunca tuvo.

--Sí tuvo madre-- protesté yo--. Rosa la cuidaba muy bien--. Mencionar el nombre de mi hermana mayor siempre me hacía sentir, por un lado, valiente y hábil, como lo era ella, pero por el otro lado me inquietaba y me daba miedo. Algo le había pasado a Rosa allí, en esa casa laberíntica, algo que Diego no me quiso decir y que la casa no me permitió descubrir.

--¿Qué más dice el doctor?

--Pues, dice muchas cosas, pero no debo decirlas. Según el tratamiento que él está siguiendo -- que por cierto es un tratamiento que yo estudié en la Sorbona -- al revelar los acontecimientos se cambia la dinámica. Si tú fueras a enterarte de ciertas cosas, cambiarías en cuanto a tu comportamiento con Miranda. Y eso se debe evitar.

--Además-- continuó Nikita --no es tanto lo que dice el paciente sino la interpretación del mismo lo que importa. El paciente puede relatar cualquier cosa, pero los detalles no son lo que importan sino lo que opina él o ella sobre lo ocurrido. Por eso, el doctor le pregunta constantemente a Miranda qué es lo que piensa ella de lo que le cuenta durante las visitas.

--Y ¿qué interpretación le da Miranda? ¿Qué opina de Fernando, por ejemplo?

--Igual, no debo decírtelo -- contestó mi hermana.

--¡Pero Nikita! No seas así. ¿Cómo puedes guardarme secretos de esa manera? Sabes que yo quiero mucho a Miranda, que sólo quiero protegerla....

--Quizá no sea lo más útil protegerla-- respondió Nikita. -- Ella necesita experimentar la vida. Necesita sentir las emociones que cualquier persona sentiría.

--Miranda no es "cualquier persona"-- le dije molesta. --Es una inocente. Es una chica que no sabe nada de los hombres, nada.

--Lea, no te creas. Tú necesitas reconocer que no sabes todo.

Dejé de hablar con Nikita en ese momento porque no quería ponerle más leña al fuego. Decidí informarme sobre la psicología de Miranda de manera más sutil.

En cuanto a Cecilio, me hubiera gustado saber qué pensaba el doctor Leocadio de él, ya que su comportamiento seguía cada vez peor.

Un día la muñeca Minx se desapareció misteriosamente. Yo estaba completamente segura que fue Cecilio. Poniéndome en la posición de psicólogo, deduje que lo hizo para demostrar su ira y sus celos por el interés que mostraba Miranda hacía Fernando. Quitarle la muñeca era uno de los únicos castigos que existía; la chica jamás se portaba mal como para merecer otro castigo.

El primer día de la pérdida, Miranda intentó ser la chica fuerte.

--Minx sí sabe dónde está-- decía. --No se ha perdido. --Pero le temblaba la voz.

--Miranda, ¿no crees que, a tu edad, deberías de dejar de jugar con muñecas? -- le preguntó Nikita. No se lo dijo con maldad, sino con una tierna preocupación.

Miranda de repente se puso más recta, más seria.

--Minx fue un regalo de mi madre-- dijo ella, con toda la severidad del mundo. --A nadie le debe interesar.

Más tarde Nikita me comentó de la habilidad de Miranda para parecerse una niña y una mujer a la vez. --Ella puede escoger entre los dos modos....¿no te parece raro?

--Miranda no es una chica cualquiera-- dije yo. --Y en cuanto a Minx, no conocemos del todo la historia. Puede ser que haya mucho más de la muñeca que hasta hoy no sabemos.

Nikita se encogió de hombros, como si no le impresionaran mucho mis palabras.

Buscamos a Minx por todas partes y en todos los rincones, pero fue inútil. La casa era tan grande con tantos lugarcitos que ni en un año de puro buscar podríamos alcanzar a mirarlo todo. Peor todavía era buscar en el taller de Diego porque estaba llenísimo de cosas, de cajas, de latas, de material para su trabajo. Tan lleno estaba que la muñeca podría estar en una infinidad de lugares sin poder dar con ella. Diego tenía estantes que llegaban hasta el techo alto, y para bajar las cosas, había que subir en una escalera con ruedas que corría alrededor del taller en una especie de carril. Minx podría estar en una de las miles de cajas que yacían en los estantes.

Yo pensé que posiblemente hubiera sido Diego mismo que la escondió. Muchas veces yo había comunicado mis preocupaciones sobre Minx y el poder que ella ejercía sobre Miranda. Posiblemente influenciado por mis temores, su padre hubiera decidido quitarle el objeto para despejar el camino.

Al tercer día del desaparecimiento, Miranda se puso muy mal. No podía hacer más que llorar o estar sentada frente a una ventana, mirando hacia un punto lejano, completamente quieta.

--Siento que Minx está en peligro, señorita Luz-- me dijo con una voz casi completamente apagada. --Siento que ha salido de la casa, que anda por allí, que me necesita pero que no me puede encontrar.

--Cálmate Miranda. Estoy segura que vamos a dar con ella muy pronto-- le dije, pero yo no estaba nada segura del resultado.

El cuarto día yo la hallé. Estaba en la bolsa de basura de la cocina que el próximo día la señora Poncia iba a llevar para tirar en el vertedero del pueblo. De alguna forma, Minx había llegado a estar en el basurero y si no fuera por mí, se habría perdido para siempre. Nunca se supo cómo llegó a estar allí, pero como Cecilio y Adriana solían pasar tiempo en la cocina naturalmente las sospechas caían sobre ellos.

Los dos tenían motivo para tirar la muñeca en la basura. Adriana estaba continuamente con una actitud de celos, de odio. Adriana odió a Minx porque no podía odiar a Miranda; no estaba permitido. Pero igual podría haber sido Cecilio, por los celos que tenía.

Apenas nos habíamos recuperado de ese episodio cuando se desapareció de nuevo. Esta vez la encontramos rápidamente, pero no sin que la muñeca sufriera un daño. Apareció con unos cortes en la garganta; una X cortada con algo muy filoso. Pensé volverme loca por un instante al ver que las orillas de la X se veían levemente rosadas e hinchadas; parecía piel casi humana; una piel demasiado apretada como para contener toda la carne de la muñeca. Como si fuera carne real.

Minx. Es. Una muñeca. De plástico. Eso escribí en mi diario, tratando de negarle la importancia que tenía. Pero no fue completamente cierto. Recordaba el mecanismo en el vientre de la muñeca, recordaba que Fernando lo había visto, que probablemente Miranda le había dicho qué era. Me preguntaba qué cosa se escondía en el vientre de la Barbie, pero no tuve manera de saberlo. Esa impotencia me enfurecía, pero no hubo remedio.

Cuando Miranda tocó el daño en la garganta de la muñeca, no dijo nada. Se fue para su cuarto donde permaneció el resto del día. No oímos nada durante muchas horas; y eso era muy inusual. De costumbre Miranda cantaba o leía en voz alta o tocaba el piano o hablaba con los demás durante todas las horas del día; su voz se escuchaba continuamente. Pero aquel día no.

Yo me empezaba a preocupar y fui a su recámara, pero la chica se negó a contestar mis preguntas. A señas me indicó que la dejara sola. No salió hasta la mañana del día siguiente. Fue directo a mi lado.

--Minx está mucho mejor, señorita Luz. Mírela.

Y era cierto. El daño que antes se veía en el cuello había desaparecido. En aquel momento sentí yo un miedo inmenso. No sabía dónde estaba la realidad. ¿En lo que vi con mis propios ojos? ¿O en otro sitio? Yo había visto claramente una X cortada en la piel de la Barbie, justo en la garganta, y ahora no estaba. No había nada. La piel estaba tan lisa y tan perfecta como siempre.

Trataba de olvidar todo lo que pasó con Minx. No había a quién dirigir mis preguntas ni quién pudiera responder a ellas. Pero los acontecimientos en la vida no se olvidan tan fácilmente, ni su significado. Lo de Minx se quedó atrapado en mí exactamente como si fuera un huesito de pescado o de gallina, atravesado en la garganta.

Miranda, con todo aquello, se puso más enfocada en su deseo de comprometerse con Fernando. Aumentó sus esfuerzos por estar con él, por hablar con él, enredarse con él. Las cosas iban de mal en peor. Fernando empezaba a corresponderle a Miranda y pasaban mucho tiempo juntos. Conversaban. Miranda tocaba el piano para él. Se reían juntos.

Un día yo busqué a Diego para comentarle algo sobre las lecciones, pero no lo hallé en la casa. Se había ido de viaje. Se fue, dejando a su hija en las redes de un joven que claramente aprovecharía si se le ofreciera la oportunidad. Me puse en pánico.

Llamé a la señora Bárbara, pero no se encontraba en el instituto y no regresaría hasta finales del mes. Nikita no me ayudaría. No tuve más opción que hablar con el doctor Leocadio, para advertirle del peligro que corría su paciente.

Esperaba la oportunidad con mucha ansiedad, pero el mismo doctor me anticipaba y preguntó por mí al instante de llegar a la casa para su visita.

--Señorita Luz, la quería proponer algo-- me dijo. --Me gustaría reunirme con usted un par de veces en privado.

--Si, cómo no. ¿Pero de qué se trata?

--Tiene que ver con el tratamiento de Miranda. Necesito corroborar ciertas cosas, y si usted está dispuesta a hablar conmigo....

--Por supuesto, doctor -- le respondí. Rápidamente abandoné mi plan para hablarle directamente sobre Miranda y Fernando.

--¿Tendría tiempo ahora mismo? --me preguntó.

--Claro que sí.

Fuimos al cuarto en que el doctor y Miranda se reunían todos los jueves. Me indicó que me acostara en el mismo sofá donde se acostaba Miranda y él se sentó en la silla frente al escritorio donde siempre se sentaba durante las sesiones con la chica.

--Vamos a hacer un simple ejercicio para que se relaje -- me explicó. Sacó de su portafolio un juego de tarjetas de diferentes colores y me mostró una de color turquesa. --Mire bien este color-- me pidió. --Ahora, cierre los ojos e intente ver la tarjeta.

Hice lo que me pidió. Tras unos instantes de concentración la pude ver claramente.

--Abra los ojos -- me dijo. Sacó otra tarjeta; era rosada.

--Ahora cierre los ojos y verá las dos tarjetas, la una al lado de la otra. Concéntrese en las orillas; finas y perfectamente alineadas--. Escuchaba la voz del doctor que sonaba con un ritmo calmado y suave. --Concéntrese en el color; vibrante y saturado.

Volví a hacerlo. Cerré los ojos y claramente pude ver las dos tarjetas, una turquesa y la otra rosada.

El doctor Leocadio continuó así hasta que tuve seis tarjetas en la mente; cada una de un color diferente. Luego me dijo:

--La tarjeta turquesa se desaparece. El espacio donde estaba ahora es negro.

--Sí.

--Ahora la tarjeta rosada se desaparece. El espacio donde estaba ahora es negro.

--Sí.

De esa forma, el doctor continuó hasta hacerlas desaparecer a todas las tarjetas. Luego me pidió abrir los ojos.

--Muy bien, señorita Luz. Eso es todo para hoy.

¿Todo? En ningún momento me sentía adormecida, pero igual sabía que el doctor Leocadio me había hipnotizado.

--Doctor, ¿qué fue lo que quería usted aclarar conmigo? --le pregunté. No quise perder la oportunidad de acercarme a él, de hacerlo revelar lo que sabía de Miranda y Fernando si fuera posible. El doctor tardó en responder.

--Quería averiguar qué habilidad tiene usted de resistir los efectos del relajamiento-- me contestó por fin.

--¿Por qué?

--Para ver si puedo confiarme en usted como fuente de información verídica. Para corroborar ciertas cosas que Miranda me ha comentado.

--¿Y?

El doctor titubeó unos segundos.

--Contestar la pregunta sería destruir la utilidad de la respuesta -- me contestó.

Me circulaban en la mente las palabras de Nikita: que no es tanto lo que dice el paciente lo que importa, sino la interpretación que hace la persona que habla. O sea, el paciente. Ahora la paciente era yo. Ahora yo tendría que ser más astuta que el doctor, si quería que me ayudara a quitar a Fernando del camino de mi sobrina.

Más tarde, se me ocurrió una idea. Hipnotizar a Fernando no sería difícil, pensaba yo. ¿Sería posible sugestionarle que se aleje de Miranda?

Mientras tanto, el asedio del escultor seguía sin cesar. Efectivamente había abandonado la pintura para pasar todo el tiempo posible con Miranda. Yo hacía lo que podía: alargaba las clases, insistía en que los alumnos hicieran más lectura, más trabajos escritos. Pero inevitablemente los chicos salían de clase sin que yo pudiera dirigirlos o controlarlos.

Cuando por fin regresó Diego de viaje, se molestó mucho con el comportamiento de Fernando cuando se lo conté. Pero igual, dijo que no quería juzgar a Fernando hasta ver alguna falta de decoro con sus propios ojos. Mientras tanto, los debates entre los dos artistas se ponían más agudos, y Diego dejó, por un tiempo, de viajar.

Fernando Blau permaneció más de un año en la casa y durante ese año se convirtió en vampiro. Tanto fue el odio que llegué a sentir por él, que no me siento mal en llamarlo así. El intentaba chupar el alma de mi sobrina Miranda.

A todos en la casa los tenía como hechizados, haciéndoles creer que era un joven bien hablado, simpático y relajado cuando en realidad era un monstruo. Lo que hizo fue de lo más horrible. Basta con contar un solo ejemplo, pero había más, muchos más.

Una noche, muy tarde, Nikita pasaba por el pasillo delante de la recámara de Miranda. Desde adentro se escuchaban voces hablando muy quietecitas. Eran las voces de Miranda y Fernando.

--Minx quiere quitarse la ropa. Dice que tiene calor -- dijo Fernando. Nikita escuchó risas.

--Minx dice que te quites la ropa también. Quiere verte -- decía Miranda.

--¿Minx puede ver?-- preguntó el joven.

--Por supuesto. Minx ve todo. ¿No lo sabías?-- Nikita oyó más risas. -- Es más. Si no te quitas la ropa, Minx te va a castigar. Ella castiga a los que no la obedecen.

--Hmmm. Tendré que portarme mejor.

Nikita escuchó que se rieron muy a gusto.

--Bueno, me quito la camisa para tenerla contenta.

Nikita escuchaba leves movimientos desde el interior de la recámara.

Hubo un largo trecho de silencio y luego:

--Ahora tú.

--Yo no. Minx.

--Bueno, Minx. Que se quite la ropa. Toda.

Al contármelo al otro día, yo tuve que callarme para no gritarle a Nikita. --¿Por qué diablos no entraste a parar lo que pasaba?

--Porque francamente, me daba gusto ver que por fin Miranda esté gozando de la vida-- respondió mi hermana.

--¡Pero esto fue un crimen! ¡Cosa fuera de los límites de la decencia!

--No fue ningún crimen. Que Miranda sienta lo que es el amor no es ningún crimen. Lea, tú sabes que Miranda está locamente enamorada de Fernando. Y él de ella.

--¿Qué sabe ella del amor? ¿Y Fernando? Es un canalla. Aprovechar de una chica ingenua y aislada como es Miranda es una blasfemia.

--Cálmate.

Si intenté calmarme fue sólo para escuchar el final de la historia.

--Entonces, ¿qué pasó? -- yo pregunté cuando por fin logré dominar mi coraje.

--Lo que tenía que pasar. O por lo menos, eso es lo que imagino. No me quedé en el pasillo.

Yo estaba furiosa con Nikita.

--Te equivocas—le dije. --No es posible. Estás inventando. O escuchaste mal. Es una locura todo esto.

--Bueno, cree lo que más te convenga-- me dijo mi hermana en un tono cortante.

Y con eso, terminó la conversación. Yo estaba hecha una furia y lo único que se me ocurrió fue: ya es el momento de deshacernos de Fernando.

41

Leonora
La hipnosis

Esperaba el momento de encontrarme a solas con Fernando. Por fin lo vi entrar en el taller de Diego. Yo lo seguí. Mientras él se ocupaba de sus cosas, yo busqué un libro de Salvador Dalí que había estudiado anteriormente. Lo hojeé: había relojes derritiéndose, calaveras convirtiéndose en teclados de piano, paisajes banales de playas con los barcos en el fondo y la lengua enorme de un león en primer plano. Casi al final vi lo que quería: el cuadro se llamaba "El bañador" y mostraba una figura humana desnuda y acostada en la arena, las diferentes partes del cuerpo grotescamente infladas y distorsionadas, con una cabeza minúscula y una mano enorme. Me serviría perfectamente para entablar con Fernando una conversación. Me detuve un segundito para darle las gracias a Dios por encargarse de los detalles.

--Ah. Dalí. Es uno de mis artistas favoritos. Es catalán, como yo.

--¿Sí? Yo no conozco muy bien su arte -- respondí yo. El anzuelo ya se lanzó. Fernando no podría resistir la tentación de hacerse el profesor y enseñarme.

--Mira, este cuadro que ves allí -- Fernando indicó *El bañador* -- representa el comienzo de su fascinación con el tema de la masturbación.

Fernando estaba muy contento y hablaba con un entusiasmo creciente.

--En el caso de Dalí, su imaginación suele basarse en traumas o neurosis de su juventud. Por ejemplo, ¿ves cómo las dos manos se convierten en genitales?

Iba la conversación justo donde yo quería que fuera.

--Dice Dalí que todo su arte tiene al grano, la memoria de su madre que, cuando él era muy joven, le lamió el pene. Por eso, según los que analizan su arte, la masturbación es un tema importante.

Fernando sonrió.

--¿Y fue cierto eso? ¿Lo de su madre?-- le pregunté.

--Quién sabe. Dijo que igual era una memoria falsa, pero en sí, da fuerza a su hipótesis de la dualidad. Lo irracional y lo racional.

-- Lo irracional es la subconsciencia, ¿verdad? -- pregunté.

--Se puede describir así. Dalí ha sido muy influenciado por las ideas de Freud, pero eso tú lo sabías, supongo.

--Ah, sí. A propósito, Fernando, ¿tú crees que la subconsciencia realmente funciona en la vida cotidiana? Quiero decir, fuera de lo que es la pintura y la escultura.

--Claro que sí. Es la base de todo conocimiento.

Perfecto. Fernando caía exactamente donde lo quería.

--Pero la razón es más potente, ¿no crees?

--Por supuesto que no. La razón es solamente un esqueleto. Es una construcción que estamos armando continuamente. Nosotros hemos inventado la razón para tener límites, para tener reglas y orden.

--Y la subsconsciencia no se trata de reglas ni orden.

--Correcto. Como en mis esculturas. Son muestras del choque entre la razón y la irracionalidad --. Fernando suspiró. --Me gustaría que pudieras experimentar una de mis esculturas. Sé que te impresionaría.

Yo dejé que siguiera hablando. Eso era lo que más le gustaba, sobre todo si el tema era él o su arte.

--¿En tu arte, has aprovechado de los medios de comunicación con la subsconsciencia? --le pregunté.

--¿Como los sueños?

--Como la hipnosis.

--Ah, me encantaría probarla.

--¿Te gustaría que yo te hipnotizara? Porque lo he hecho varias veces. Y siempre es muy interesante.

--Hmmm -- Fernando parecía dudoso.

--Una vez lo hice con un tartamudo.

Fernando me miró con interés.

--Lo sumía en un sueño muy profundo-- le conté --. -- Le hice recorrer su pasado hasta llegar a la niñez. De repente su lenguaje cambió por completo. Hablaba con la fluidez de cualquier persona normal.

--¿Su defecto desapareció?

--Sí. Luego descubrí que, a los once años, lo operaron de apendicitis. La intervención quirúrgica fue difícil y hubo complicaciones después.

Fernando se veía fascinado.

--Entonces, ¿su tartamudez se debe a la cirugía? – preguntó él.

--Parece que sí – le dije. – Y al saberlo, uno puede descubrir cosas que de otra forma quedan siempre ocultas.

Fernando parecía intrigado.

¿Te gustaría que te hipnotizara? -- le pregunté.

--¿Cuándo?

--Ahora mismo.

--Vale.

Lo llevé al despacho donde lo hice acostar y yo me senté en el escritorio. Lo llevé por el proceso de los colores, haciéndole verlos y luego borrarlos. Fernando parecía caer en un trance profundo. Permaneció mucho tiempo acostado en el sofá con los ojos cerrados sin que yo le dijera nada. Cuando calculé que su relajamiento estaba completo, le dije:

--Ahora ves que la tarjeta roja está llena de sangre. Está húmeda, mojada.

Fernando no mostró ningún cambio de actitud. La hipnosis iba mejor de lo que esperaba.

--¿Sabes de dónde viene la sangre?

--No.

--De una herida que te han hecho en las manos.

Allí me paré. Quería dejar que la sugerencia tomara efecto. Tras una pausa larga, yo continué.

--Ahora aparece en la tarjeta roja la imagen de una mujer. Es bella. Joven. ¿La ves?

--Sí.

--Es peligrosa. Fue ella quien te lastimó las manos.

Fernando no dijo nada.

--La imagen se convierte en fuego. Se consume en llamas y tienes mucho miedo. ¿Sabes de qué tienes miedo?

--No.

--De ser consumido por la tarjeta. De ser consumido por la imagen de la mujer. Sientes el fuego en tus manos. Sientes el olor a carne quemada.

Dejé que otro rato pasara sin decirle más cosas.

--Ahora cuando oigas que llegue al número cinco, abrirás los ojos. Uno. Dos. Tres. Cuatro. Cinco-- . Conté muy despacio, muy calmadamente para despertarlo sin pánico.

Al llegar a cinco, Fernando abrió los ojos y me miró atónito.

--¿Ya acabaste? -- me preguntó incrédulo.

--Sí.

--Pero, ¿qué pasó después de la tarjeta turquesa? Vi que se desapareció pero tiene que haber ocurrido algo más....?

El pobre de Fernando no recordaba nada. Perfecto. Ahora me tocaba esperar.

42

Leonora
El visitante II

Como pasaban los días después de la hipnosis de Fernando, noté que se quedaba muchas horas a solas en su cuarto, pintando, según se entendía. Yo por mi parte, no preguntaba: gozaba de su ausencia y no quería provocar más cuestiones sobre él.

El día que Adriana cumplió años empezó de manera muy bonita. Estábamos en el patio, que habíamos decorado con papel picado, las hojas colgadas de sogas que hacían grandes rayas en el cielo. Había flores anaranjadas, rosadas. En la mesa había jarras con los diferentes sabores de aguas: sandía, melón verde. Recuerdo muy bien que una jarra, la más grande, llevaba agua clara repleta con rebanadas de naranja, limón y lima; un lindo juego de colores. También había una piñata, traída por la señora Bárbara, colgada de una rama del almendro. La piñata tenía la forma de un gallo y su cola estaba hecha de plumas de papel de todos los colores posibles. Brotaban como una fuente erguida hacia arriba, luego caían como fuegos artificiales al estallarse. Por todo el patio se oía una música linda de piano. Miranda tocaba una nueva pieza.

Sobre la mesa estaba la paella: lo colores y tamaños de los ingredientes haciendo juego con los colores y diseños de los azulejos de la mesa;

relucientes como agua o como cielo despejado. Diego había hecho la paella; un proceso que siempre me agradaba presenciar. Siempre cuando cocinaba, Diego se adueñaba de le cocina como si hubiera pasado toda su vida allí: sacando las sartenes, poniéndolas en el fuego y moviendo los contenidos con una rapidez y elegancia que me asombraba. Era como mirar un baile. Y mientras preparaba la comida, canturreaba o conversaba con quien estuviera a su alrededor. Bebía cantidades de alcohol y al llegar a cierto punto en el proceso, empezaba a cantar a plena voz; lo cual no era del agrado de muchos ya que siempre le salían un tantito mal las notas. Pero el ritmo siempre lo hizo bien, y aprovechando las ollas y las cucharas, se ponía a tocarlas como si fueran tambores, cada una con su propio sonido.

También preparaba pasteles, ricos pasteles como los que comíamos en Bruselas. Qué gusto me daba verlo, con su delantal puesto, poniendo el chocolate a derretir, mezclándolo con la crema, los huevos y la harina, para luego sacar del horno una increíble delicia. Ni siquiera la señora Poncia, quien era una excelente cocinera, pudo hacer pasteles tan ricos. Una vez que se lo comenté a Diego, me contestó que todo lo que sabía la señora Poncia de la cocina, se lo había enseñado él.

En aquellos momentos yo admiraba a Diego Alba más que nunca. Estar con él era como montar un enorme tío vivo que nunca se paraba pero que te llenaba de alegría con su música y su movimiento. Diego era para mí una fuerza que no se podía parar, una fuerza más grande que la vida.

Pero en mis momentos solos, lejos de la cocina o del taller, yo ardía con los deseos de quererlo, y de que me quisiera: abiertamente, completamente. Inventaba escenas en que estábamos solos, besándonos, tocándonos. Sacaba de mi memoria el recuerdo de cuando Diego me retrató, de cómo movió mi cabeza, cómo me hacía cambiar de posición, el recuerdo de sus manos en mi cara, en mis hombros, la sensación de su piel sobre la mía, el olor de su aliento. Yo vivía mi vida en aquel entonces bajo un continuo estado de aguantar: aguantar los deseos, los celos, la frustración y la impotencia. No veía manera de salir de mi torre, ni de cambiar nada. Confesar mi amor sería un desastre. Diego se asombraría, se alejaría de mí, hasta despedirme del trabajo quizás. Perdería todo lo que yo más valoraba en la vida.

En la mesa junto a la paella y los jugos, había un recipiente casi desbordándose de una substancia cremosa, de color amarillo claro: crema catalana, hecha por la señora Poncia en honor de Fernando Blau, el protegido de Diego. *Fernando Blau*, el nombre me sonaba a traición. Las festividades no sólo eran para festejar el cumpleaños de Adriana, sino para festejar a Fernando también. El escultor iba a tener una exposición de sus pinturas, hechas durante su estancia con Diego, en la galería de Esmé Moreau. Qué rabia me daba la idea. Que él empezara a tener éxito con su arte me llenaba de coraje. Que lo festejáramos el mismo día del cumpleaños de Adriana me puso furiosa. La pobre de Adriana nunca estaba en primer plano; siempre estaba en el fondo, con sus lloriqueos y sus quejas. En una de las muy pocas ocasiones en que Adriana pudiera ser el enfoque de todos, la quitaba de su lugar el odioso Fernando.

Estábamos todos en el patio, oliendo a jabón o colonia, vestidos de ropa de fiesta, con el champán ya servido, cuando oímos las palabras.

--¡Tengo un pretendiente!

Palabras, eran sólo palabras, pronunciadas en una voz fuerte y alegre. Era la voz de Miranda.

--¿Un pretendiente? -- preguntó Diego.

--Sí. Fernando y yo somos novios.

El grupo se calló. Fernando parecía muy incómodo.

Tras un momento de susto, Nikita dijo con entusiasmo --Felicidades Miranda. Enhorabuena. Brindemos por los novios, pues-- agregó.

--Fernando, ¿no hubiera sido mejor avisarme a mí primero? --preguntó Diego.

--Papá, estamos en el siglo veinte. Ya no se hace eso --dijo Miranda riéndose.

Se acercó Adriana a Miranda. --Felicidades-- le dijo mecánicamente. Le dio un beso en la mejilla para de inmediato alejarse de ella.

--¿Desde cuándo son novios? -- le pregunté.

--Mmmmm. Desde hace mucho, pero no queríamos decir nada porque queríamos que la noticia coincidiera con la exposición de los cuadros. Ahora que sabemos que el trabajo de Fernando estará frente al público por primera vez, tenemos motivo para salir adelante con lo nuestro.

¿"Lo nuestro"? No. No iba a haber ningún "nuestro". Miranda era una chica de diecisiete años. ¿Qué sabía ella de "nuestros", de futuros, de exposiciones, de trabajo? Nada. Era muy joven para empezar aquel camino. Su lugar estaba aquí, en la casa, con nosotros, con la gente que sabía cuidarla, que sabía protegerla.

La fiesta seguía. Yo noté que Fernando no decía mucho y nunca fue al lado de su novia para cogerle de la mano, ni besarla, ni nada. Era como si ser nombrado "novio" le hubiera asustado mucho. Mejor. A pesar de mis temores, intenté relajarme. La paella de verdad estaba deliciosa. La crema catalana estaba exquisita. Bebí mucho champán y estaba delicioso también. Los regalos fueron abiertos y mirados con alegría, las velas en el pastel fueron sopladas con energía, y la piñata se rompió con un golpe que le dio Adriana. En fin, fue una reunión muy linda a pesar de las noticias de Miranda. Nos acostamos muy tarde, dejando los platos en la mesa puesto que la señora Poncia ya se había marchado.

Al día siguiente fui yo la primera en pasar por el patio, donde vi un sobre puesto en la mesa de manera que no pudiera perderlo. Decía "A todos", escrito en bolígrafo. Abrí la carta para leer esto:

Queridos amigos:

Tanto tengo que agradeceros a todos por vuestros cuidados conmigo. Me ha sido una experiencia inolvidable estar en vuestra casa; trabajar al lado tuyo, Diego, convivir con vosotros, participar en vuestras vidas.

Pero ya es hora de que me vaya. Sé que os parecerá raro que me vaya justo cuando mis cuadros salen al público, pero mis razones tengo. Me urge regresar a Barcelona cuanto antes. Disculpad que no os dé las gracias personalmente, pero espero que con esta carta logre hacerlo de alguna forma.

Un abrazo,
Fernando

Fui corriendo a su cuarto. Estaba completamente vacío. Yo tenía la carta todavía en la mano; la miré fijamente. Se me ocurrió que Fernando no había escrito nada personal para Miranda y que la chica se pondría desolada con la ausencia de un mensaje de él. Regresé al patio. En el pequeño espacio entre el último renglón y la despedida, yo me senté a escribir unas palabras, tratando de imitar lo mejor que pude la letra del chico: --*Miranda mi amor, te querré siempre. Perdóname.*

Pero eran palabras, sólo palabras.

No obstante, terminando de añadir a la carta que escribió Fernando, yo sentí una alegría desmedida. Fernando se había ido. Se apartó del lado de mi sobrina. La hipnosis había funcionado perfectamente.

El último en despertarse aquel día era Diego y cuando leyó la carta se puso furioso.

--¡Es que se va sin más ni más, el malagradecido! ¿Quién se cree??

--¿Qué habrá sido el motivo real? -- preguntó Nikita. --Que se vaya ahora no tiene sentido.

--¿Y su relación con Miranda? ¿Cómo la puede decepcionar así? -- exclamó la señora Bárbara. --Ay, la pobre. Va a sufrir.

--Es mejor para ella -- dijo Cecilio. --Fernando no era el hombre de sus sueños. No habría funcionado entre ellos.

--Tú, ¿qué sabes de eso? -- preguntó molesta Nikita. -- ¿No viste que Miranda estaba enamorada de él?

--Nada le hace. Que estuviera o no enamorada ya no importa. Se fue -- respondió Cecilio.

A todos nos daba miedo la reacción de Miranda al enterarse de los acontecimientos. Y los temores eran justificados. Miranda lloró toda la tarde. No cesaba de llorar. Todos se empeñaban en consolarla, pero fue inútil. La chica estaba devastada. A veces gritaba de pura rabia, llorando por el desprecio que Fernando le había mostrado, por el amor propio que él había pisoteado. A veces lloraba la pérdida de la primera persona que ella había amado, la primera por quién ella había sentido deseos románticos.

Por fin, completamente rendida, Miranda dijo que quería estar sola y fue a su recámara. Allí estuvo muchas horas sin que nadie más de la casa supiera nada. Estuvimos todos metidos en una especie de melancolía que no nos dejaba mover ni hablar.

Ahora que escribo esto, ahora que organizo los recuerdos de mi pasado, me dan ganas de pegarme por estúpida. ¿Qué pretendía con mis juegos de hipnosis? ¿Por qué no se me ocurría que las cosas estaban en un estado demasiado grave como para juegos de ese tipo? ¿Cómo es que no me di cuenta de la fuerza del sentimiento que sentía Miranda por el escultor barcelonés? De ninguna de estas cosas me di cuenta, y luego sucedió lo que no debía suceder.

A eso de las siete de la tarde, oímos los gritos de Diego que venían del taller. Allí en el suelo, desplomado como un pájaro caído del nido, estaba el cuerpo de Fernando. Había sangre que salía de la cabeza y que formaba un pequeño charco en el piso. Sus piernas se habían desdoblado de una forma inhumana; rotas completamente. Un brazo lo tenía extendido hacía arriba, torcido de manera no natural. La escalera de ruedas que corría por el suelo del taller estaba parada cerca del cuerpo. Parecía que Fernando se había caído al subir o al bajar de ella.

Fui yo quién llamé a la policía. Tomaron muchas fotos, tomaron medidas de todas las cosas en el taller, investigaron la escalera y el movimiento que ésa hacía. Estuvieron hasta las once de la noche cuando por fin llegaron los del depósito de cadáveres para llevarse el cuerpo. Durante todo esto Miranda estuvo quieta. Dejó de llorar, dejó de gritar, dejó de hablar por completo.

Todos tuvimos que rendir cuentas a los investigadores, pero Miranda dijo que no pudo. Diego les ordenó a los policías que regresaran en la mañana porque su hija estaba agotada, y era cierto. No habíamos comido en todo el día, a pesar de las exhortaciones de la señora Poncia, que iba y venía con platos y vasos sin que nadie tomara nada.

Era la una de la madrugada cuando Nikita entró en mi recámara.

--¿Quién fue? -- me preguntó sin preámbulo.

--¿Qué dices? ¿Cómo, quién fue? Se cayó de la escalera.

--¿No te fijaste que las ruedas estaban sueltas?

Era cierto. La escalera tenía ruedas que se fijaron para mantenerla en la posición deseada. Así, al subirla no se movía, pero con las ruedas sueltas era muy posible que la escalera se moviera. Es más. La escalera no hacía ruido al deslizarse por el carril. Era completamente silenciosa.

--¿No te parece sospechoso? -- preguntó Nikita. --Piénsalo. Muchos tenían algo en contra de Fernando. Cecilio lo odiaba. Seguramente recuerdas todos los trucos que hacía.

--Sí. Claro que me acuerdo. Pero Cecilio no es un asesino. Es absurdo imaginarlo.

--Y Adriana ha estado siempre celosa de Miranda. Quitarle su novio sería la manera perfecta de dañarla.

--¿Estás loca Nikita? ¡Mira lo que dices!

--Hasta el mismo Diego tendría motivos de quitar a Fernando del camino de su hija. En primer lugar, no querrá que Miranda se relacione con él. Lo que le gusta a Diego es mantener control sobre todo lo que pasa en la casa y más si se trata de Miranda.

--Estás equivocada. Diego jamás perjudicaría a su hija.

--En segundo lugar, puede que Diego tuviera celos de Fernando. Diego Alba, el famoso pintor, no estará conforme con que Fernando sea un éxito en la pintura. La pintura es la especialidad de él. No puede haber dos pintores famosos en la misma casa.

--Entonces, ¿por qué lo invitó a quedarse, por qué le enseñaba?

--Por Dios, Luz--suspiró Nikita. -- A veces pareces ciega. Diego invitó a Fernando Blau precisamente para que te enamoraras de él.

--¿Pero, para qué?

Nikita sacudió la cabeza con impaciencia. -- Porque te tiene lástima.

--¡Lástima!!

--Sí. Diego te quiere, a su manera. Quiere que tengas a quién amar, a quién relacionarte. Que tengas una vida normal, con amor.

--No necesito la lástima de Diego. No me hace falta que se preocupe por mí -- dije, aunque se me rompía el corazón imaginar que lo que decía Nikita fuera cierto.

--Pero en todo caso, Fernando ya se iba--dije. -- Todo se iba a solucionar. No habría motivo para matarlo.

--Puede ser que Fernando no tuviera la idea de irse. Es muy posible que no tuviera ninguna intención de marcharse de la casa.

--Entonces, ¿la carta?

--¿Quién crees que escribió la carta? ¿Fernando?

--¿Qué estás diciendo?? ¿Qué no haya sido él? ¿Quién, entonces??

-- Hasta tú. Tú siempre has estado en contra de la relación de Fernando y Miranda.

--¿Estás acusándome de un crimen?? ¿Un crimen horroroso, un crimen... un crimen....-- Se me acabaron las palabras.

--Tranquila. No estoy acusando nadie de nada. Sólo estoy diciendo que las cosas no son tan fáciles de entender.

Nikita se calló, muy metida en sus pensamientos.

--Fíjate en una cosa -- dijo por fin. --Miranda sufrió una gran decepción. ¿Qué suelen hacer las personas que sufren una cosa así?

--No sé.

--Muchas veces quieren vengarse.

--¿¿Miranda?? Miranda es una niña buena, una niña inteligente. Ni existen maldades en su corazón.

Nikita reflexionó profundamente en lo que iba a decir.

--Hay momentos en la vida que enloquecen a la persona más buena del mundo. La pasión que sentía Miranda por Fernando era, posiblemente, más profunda de lo que te imaginas.

--¿De verdad la crees capaz de matar?

--No sé. Sólo sé que yo también he pasado por momentos de locura. Y frente a las mismas circunstancias, quizás yo sí lo hiciera.

--¡Nikita!

--No te hagas la inocente, Lea. Todo el mundo es igual. La pasión es una cosa terrible. Te saca fuera de ti.

-- Nikita, estás completamente equivocada. Mira, el susto te ha afectado y no estás pensando bien. Mejor vete a dormir. Mañana todo se verá más claro.

43

Leonora
El visitante III

Dos días después de la muerte de Fernando, Diego puso un poste en la carretera, para marcar la entrada de la casa y llegó el enjambre.

Llegaron los padres de Fernando y una hermana, llenos de preguntas, de lágrimas y llantos. No cesaban de hablar mientras se encargaban de sus cuadros y demás cosas. La familia de Fernando era igual de lista que él, y ellos no se conformaban con explicaciones sencillas. Querían saberlo todo, querían investigar por su propia cuenta. Mientras tanto, se profundizó el misterio de las cosas personales del joven escultor: ¿dónde estaban?

Llegaron más policías; a hacer más preguntas y tomar más medidas y registrar la casa, incluyendo el taller. Mandaron a que se sacaran todas las cajas del interior, todos los materiales, todo el montón de cosas que Diego tenía allí, para colocarlas en el corral. Registraron los cuartos privados de todos nosotros, miraron en los rinconcitos de la cocina, de los baños, de los cuartos que no ocupábamos. Investigaron todos los lugares obvios, pero la casa en su infinidad de espacios, los derrotó. Había muchos lugares donde nunca llegaron, aunque lo intentaron. Tomaron las huellas en la escalera, tomaron las huellas en las puertas del taller, en las ventanas, dondequiera que se pudieran tomar, las tomaron.

A Miranda, los policías le hicieron muchas preguntas. A todas, respondía con calma. Era como si su interior se hubiera congelado, permitiéndole mantener una tranquilidad asombrosa. Igual la señora Bárbara. Ellas dos pasaron mucho tiempo a solas, metidas en la recámara de la chica y aunque yo pasaba una infinidad de veces por el pasillo, no alcanzaba escuchar su conversación.

Entrevistaron a Nikita, a Cecilio, a Adriana y a mí. Por separado. Tan alta estaba la tensión que me fue inútil preguntarles después de qué habían hablado; nadie podía acordarse muy bien de las preguntas ni de cómo las habían contestado.

Diego andaba de un extremo de la casa a otro, refunfuñando y obstaculizando los esfuerzos de los policías. Movía las cajas que ellos habían trasladado, se interponía en su trabajo, los distraía con sus comentarios y sus preguntas.

¿Y yo? Yo trataba de mantener las cosas en su forma normal, su ritmo normal, como mejor pude.

En medio de todo el alboroto, llegó otro grupo de gente: Esmé Moreau y otro señor, que luego entendí que era editor de una revista de arte. Diego se encargó de ellos. Los llevó a la sala donde podían conversar en privado. Me moría de ganas por saber de qué hablaron, no logré entender mucho.

En fin, fue horrible.

Pero por fin la familia de Fernando se fue, los policías se fueron, los conocidos de Diego se fueron, y poco a poco, las cosas volvieron a su estado normal. Diego regresó sus cajas a los estantes del taller, regresó sus lienzos y sus pinceles y sus óleos y sus libros y atriles, sus latas de trementina y demás substancias, sus jarros y sus cubetas; todo su montón de ingredientes a sus lugares de costumbre. ¿Y la conclusión de la policía? Un accidente.

Fue cuando la vida se había vuelto a su rutina normal que recibimos el susto más grande de todos. Miranda intentó suicidarse.

La encontramos en la acequia que corre a lo largo del muro que marca el terreno de la casa, la misma acequia que años atrás Adriana y yo habíamos seguido cuando descubrimos la casa por primera vez. La encontramos manchada de piedras y tierra, medio enterrada en el agua sucia, con los brazos llenos de sangre. Se había cortado las muñecas, pero no lo hizo correctamente. Hay que cortar a lo largo de las venas, y no a través de ellas para que haga efecto. Gracias a Dios, Miranda no lo sabía.

--O quizás lo hizo de esa manera para llamar la atención -- dijo Nikita. --No creo que Miranda sea tan ignorante como para equivocarse así.

--Nikita, eres mala. No digas esas cosas -- yo le dije. --Tu actitud cínica no nos ayuda para nada.

Se vio arrepentida por lo que dijo. –Perdóname – respondió mi hermana.

Las heridas de Miranda no fueron tan graves, pero más difícil fue quitar el lodo que llevaba en el pelo y en los ojos. De alguna manera, la tierra se había metido muy adentro de los ojos y no la podíamos sacar. Diego estaba en pánico. La señora Poncia fue corriendo a la casa a buscar agua, e intentamos lavarle la cara. Allí en la acequia con el agua sucia y la basura, nosotros tratamos de limpiarla.

Pero Miranda estaba muy inquieta, llorando y esquivando nuestros esfuerzos. Se quejaba de los ojos, se quejaba con gritos y con llanto. No dejaba que la ayudáramos, no nos permitía quitarle la suciedad y la tierra. Lloraba. Decía que se quería morir. Decía que su vida no valía nada, que la dejáramos en paz, que nos fuéramos de allí, que nos quitáramos de su lado.

Por fin Diego no aguantó más y la cargó en sus brazos a la casa. La depositó en su cama y permaneció allí el resto del día. Pero no logró que su hija se calmara.

--Señorita Luz, llame al doctor Leocadio-- me pidió Diego. --Que venga de inmediato.

44

Leonora
Miranda I

--Hablé con ella y está mejor. Ha dejado de llorar.

El doctor Leocadio dio sus informes, consultando de vez en cuando los apuntes que Nikita había tomado durante la sesión. Al final, como reuniendo toda su valentía, agregó:

--Pero hay algo más.

Todos dejaron de respirar.

--Miranda está embarazada. Le calculo entre cinco y seis meses.

--*¿Cómo?*-- La palabra sonaba en la boca de Diego como un volcán a punto de explotar. El doctor Leocadio se veía incómodo. Seguramente los mecanismos del embarazo estaban bien conocidos por Diego.

--No se le nota ningún cambio -- dijo la señora Bárbara. --No entiendo.....

--El bebé es menos desarrollado que lo normal -- contestó el doctor.

Hubo un momento de silencio; cada quien con sus propios pensamientos.

--¿Qué clase de prueba le hizo? -- preguntó Diego.

--De orina.

--Y, ¿son eficaces esas pruebas? -- preguntó Bárbara.

--Las pruebas son en un ochenta y cinco por ciento de las veces, ciertas.

--Entonces, ¿es posible que no esté embarazada? -- Diego preguntó al doctor.

--Puedo volver a hacer la prueba en un par de días, pero le aseguro que su hija, señor Alba, está esperando un hijo. Tiene todos los indicios.

El doctor Leocadio paró de hablar; sometido en sus pensamientos.

--Lo que me preocupa -- dijo al rato -- es que los cambios fisiológicos de un embarazo puedan desequilibrar hasta la mujer más estable. Y Miranda no es una persona muy estable.

--Doctor Leocadio -- empezó Diego en un tono medido, calmado, pero que demostraba una paciencia que le costaba mantener -- mi hija está sumamente estable. No tiene más problemas psicológicos que cualquier persona tendría en su situación. Diego continuó hablando.

--Claro. Es joven. Acaba de sufrir su primer desengaño romántico, su novio luego murió en un accidente y ahora está esperando un hijo. Pero ninguna de estas cosas será capaz de desequilibrarla. Se lo aseguro, doctor.

El doctor se miraba avergonzado por la falta de lógica por parte de Diego. Ellos dos siempre se habían estimado mucho.

-- Ojalá tenga razón, señor Alba. La receté un calmante, que la ayudará a dormir. Ella me cuenta que no duerme; que no ha dormido desde el accidente del novio. Eso fue hace tres meses.

--Estará exagerando, ¿verdad? -- preguntó Nikita.

--Por supuesto que sí -- dijo el doctor. Es imposible estar tanto tiempo sin dormir. Si Miranda cree que no ha dormido, es una percepción equivocada. Me preocupa que ella no lo reconozca.

--¡También hace poco trató de suicidarse! ¿Qué más prueba quieres Diego, que tu hija no está bien? -- dijo la señora Bárbara.

Diego no respondió.

--Tendremos que cuidarla muy bien -- dijo el doctor. El bebé no tiene el tamaño que debería de tener. Miranda tiene que alimentarse muy bien, tiene que descansar.

--De eso me ocupo yo – dije yo.

Pero las cosas no salieron así. Miranda se negaba a comer lo que le dábamos. Pasaba dos o tres días tomando sólo té; luego dejaba el té para comer sólo manzanas, y de allí pasaba a otra cosa. Se negó rotundamente a comer carne de cualquier tipo, ni leche tomaba. Se encerraba en su cuarto todo el día para salir muy de noche a tocar el piano. Cerraba las puertas de la sala para amortiguar el sonido, pero tan fuerte tocaba que logramos escuchar todo. Miranda pegaba las teclas con una furia y una desesperación que nos sacaba de quicio a todos. Se encerraba en la sala por horas y horas, y la música que componía me hacía doler los oídos.

--La criatura va a nacer sorda-- comentó una vez el doctor Leocadio. –Señorita Luz, yo sé que Diego estima su opinión. ¿Por qué no le dice algo? -- me pidió.

No lo hice. Sabía que no iba a tener ningún efecto. Diego persistía con su creencia en la salud de Miranda. No quiso ver la realidad.

La única que sí podía influenciarle a Miranda era la señora Bárbara. Siempre después de pasar tiempo con ella, Miranda estaba más calmada. Una vez yo pregunté de qué hablaban.

--No hablamos. Rezamos -- me contestó.

Pasaban los días y no creció el bebé. O por lo menos, yo no noté que creciera. Un día en que Miranda estaba más calmada, yo fui a su cuarto.

--Miranda, mi amor. Me preocupo tanto por ti.

--Señorita Luz. Venga a sentarse junto a mí. ¿Se acuerda de Don Quijote y Sancho Panza?

--Sí, claro que sí.

--¿Que se ayudaron mutuamente a salir adelante en su ambiente inventado?

--Pues, sí.

--Entonces, quédese tranquila. Yo sé que todos ustedes son como Sancho Panza para mí. Me están ayudando a salir adelante en este ambiente inventado.

No encontré una respuesta adecuada a su observación. ¿Qué tenía de inventado el ambiente? Eso carecía de sentido.

Mientras hablaba, Miranda lentamente desabotonaba el pijama que llevaba para destapar la panza. Estaba redondita y firme; exactamente cómo debía de estar.

--¿Ya ve usted? Todo está bien.

Era muy difícil creerlo.

45

Adriana
Yo recuerdo

Yo recuerdo todo. Recuerdo la primera vez que Cecilio me llamó mensa. Recuerdo la segunda vez, la tercera y la decimoquinta vez. Recuerdo las circunstancias de cada cual: dónde estábamos, qué pasó después. Recuerdo conversaciones que pasaron hace un mes, hace un año. Recuerdo la casa en Bruselas, la bicicleta en que yo daba vueltas en el jardín, recuerdo la puerta de enfrente; enorme y alta, recuerdo la puerta más pequeña de atrás; la que usábamos todos los días, recuerdo perfectamente a mis padres. Todo. Recuerdo todo.

Y me dicen mensa.

Pero una cosa es ser mensa y otra es no poder decir lo que sabe uno. De niña, al hablar, a menudo me salían las palabras fuera de orden. En mi mente ellas estaban en el orden correcto, pero al articular la frase, la primera llegaba al final y la final llegaba en medio. Para la gente era muy graciosa, pero a mí me daba rabia.

Un día mi madre me regaló un cuaderno muy bonito y me enseñó a dibujar las cosas que no podía decir muy bien. El cuaderno era rosado, con un caballo en la portada con sus crines de hilos verdaderos. Recuerdo que yo peinaba las crines, arreglándolas de una forma u otra. En el cuaderno yo dibujaba lo mejor que pude, lo que quería expresar. En él descargaba la ira que me llenaba con la frustración de hablar. Había muchas páginas en aquel cuaderno que tenían impresas las marcas del bolígrafo que hacía con tanta furia.

Mientras vivía mi madre, ella sabía entenderme, por lo menos. Con ella, no me ocurrían tan frecuentemente los episodios de desorden, pero eso cambió cuando murió. Unos días después de su muerte, yo me encontré en el pasillo afuera del despacho de mi padre. Abrí la puerta y me asomé, pero nadie me vio. Adentro estaba mi padre y una mujer que no conocía, diciendo que yo, por mis deficiencias mentales, no iba a guardar ninguna memoria de la muerte de mi madre. Que yo me iba a salir de todo esto sin daño alguno.

Pero se equivocaron. Recuerdo la cara de mi madre; recuerdo su voz, su modo de hablar, todo.

En la ausencia de mi madre me puse peor. Luego cuando me sucedían los episodios, me ponía furiosa: lloraba, gritaba incoherencias, tiraba los juguetes. Junto con la rabia sentía mucho miedo. No entendía lo que me pasaba. No entendía por qué no podía decir bien lo que tenía en la mente; y nadie me lo pudo explicar.

Cuando llegué a México, casi no hablaba. Tenía miedo de hablar por el riesgo de volver a sentir la rabia que me sacaba de mí misma. Se entremezclaban las emociones igual que las palabras.

Poco a poco dejé de dibujar y aprendí a escribir palabras, y empecé a anotar todo lo que me parecía importante para luego tratar de entenderlo. Llenaba muchos cuadernos y así ya no me afectaba tanto la frustración del habla porque tenía otra manera de expresarme. Anotando las cosas me ayudaba hallar el sentido. Es curioso. La gente cree que se entienden las cosas al escucharlas, pero no siempre es así. Muchas veces es sólo con repetirlas que se ponen claras.

Yo seguía llenando los cuadernos que me regalaba primero mi madre y después mi hermana. Pero fue un esfuerzo muy agotador. Frente a la imposibilidad de anotar todo lo que me pasaba, en mis cuadernos usaba una serie de símbolos y palabras claves. Al releerlos, pude recordar los detalles de lo que había pasado; podía llenar los vacíos con las memorias resucitadas. Como yo iba creciendo, el sistema de símbolos se iba poniendo más amplio. La cantidad de cuadernos que ahora guardo es impresionante; los estantes llenos uno tras otro, llenos de cuadernos míos con sus símbolos y claves incomprensibles a nadie más que a mí.

Pero ahora estoy frente a una situación tan grave que me urge escribirlo de otra forma. No hay suficientes símbolos para expresar lo que necesito expresar, pero me urge explicar cómo es que vi a mi hermana matar a un hombre.

Había venido a quedarse con nosotros un tal Fernando Blau. A todos les cayó bien; todos querían pasar tiempo con él. Supuestamente venía a que Diego le enseñara a pintar, pero lo que más hacían ellos era discutir temas del arte. Sin embargo, Fernando Blau logró pintar muchos cuadros durante su estancia en la casa, y a mí me regaló uno. Yo pensaba que era el más bonito que pintó. Mostraba una mujer caminando por un malecón al lado del mar, con un hombre a cada lado; los brazos de ellos abrazando su cintura. La mujer se parecía mucho a mí.

Me encantaba estar en su presencia. Con Fernando siempre podía hablar bien; nunca me pasó un episodio de confusión. Me sentía muy a gusto con él porque me hablaba con mucha seriedad. Los otros nunca me hablaban así. Si para ellos yo era la mensa, para él yo era una persona inteligente y hasta interesante. Me hacía muchas preguntas sobre mi vida; estaba interesado en todos los detalles de mi pasado. Lea me advirtió no decirle nada sobre nuestros padres, nada sobre el tiempo en Bruselas, y si me preguntaba sobre ello, que contestara que éramos de Bloemfontein, Sud África, de padre español y madre sudafricana. Eso me parecía muy tonto y no puse atención a su petición. Le dije a Fernando todo sobre nosotros:

quiénes éramos, de dónde veníamos, a qué habíamos venido. Fernando tenía mucha curiosidad y de todo quería hablar.

Así que nos llevamos muy bien. Es más: Fernando me permitía acompañarlo en el taller mientras pintaba. Yo creía que, de todas las personas en la casa, Fernando me quería más a mí que a cualquier otra. Por eso, me molestaba tanto que Miranda se interpusiera en su vida. No era justo. La estúpida de Miranda le hizo muchas trampas para poder quedarse con él; para quitármelo. De no estar Miranda en la casa, Fernando se habría enamorado de mí. Estoy segura. Una vez Fernando me intentó besar. La segunda vez le permití. La tercera vez nos estuvimos besando por mucho tiempo, tanto tiempo que me puse nerviosa porque no sabía cómo se iba a terminar la cosa. Se paró sólo porque oyó la voz de Miranda que lo andaba buscando.

Si digo que Fernando les cayó bien a todos, tengo que rectificar un poco. A Lea le cayó pésimo. Ella no lo demostraba, pero se lo notaba en la cara, en los gestos. Si en muchas circunstancias uno no habla, el mismo silencio te da tiempo para observar. Vi que Lea tenía muchos, pero muchos celos. Estaba celosa de que Fernando pasara tiempo con Miranda. Si digo que yo sentía celos, no es nada comparado a lo que sentía mi hermana. Se moría de los celos. Igual tenía celos porque Diego prestaba mucha atención a Fernando; más que a ella. Lea quería que los dos le prestaran atención a ella; de no ser así la volvía loca. Ser rechazada la provocaba una furia inmensa, pero nadie se daba cuenta porque Lea siempre ocultaba muy bien sus sentimientos. Es como si ella misma no se conociera, o si sí, que reprimiera continuamente muchas partes de su personalidad. Recuerdo cómo ella coqueteaba con Fernando; recuerdo que él prefería la compañía de Miranda por encima de la de nosotras; recuerdo cómo Lea andaba por la casa supuestamente con sus quehaceres pero realmente en busca de los dos para separarlos, recuerdo cómo endurecía su mirada y sus labios al encontrarlos juntos; recuerdo las estrategias que usaba para interrumpir la relación entre Miranda y Fernando.

Un día me enteré del plan que tenían Miranda y Fernando para huir de la casa. Fernando ya no aguantaba las ganas que tenía de estar con Miranda y ella tampoco aguantaba no poder estar con él. Yo sé que hicieron el amor en la recámara de ella. Sé porque los vi, y al otro día era inconfundible que Miranda lucía diferente. A mí me daba rabia verlos juntos también, pero yo no soy una loca. No soy como Lea.

Recuerdo que era mi cumpleaños y el patio estaba muy bonito con papel picado y una piñata. En la fiesta Miranda anunció que ella y Fernando eran novios. Todos se sorprendieron menos yo. Aquella noche dormí muy mal y me desperté en la madrugada. Vi que Lea no estaba en su cama. Fui al patio, y allí, detrás del gran almendro estaba mi hermana. Escribía algo. Lo metió en un sobre y lo puso en la mesa grande. Luego se fue para su cuarto y yo aproveché para leer lo que había escrito. Era una carta supuestamente de Fernando, diciendo que se iba, que regresaba a España.

No entendí lo que pasaba. No entendí por qué Lea escribiría tal cosa. Cuidadosamente devolví la carta al sobre. Fui al dormitorio de Fernando y ya no estaban sus cosas. ¿Qué le habrá pasado? ¿Se fue de verdad? En todo el día no apareció, ni indicios había que había venido alguien a recogerlo.

La reacción de Miranda era de esperar. Lloró. Gritó. Parecía que su novio la dejó plantada. Eso me alegró.

No sé qué hora era, pero el sol ya se había puesto cuando presentí que algo pasaba en el taller. Quietecita yo fui al taller también.

Estaba oscuro, pero vi que estaban tres figuras paradas que hablaban entre sí. No pude ver sus caras, pero bien podía imaginar lo que decían.

--¿Dónde? ¿Dónde está? -- pronunció una voz masculina. Era Fernando.

--En el estante más arriba --. Vi que una de las figuras indicaba cuál con el dedo. Pensé escuchar la voz de Lea.

--Ah. Permíteme la escalera --. Fernando cogió la escalera y la hizo recorrer hasta quedar colocada debajo del estante indicado. Aseguró las ruedas y subió.

--No veo nada --. Fernando movía las cajas, buscando no sé qué cosa.

--No. Está detrás de la caja más grande.... sí.... aquélla. Tienes que ponerla a un lado -- dijo la misma voz femenina.

--Por Dios, Fernando—dijo la voz masculina. —Apúrate que no tengo paciencia para esto.

No dijo nada la figura femenina, sino que esperó el momento en que Fernando estaba con la caja en los brazos, el momento exacto en que estaba de pie arriba de la escalera, encaramado como un pájaro raro en árbol precario.

Vi con mis propios ojos la figura de la mujer cuando se agachó para soltar las ruedas. Vi que empujó la escalera. Y vi cómo Fernando Blau quiso bajarse de la escalera, pero no había dónde poner su pie. Vi cómo se desplomó al suelo. Oí su cabeza cuando chocó; fue un sonido corto y cruel. Vi cómo se derramaba la sangre para formar un charco de negro. Vi cómo se desplegaban sus brazos y sus piernas como unos palillos de dientes; todos rotos y horribles. Vi como mi hermana salió rápido del taller sin decir nada. Todo esto vi con mis propios ojos.

Yo no dije nada cuando se descubrió la carta, y luego el cuerpo de Fernando. Yo no dije nada porque vi que el desaparecimiento de Fernando le causó una angustia a Miranda, y eso me gustaba. Me gustaba verla llorar tan desesperadamente. Me alegraba que la estúpida de Miranda perdiera algo de importancia. Me alegraba que ella ya no fuera a salir de la casa, que no se fuera de fuga con su pretendiente. Me alegraba pensar que Miranda se quedaría en la casa, igual que siempre, sin la posibilidad de salir.

Sé que no debía sentirlo. Sé que un ser humano acababa de perder su vida. Sé que Fernando no merecía morir así; sabía que su único error fue caer en las redes de Miranda. Yo estaba consciente de todo aquello. Es más: me dolía su muerte porque él había sido una de las pocas personas que realmente me entendió.

Pero Lea, mi hermana Lea.... ella se reveló como el monstruo que es. Yo me alegraba con la desdicha de Miranda, pero yo no soy capaz de destruir a una persona así para lograrla. No soy un monstruo como mi hermana Lea.

46

Leonora
Secretos en el diario

Unas semanas después de las noticias del embarazo de Miranda, amanecimos con la nueva que Diego se había ido de viaje.

--¿Cómo puede dejar a su hija en ese estado? --me preguntó Nikita.

--Diego cree que Miranda está bien, que lo del suicidio fue sólo un momento de pánico; que en verdad no está tan mal ahora-- le contesté.

--Qué crees tú: ¿está bien? -- me preguntó mi hermana.

--Ojalá Nikita. Ojalá.

Yo no pensaba muy claramente durante aquel periodo. El cuatro de septiembre Miranda cumpliría dieciocho años y se me venían a la mente las palabras de Nikita; repetidas veces en los últimos meses me había dicho que nos fuéramos las cuatro para Morelia; que aceptáramos la oferta de la señora Bárbara de trabajar en la escuela de ella. Así el hijo de Miranda nacería en un buen hospital y luego nos podríamos quedar a vivir allí, en la civilización de una ciudad moderna. Las ideas se revolcaban en mi cabeza sin forma, sin lógica.

Un día Nikita y yo estábamos en la despensa: el lugar que había quedado destruido hace años cuando los dos árboles embrujados por la señora Poncia se habían caído encima de él. Siempre me daban nervios entrar allí; estaba día y noche en penumbras porque tenía las ventanas tapadas por cortinas gruesas, y siempre entraba inexplicablemente una corriente de aire frio al nivel del suelo. La señora Poncia decía que en la despensa se juntaron los espíritus de los guerreros que buscaban vengarse de la pérdida de otros de su grupo.

--¿Qué guerreros? – preguntó una vez Nikita.

--Los que viven al otro lado de los cerros.

Nikita me miró con una expresión de risa en la cara. Las fantasías de la señora Poncia eran bien conocidas por mí y por mi hermana. Pero a la vez que yo reía de sus manías, tenía miedo de ellas. La casa de Diego Alba llevaba mucha historia adentro, muchos acontecimientos que nunca habían sido apuntados, pero no por eso se olvidaban. Nikita no compartió conmigo mis temores; ella no creía en los espíritus.

Yo andaba distraída; no pensaba mucho en concreto; no pensaba muy bien en todo caso. Reflexionaba sobre los eventos de los últimos meses y sobre los años que había pasado en México. Pensaba en lo mucho que me gustaba vivir en la casa de Diego Alba; en lo mucho que me gustaba estar cerca de él, de saber de su vida, de escuchar sus comentarios que siempre compartía conmigo cuando regresaba de viaje, lo mucho que me gustaba el beso que me daba en la mano al verme de nuevo.

De repente, algo me llamó la atención; un reflejo de luz donde no debía de estar luz. Era una maleta. Yo conocía esa maleta: tenía los bordes y la manija de metal. Era inconfundible. Era la maleta de Fernando Blau. Adentro, exactamente cómo él la había dejado, estaba la ropa del joven escultor. Se la enseñé a Nikita. Su cara mostró la gran confusión que sentíamos las dos.

--¿Quién la habrá metido aquí? – me preguntó. Otro misterio, otra pregunta sin respuesta. Devolví la maleta donde la encontré.

Regresando a la cocina, Nikita comenzó a hablar.

--Lea, tengo algo que quiero enseñarte. Es para que vayas viendo lo que está pasando aquí en la casa.

--¿Los apuntes del doctor Leocadio?

--Sí. Te hace falta leerlos. Necesitas estar enterada.

--¿De qué?

--De todo. Lea, ¡te acusan de tantas cosas! Dicen barbaridades sobre ti.

--¿Quiénes? -- pregunté asustada.

--Todos. Diego, Miranda, todos. Y luego está lo que apunta el doctor también acerca de ti.

Sentí, en ese momento, que mis rodillas me empezaban a temblar.

--Ven. Vamos al despacho-- dijo mi hermana.

En aquel entonces las visitas de la señora Bárbara habían aumentado. Si antes venía cada quincena, ahora venía todos los sábados. Llegaba precisamente a las doce del mediodía, y lo primero que hacía era revisar los apuntes del doctor Leocadio. El los dejaba bajo llave en un cajón en el despacho. Ella, al llegar de Morelia se metía con la puerta cerrada, a leer lo que decía Miranda en privado.

--Me molesta que ella lea los apuntes-- opinó Nikita. --Eso no se debe hacer.

--¿Lo dices por la privacidad entre paciente y doctor? -- le pregunté. --Porque eres tú igual de transgresora. Además, la señora Bárbara tiene sus razones de cuidar a Miranda. Debemos estar agradecidas por todo lo que hace por ella.

Yo le había dicho a Nikita todo lo de la señora Bárbara y nuestra madre.

--Sí, entiendo. Pero no por eso deja de ser un manicomio aquí. Pasan cosas espantosas, y ni te das cuenta.

--¿Cosas como qué? -- le pregunté ansiosa.

--Tendrás que leer lo que ha escrito Miranda.

Habíamos llegado al despacho. Nikita cerró bien la puerta y las ventanas. Abrió el gabinete del escritorio y allí estaban los muchos cuadernos, todos iguales con las fechas plenamente marcadas, los meses y años apuntados claramente -- todas las cosas importantes que habían transcurrido en la vida de Miranda. Allí estaban sus comentarios, sus reacciones, sus ideas y temores, sus sueños de día y de noche, sus pensamientos y opiniones, sus fantasías. Una vez hacía años Miranda me dijo que, para ella, la muñeca Minx y Sancho Panza de Quijote eran iguales porque facilitaban en sus compañeros la creencia en la fantasía. Esperaba que Miranda sabía la diferencia entre la fantasía y la realidad. Me puse a pensar en la hoja perdida, la hoja que yo arranqué, dándole las gracias a Dios que nadie se había fijado en ello. Esa hoja no dejó de existir, pero sólo quedaba en la memoria mía y del doctor y allí no nos podía lastimar.

Cogí un cuaderno al azar: mayo -noviembre, 1984.

--Ese no. Los más recientes son los que necesitas leer. Mira--. Nikita sacó otro cuaderno. Diciembre de 1987. --Este es el primero que escribió Miranda.

--¿Qué?

--Sí. El doctor Leocadio le pidió que empezara ella misma a anotar sus pensamientos.

--¿Como un diario?

--Más o menos. Pero Miranda sabía que no iba a ser privado. Primero escribía en la máquina de braille, y luego durante las visitas, lo leía en voz alta y yo lo apuntaba en forma escrita.

Nikita me dio el cuaderno, pero de repente no quise leerlo.

--Léemelo tú, Nikita.

--De acuerdo--dijo ella, pero me miró perpleja.

Nikita empezó a leer. Había mucha descripción de cómo se portaba Diego, las cosas que decía; también hablaba de mí; de cómo me había metido en medio; que me había portado mal en provocarle a su padre; que yo lo había seducido con prestarle mi cuerpo, con ofrecerle todo; que nos había escuchado fornicando...

--¡Fornicando! -- exclamé.

--Sí. Es la palabra que puso. ¿Sigo?

--Está bien-- dije sin ánimos.

Nikita seguía leyendo. Miranda estaba furiosa conmigo y con su padre. Insensata de rabia. Igual, a Minx le daba asco pensar en lo que pasaba en la casa. Minx decía que su padre era un puerco y que yo era una puta.

--Ya, ya. No quiero oír más.

--Esto ni siquiera es lo peor, Lea.

--¡Yo nunca vi que Miranda me guardara esos sentimientos! ¡Nunca!

--Pues, todo es cuestión de poner atención-- me dijo mi hermana.

--¿Estás diciendo que tú sí notaste que Miranda creía esas cosas absurdas? -- le pregunté atónita.

--Eso no importa ahora. No te dejes desviar. Tienes que escuchar lo que escribió aquí-- Nikita me mostró el cuaderno más reciente. --La fecha es del dos de febrero.

--El día que murió Fernando—dije yo.

--Sí-- respondió Nikita en un tono a la vez severo y triste.

Sé que no le cae bien a mi papá que F. y yo seamos novios. Pero jamás imaginaba que fuera capaz de hacer lo que hizo. Voy a poner aquí exactamente lo que pasó para ver si así logro entender, porque en este momento no entiendo cómo es que mi papá mató a Fernando, ni por qué la señorita Luz no hizo nada para prevenirlo.

Estábamos reunidos en el patio para festejar el cumpleaños de Amelia. Estuvo muy bonita la fiesta y Fernando apenas me dejó sola por un momento. Me acariciaba, me besaba, me cogía de la mano. Recuerdo que mi papá se molestó mucho al verlo, y aún más cuando anunciamos el noviazgo.

La fiesta terminó muy tarde y todos se fueron a dormir. Yo también fui a mi recámara, y al rato tocó Fernando la puerta. Entró. Me besó sin decirme nada. Me hizo acostar en la cama y allí estuvimos hasta la madrugada, cuando entró de repente mi papá. Estaba enojadísimo. Agarró a Fernando por el brazo y lo llevó a empujones al taller. Yo los seguí.

--Te me vas ahora mismo, Fernando-- dijo mi papá. --Súbete a la escalera a bajar tus cosas.

Fernando estaba muy nervioso y no quería subir.

--¡Pero papá! -- le dije. Estaba yo en pánico. --¿Qué haces? No lo puedes echar así. Fernando está a punto de estrenar sus cuadros....

--Me importan un chingo sus cuadros-- dijo mi padre.

--¡Señor Alba! --Yo creí oír la voz de la señorita Luz que acababa de entrar en el taller.

--Cálmese. Debemos hacer las cosas de otra forma.

--Las cosas se harán como a mí me plazca-- afirmó Diego.

Yo protestaba, pero mi padre estaba furioso. Hizo que Fernando subiera la escalera. Sentí que se agachó a soltar las ruedas y sentí caer a Fernando. Sentí el choque de su cuerpo en el piso como un temblor. Ni pude gritar por el susto.

La señorita Luz me cogió del brazo y me hizo salir del taller. Me llevó a mi recámara. No me alcanzaba el aire en los pulmones. No sabía dirigirme por los pasillos de la casa. No podía llorar, siquiera.

Luz me dejó en mi cuarto. En el silencio y a solas, ya no aguantaba la tensión. Me puse a llorar. Las lágrimas se me salían como una fuente, pero sin llanto. Era como si tuviera miedo de sollozar por el susto mismo.

Al rato se asomó Cecilio por la ventana. Susurrando le pedí que fuera al taller para investigar qué pasaba. La angustia de no saber me torcía. Muy pronto regresó Cecilio para decirme que mi padre se había metido en su recámara.

Yo estaba hecha un desastre. No sabía qué hacer, en quien confiar. ¿En Nancy? No, la hermana de Luz no me ayudaría. Sentía un miedo enorme. Miedo de mi padre. Miedo de Luz, miedo de todo.

--Cecilio, ve a llamar a la señora Bárbara-- se lo rogué.

--¿Ahorita?

--Sí. Ahorita. Dile que venga.

En solo un par de horas, llegó ella. Yo lloraba y lloraba, acunada en sus brazos. Ella me decía que todo iba a estar bien, que las cosas se iban a arreglar, que Fernando iba a estar bien, que no le había pasado nada. Rezaba a que Dios nos diera paz, que nos confortara en el momento de confusión.

Yo le pregunté a la señora Bárbara: --¿cómo que Fernando va a estar bien? Yo estuve allí. Sentí que se cayó.

--Posiblemente te hayas equivocada, Miranda. En la oscuridad es difícil percibir los detalles.

--Para mí está oscuro todo el tiempo-- le contesté -- y es precisamente por eso que veo cosas que otros pierden. Tengo otros modos de enterarme distintos a la vista.

--Sí, claro. Pero lo que recomiendo es que duermas. En la mañana, estaremos más calmados y averiguaremos todo.

Y en la mañana, la señora Bárbara estaba a mi lado cuando leyeron en voz alta la supuesta carta de Fernando: la carta que decía que se iba, que abandonaba su trabajo, que me abandonaba a mí.

Y ahora quiero morirme. Mi padre es un asesino: ha matado a mi novio, al hombre que yo quiero, al padre del hijo que cargo yo en el vientre. Minx me avisó que Fernando era de mal agüero; que iba a arruinarme la vida, pero yo no le hice caso. Me lo dijo tan seguido que me harté y la puse al fondo del ropero, donde no se escuchaban más sus malas palabras. Pero ahora sé que Minx me decía la verdad. Sólo que no fue Fernando la causa de mi desdicha, sino mi propio padre. Y la señora Luz, quién dice que me quiere mucho, que siempre me cuida, que es mi maestra y mi madre, sí... casi como una madre para mí.... la maldita señora Luz que no ayudó a parar a mi padre, no intervino para prevenir que me quitara lo que más quiero en el mundo.

Así terminaron los apuntes de Miranda. Hubo un silencio muy largo en el despacho. Yo me había quedado sin palabra, sin voz.

--¿Ya ves? -- me preguntó por fin Nikita. --¿Ya ves porque te digo que aquí es un manicomio?

47

Leonora
Miranda II

Se aproximaba la fecha en que Miranda se aliviaba. En el tiempo transcurrido Miranda no mencionó nada acerca de mi supuesta participación en la muerte de Fernando. Me trataba con el mismo cariño de siempre. Y claro, yo la trataba igual.

--¿Será que Miranda haya sufrido un trastorno y malinterpretó lo que pasó cuando murió Fernando? --le pregunté a Nikita.

--O bien, ¿podría ser que ella tenga algún plan en mente, algún propósito en afirmar una cosa que no tiene manera de saber? – preguntó mi hermana. -- Miranda sabe que esos apuntes han sido leídos por el doctor, y por la señora Bárbara.

--Pero, ¿qué propósito tendrá ella en hacerles creer que yo estuve involucrada? No entiendo.

--Ni yo tampoco. Aclarémoslo con la señora Bárbara, de una vez por todas-- dijo con energía mi hermana. En ese momento quería más que nunca a mi hermana. Sentí que a pesar de todas las dificultades que habíamos pasado, éramos unidas, sólidas.

Pero cuando Nikita y yo hablamos con ella, nos esquivaba las preguntas que le hacíamos. Dijo que sólo el doctor Leocadio sabría la verdad, si es que había una sola verdad.

--¿Una sola verdad? ¿Qué significa eso? -- le preguntó Nikita al doctor, cuando vino para la siguiente visita.

--Señoritas, en cuestiones de psicología, no hay una sola versión de las cosas, sino varias. Y puede ser que todas ellas tengan algo de verdad, o bien que ninguna de ellas lo tenga – respondió el doctor.

--¿Quiere usted decir que esto es simplemente uno más de los traumas que ha sufrido Miranda, y que no representa lo que ella realmente piensa?

El doctor no hizo más que menear con la cabeza.

Faltaba menos de una semana de la fecha que nos dijo el doctor que Miranda daría a luz, cuando ocurrió la siguiente catástrofe.

Miranda no se presentó en la mañana, lo cual no era muy inusual, pero a las dos de la tarde todavía no había salido de su recámara. Yo fui a ver qué le pasaba.

La encontré incorporada en la cama, tapada hasta la cintura de cobijas y sábanas, y con muchas almohadas detrás de la espalda. Se veía serena. Demasiado serena, pensaba yo. Tenía la apariencia de una estatua; la mirada vacía y desenfocada y las manos cruzadas, inmóviles. Su cara estaba blanca, como si no llevara sangre y no se notaban la respiración ni los parpadeos.

Arrimada a la cama estaba la cuna que había comprado la señora Bárbara. Era una hermosura; de finísima calidad, con sus ruedas de acero inoxidable, el colchón con sus encajes y sus almohaditas, y un quitasol que se podía acomodar para proteger al bebé del calor o de la luz.

Vi un bulto en la cuna y mi corazón se cayó hasta los pies. Se me ocurrieron un sin fin de ideas; todas angustiosas.

--Vino en la noche-- dijo mecánicamente Miranda.

Caminé con prisa hacia la cuna. Medio tapado por la sombrilla de la cuna estaba el bebé, sin moverse. No pude más que gritar del susto. Vinieron corriendo la señora Poncia y Nikita. Miramos las tres la escena sin poder reaccionar. Miramos el bebé: llevaba la ropita que Bárbara había comprado. Estaba apoyado en las almohadas, igual que Miranda, con las piernas tapadas por una cobija. Sus manitas estaban cruzadas igual y su cara, con los ojos cerrados, estaba tranquila. Pero no respiraba, no se movía.

--¡Miranda! Pero, ¿qué pasó? ¿Por qué no avisaste?

--Casi no me dolió. Sentí un líquido entre las piernas. Eso fue todo.

Yo sentí un sollozo que me subía en el pecho hasta estallar de mi boca como un rugido de pura angustia.

--No llore, señorita Luz. Yo me encuentro perfectamente -- dijo Miranda. --Sólo que se me derrama la leche.

Era cierto. La blusa del pijama de la chica se veía completamente mojada.

Nikita fue a la cuna para mirar más de cerca al bebé.

--Es lindísima. Ven a verla--. Se notaban las lágrimas en su voz.

Me acerqué a la cuna. Una criatura más perfecta no pudiera haber: la piel de terciopelo, las pestañas largas y negras, un poquito de pelo en la cabeza, también negra, la boquita de un rosadito bello.

--Debemos llamar al hospital, a que manden una ambulancia-- dijo Nikita.

--No hace falta. Ya es muy tarde. Además, yo no me muevo de aquí-- respondió Miranda.

--Pero Miranda, necesitas que te revisen, para asegurar que estés bien -- dije yo.

--No estoy bien. Pero los doctores no tienen nada que me compongan. El mal que tengo no se encuentra en el cuerpo.

Nos miramos, las tres mujeres. A ninguna le apetecía la idea de avisar a Diego.

--Miranda, ¿qué fue, niño o niña? -- preguntó Nikita. Miranda no dijo nada. Esperamos, pero no quiso contestar. Las palabras de Nikita resonaban en el cuarto, como una campana de iglesia, sonando los tonos de una misa de difuntos. ¿Niño o niña, niño o niña? El eco se repetía una y otra vez.

Yo empezaba a quitar la ropita que llevaba la criatura cuando gritó la chica.

--¡No! ¡No lo haga! No importa, de todos modos.

Los gritos lograron que viniera corriendo Diego, y detrás de él, Cecilio y Adriana.

Entre la bulla de los llantos, de las explicaciones, los sollozos y exclamaciones, yo pude acercarme a la cuna sin que Miranda se diera cuenta. Levanté la ropita del bebé, pero lo que vi, no entendí. Era imposible determinar si llevaba los genitales femeninos o masculinos por el estado del desarrollo. O sea, mirándolos por un lado se veían masculinos, por el otro, femeninos. No había manera de contestar la pregunta de Nikita.

48

Leonora
El entierro

En la recámara de Miranda, Diego hacía un gran escándalo; insistía en que nadie se moviera, que nada se hiciera mientras tanto.

Sin que él se fijara, Nikita salió de la recámara para hacer la llamada. Cuando la ambulancia llegó, Diego fue a la puerta a gritarles que se largaran de allí. Los encargados se disculparon, diciendo que no hallaban la casa por mucho que dieran vueltas pero que ahora se prestaron para atender a la persona necesitada. Hablaban tan cortésmente que Diego se calmó, y así, les convenció que no había necesidad de su visita. Con eso, se fueron.

Miranda no se movía de la cama y apenas hablaba. Yo aproveché de su inmovilidad para mirar una vez más al bebé. Me parecía una muñeca de plástico: tenía perfectamente redonditos los brazos, las piernitas, las manos, los dedos; perfectamente formadas las uñas. Una muñeca de un bebé perfecto. No aguantaba el deseo de volver a mirar los genitales. La criatura era niña; ahora no cabía duda. Me preguntaba qué locura me hizo verla de otra forma. Ha de haber sido por el susto.

Diego se fue a encerrar en su taller. Según nos informó Cecilio, se ocupaba en construir el ataúd.

La señora Poncia estuvo todo el día limpiando y ordenando las cosas en la recámara de Miranda. El colchón de la chica estaba con una mancha de sangre muy grande y por más que ella lo fregara, no se quitaba. Salían los hilos rojos en la corriente de agua que corría por el piso del patio de atrás. El colchón terminó empapado por completo y tuvimos que abandonarlo allí con la esperanza de que se secara al sol.

Luego estaba el montón de toallas que la chica había utilizado durante la noche; todas húmedas y manchadas. Igual los pijamas que llevaba Miranda; que no se dejaban de mojar a causa de la leche que goteaba de los pechos. Estábamos rodeadas de líquidos por todos lados. Y mientras tanto, la criatura en la cuna dormía su sueño eterno.

A las nueve de la noche, Miranda salió sola de su recámara. No se veía muy alterada, pero no hablaba mucho y tropezaba con todos los muebles como si no los conociera.

--El bebé está en mi cuarto todavía. ¿Qué vamos a hacer con él? -- preguntó la chica.

Hablaba con una voz completamente neutral, la voz de una persona que no está pendiente de nada.

--Tu papá se va a encargar, mi niña -- le dije. --Tú, ven a cenar.

El patio estaba muy lindo aquella noche, paradójicamente. La noche era muy oscura sin luna, pero se veían muchas estrellas y las flores soltaban una bonita fragancia. Yo había puesto muchas velas en la gran mesa, y los colores intensos de los azulejos brillaban como espejos.

--Y, ¿dónde está mi papá? -- preguntó la chica.

En ese momento llegó Diego.

--Aquí estoy.

--¿En dónde la vamos a enterrar, Señor Alba? -- preguntó tímidamente la señora Poncia.

--En el panteón San Ángel, en el pueblo.

El día siguiente, Diego dijo que nos arregláramos porque íbamos a pie al panteón.

--¡A pie! -- me susurró Nikita incrédula. --Eso es cosa del siglo pasado. No entiendo.

--Ni yo -- le dije.

Diego, vestido de traje negro, cargaba el ataúd pequeño. Cecilio llevaba una manta para envolverlo antes de enterrarlo en la tierra; Miranda llevaba la muñeca Minx y yo, un florero de vidrio lleno de agua porque no se sabía si habría agua en el panteón; Nikita llevaba una biblia; Adriana cargaba ramos de flores; la señora Poncia, únicamente su sombrilla.

Salimos del terreno por la puerta de atrás, la que daba a la acequia, y caminamos por las calles perdidas de la zona. Dimos vueltas y vueltas sin llegar a ningún sitio. Me parecía una eternidad que caminamos lentamente, tan lentamente. De vez en cuando, vimos personas que salían de las casas aisladas o que se metían en un callejón. Todos nos miraban con asombro, pero nadie dijo nada.

Por fin llegamos al panteón. No había nadie allí; ningún empleado, ningún encargado. La fosa ya estaba hecha; era mucho más honda que ancha. Parecía un túnel más que una fosa.

Nadie lloró. Cecilio envolvió el ataúd con la manta, Diego lo bajó en la tierra, cogió la pala para echar la tierra encima, y cuando la fosa estaba completamente llenada, Adriana puso las flores en el florero y lo dejamos allí; único testigo que había ocurrido un funeral.

Esa noche, muy de noche, vino Nikita a mi cuarto por el pasillo interior.

Le temblaba la voz casi hasta llorar. --¡Estamos en un manicomio! ¿Te das cuenta?

--¡Baja la voz! -- le dije.

--Tenemos que irnos de aquí-- me rogó. --Ya no se puede. Todos están locos.

--Sí se puede. Ahora más que nunca se necesita que estemos aquí -- le dije. --Miranda está muy mal pero no está loca.

--No me refiero sólo a ella sino a Diego también. Los dos están actuando como en un cuento; es más, todo lo que acaba de pasar me parece un cuento de horror. Todo: el accidente de Fernando; el intento de suicidarse de Miranda, el embarazo; el parto; la muerte del bebé; el funeral. Todo.

--Pero ahora las cosas van a regresar a su estado normal.

--Ay Lea. Ni te das cuenta.

Cayó un silencio profundo sobre nosotras.

--He hablado con la señora Bárbara. Ella y yo teníamos un plan desde antes de que Miranda diera a luz -- dijo Nikita.

--¿Otra vez con eso?

--Sí. Que nos fuéramos tú y yo, Miranda, y Adriana para Morelia. La señora Bárbara dice que se puede cuidar mucho mejor a Miranda allí. Que aquí es como una prisión para ella.

--¿Y cómo pensaban hacer que nos fuéramos sin que Diego se diera cuenta? ¿Hacerlo en la noche mientras dormía? --. No pude evitar un tono sarcástico.

-- Pronto Miranda será mayor de edad. Ella puede escoger dónde y cómo quiere vivir-- contestó Nikita.

--¿Y está ella de acuerdo?

Nikita se encogió de hombros. --Antes, sí. Pero ahora con todo lo que ha pasado, no sé.

Tras un silencio breve, Nikita continuó: --Pero si Miranda ha cambiado de idea, la señora Bárbara la puede convencer de nuevo.

Sus palabras me hicieron enfurecer. Ellas me habían descartado mientras hacían sus planes. Yo imaginaba sus conversaciones; hablando en mi ausencia del futuro de mis propios seres queridos. Nikita y la señora Bárbara, colaborando a mis espaldas.

--¿Y creían que Diego no se opondría?

--Claro que sí. Pero llega el momento en que ya no manda en la vida de su hija.

--No te creas. Diego no se sentará con los brazos cruzados. Es capaz de cualquier cosa.

--De eso tengo mucho miedo. Y vivir con miedo no es sano. No es lo correcto. Imagina lo que mamá te diría en este momento.

¡Mi madre! La idea me cogió de sorpresa. Hacía mucho tiempo que no pensaba en ella.

--Insistiría en que entendiéramos la verdad. Que la enfrentáramos. Diría que no nos escondiéramos aquí en esta casa, sino que saliéramos al mundo de afuera.

Esa noche me senté a leer todo lo que había escrito en los últimos siete años. Contemplé el portafolio con las hojas de papel adentro, todas selladas con el membrete de la compañía de seguros, en que anotaba las ocurrencias en la casa de Diego Alba. Pero por encima de las palabras escritas, había otra historia; otra gente con otras ideas. Reconozco que los demás tienen sus recuerdos, tienen sus hojas en que anotan sus cosas también. Me pregunto si es posible que no coincidan. Se supone que hay una sola realidad para todo el mundo; se supone que, por debajo de las opiniones y las memorias de la gente, está la verdadera historia de los eventos. Pero es muy posible que esa verdadera historia no exista; que nunca haya existido.

49

Leonora
Una tregua en la batalla

Pasaron unos días de calma. Cada quien se retiró a su cuarto respectivo para lamerse las heridas. Diego no salió de su taller más que para cenar, y las cenas eran procedimientos tensos y cortantes. La señora Poncia casi no hablaba. Miranda se quedó encerrada en su cuarto bajo el régimen de la convalecencia. Nikita y yo no intercambiamos palabra. Hasta Cecilio dejó de hacer sus travesuras de costumbre. La única persona que actuaba de modo normal era Adriana. Parecía que, por un lado, sabía y entendía todo lo que había pasado, y por el otro, que ni en lo más mínimo le afectaba. Andaba por la casa diciendo sus tonterías como si nada hubiera pasado.

Un día, Nikita me habló.

--¿Has pensado en lo que te dije?

--¿Sobre qué?

--No te hagas. Sobre la idea de irnos de aquí.

--Pues, no.

LA CASA DE MIRANDA ALBA

--Y, ¿qué esperas? ¿Crees que Diego se sentiría mal si nos fuéramos?

No quería contestarle. Pensé: ¿cuál es la pesadilla más terrible que pueda haber en el mundo? El abandono. El susto de ver el vacío; presenciar la ausencia de una cosa que antes estaba; sentir el hueco. No hay respuestas a tus preguntas. No hay voces que te hablen, voces que canten en la tarde. No hay música. No. Esa pesadilla es una cosa que jamás podría desear para Diego. ¿Que su hija huyera de su propia casa? No.

--Creo que todos nos sentiríamos mal.

--Lea. No estás viendo las cosas tal y cómo son. Diego es un loco. Mira lo que me ha hecho a mí. Mira cómo están las cosas en la casa. Miranda es una chica que necesita estar en contacto con más gente, necesita vivir como una persona normal. Tú y yo estamos encerradas en una situación que no nos conviene. A Adriana le hace falta una enseñanza especial.

--Vamos muy bien aquí, Nikita.

--No. Estás equivocada.

Nikita se veía triste. --¿Qué te puedo decir para que veas las cosas como son?

No le respondí y ella se fue sin hablar más.

Amaneció el tercer día después del entierro con un sol tibio que luchaba para penetrar la neblina que se encontraba sobre la casa. No me sentía bien; me dolía la cabeza y tenía un cansancio en todo el cuerpo. La noche anterior habían discutido Diego y la señora Bárbara hasta muy tarde. Me parecía escuchar sus voces acaloradas toda la noche. Por fin se habían cesado y caí en un sueño muy pesado: eran casi las doce del mediodía cuando me desperté. La casa estaba en completo silencio. Vi que Adriana dormía aún. Me urgía hablar con Nikita.

Fui a su recámara. Ella no estaba. Tampoco estaba su ropa, ni sus cosas; quedaban solamente los muebles que pertenecían a la casa. Sentí que mi corazón dio un salto de más. Fui a la recamara de Cecilio, que me quedaba más cerca. Quise ir rápido pero no pude; el mismo aire me parecía macizo, duro, difícil de penetrar.

Sólo quedaban uno juguetes que ya no le servían; nada más.

En el cuarto de Miranda entraba una luz que tocaba todo, bañándolo de un amarillo enfermizo. Donde antes había cortinas que filtraban la iluminación, ya no había nada. No estaba ya la cuna que le había regalado la señora Bárbara, no estaban sus libros de Braille; no estaban las mil y una cositas que indican la presencia de una persona. No quedaba ni una huella de mi sobrina.

Oí de lejos los ruidos de un desastre: el desplome de una cosa metálica contra otra, el sonido de las tablas de madera cayéndose, el agudo tintineo de vidrio al ser arrojado al suelo. Me daba miedo investigar porque sospechaba de qué se trataba.

Regresé a mi habitación y estaba claro ahora que la forma en la cama de Adriana fue simplemente un arreglo de cobijas y almohadas. Me sentía torpe, como si no pudiera pensar muy bien. Y al mismo tiempo, ocurría una catástrofe en otra parte de la casa.

¿Qué no daría yo ahora por haber sabido contestar las preguntas de mi hermana? ¿Qué no daría ahora por haberle puesto más atención? ¿Por haberle dicho la verdad?

Pero, ¿qué verdad? Hay muchas. Y no todas son verdaderas. No todos los misterios en la vida se resuelven al final. No todas las dudas se solucionan; la gente no es siempre lo que parece al principio.

50

Leonora
La fuga

Diego estaba borracho. Era evidente que no había dormido la noche anterior porque tenía los ojos totalmente rojizos, y la voz ronca por la discusión con su adversario, la señora Bárbara.

Lo encontré en el patio, destruyendo todo lo que había allí. De su boca salía una corriente de palabrotas, maldiciones, ira. No me veía. Estaba tan involucrado en su furia que ni me veía.

Cuando por fin se dio cuenta de mí, le entró un shock violento, como si estuviera mirando a una cosa que nunca más esperaba ver. Se me acercó. Me miró plenamente en la cara, con una expresión de pena que jamás quisiera volver a ver.

--Ya sé quién eres-- me dijo con una voz terrible. --Sé a qué has venido. Sé cuál es tu plan, sé por qué me has engañado.

Me sentía completamente desnuda, completamente vulnerable. Tantos años de disfrazarme de Luz María Mendoza, maestra en la casa de Diego Alba, ahora los mismos años convertidos en desperdicio. Tantos años de alegría y utilidad, trabajando y cuidando a mis seres queridos en la casa de Diego, ahora todo aquello hecho mierda. Diego me agarró de los hombros, su cara sólo unos pocos centímetros de la mía.

--Sé todo de ti, Rosa. Todo. Ya no intentes ocultarme nada porque de nada te sirve.

Por encima del susto de la desaparición de los míos, por encima de la preocupación de ver cómo estaba Diego, por encima de mi letargia y mi torpeza mental, por encima de todo aquello, me entró un miedo aplastador.

Diego me confundía con Rosa.

Él no estaba en sus cinco sentidos por el alcohol, pero peor todavía: parecía estar en otro tiempo, en otros momentos, momentos que no tenían que ver conmigo. Yo no sabía qué hacer. Me agarró más fuerte y me empezó a empujar hacia la pared. Me hizo retroceder hasta que estuviera yo clavada allí, con el cuerpo de él sujetándome con fuerza. El miedo me robó todas las fuerzas que tenía para defenderme.

--Me engañabas -- me dijo con el tono de una fiera enjaulada. --Me dijiste que me querías. Te casaste conmigo. Me dijiste que Miranda sería como una hija mía, y así fue--. Su voz sonaba más fuerte con cada frase.

--Rosa. Rosa. ¡Todo lo echaste a la basura!

Las palabras de Diego me pegaron en la cara como cachetazos. Su furia comenzaba a crecer, como si él mismo la hiciera enfurecer más.

--No eres la persona que creía que eras. Y ahora vienes disfrazada a la casa. A la casa que yo hice para ti. A la casa donde estábamos tan felices.

De repente Diego me soltó y agachó la cabeza.

--Rosa, ¿por qué? ¿Por qué? --. Su voz sonaba como si estuviera rota, destruida.

Diego alzó la cabeza para mirarme. --Si aquí tenías todo lo que querías. Si tenías todo mi amor, todo....

Diego volvió a poner sus manos en mis hombros, pero esta vez con ternura. Me empezó a besar el cuello, dibujando un collar de besos que lo abarcaba de un lado a otro. Despacio, muy despacio desabotonó mi blusa para besarme los pechos. Me quitó la blusa y alzó mis brazos, primero uno y después el otro, para besar la piel muy blanca y muy delicada de la parte inferior de los mismos. Él respiraba como si el olor de mi cuerpo le diera fuerzas.

Las mil y una noches de mi represión se derritieron. Se esfumaron los muchos momentos de frustración, se desvanecieron los muchos momentos en que tuve que hacerme olvidar lo que sentía y lo que deseaba. Me vinieron a la mente las incontables ocasiones en que quería que Diego me tocara, que me hablara con palabras de deseo y de amor; las incontables ocasiones en que no podía experimentarlo -- todo eso se hundió en la sensación riquísima de, por fin, colmarme de él.

Me entregué completamente al pintor. Y al miedo. Y al susto del abandono. Todo el contenido del mundo se borró más allá de la boca de él, de las manos de él. Los dos estábamos en un mundo aparte, un lugar que no reconocíamos, un lugar donde todo estaba pegado a la desesperación. Diego Alba me hizo el amor como si fuera cuestión de vida y muerte.

Cuando por fin salí del delirio, se estaba poniendo el sol. Diego dormía. Me levanté de la cama silenciosamente. El miedo que lograba esquivar en los momentos previos, volvió con una fuerza aplastadora. Diego estaba muy confundido. Si en un momento me trató con cariño, en el otro me había tratado con violencia, y ¿en cuál de los ánimos se despertaría?

Yo andaba por la casa, descarriada, sin saber qué hacer. Todo estaba muy obscuro porque ya no estaban las personas que se encargaban de encender los candiles y los candelabros. No se sentía el olor de la cena porque no había nadie que la preparara. No se oía la música de siempre porque ya no estaba quién la tocara y cantara. La casa estaba moribunda. Muerta.

Me persiguió una ansiedad terrible. ¿Qué haría Diego cuando se despertara y se diera cuenta de su error? Yo le había visto en numerosas ocasiones cuando se había enojado por una equivocación propia o por un error ajeno. Se ponía tosco. Más deambulaba por la casa, más me dio miedo. Nikita decía que Diego era un loco. Y ahora con la huida de Miranda, vi que se había vuelto peor. Mucho peor.

Sin saber exactamente por qué, volví a la habitación de él. A lo mejor, subconscientemente esperaba que me reconociera, que me pidiera perdón, que se volviera en sí. Pero, ¿con qué fin? Todas las posibilidades se presentaron como imposibles, ridículas, grotescas. ¿Que siguiera yo como empleada, como si no hubiera pasado nada? ¿Que estableciéramos una relación Diego y yo? ¿Qué clase de relación? No. No había posibilidades de nada. Sin embargo, algo me hizo volver a su habitación.

Estaba dormido. Pasaron unos segundos, apenas tiempo para contemplarlo bien cuando se despertó.

--¡Tú!

Su cara estaba torcida de furia y de pena.

--¡Tú!

--¡Soy yo, soy Luz!

--¿Otra vez con los nombres falsos? Esos cuentos ya no valen.

Diego se levantó de la cama y se apresuró hacia mí.

Salí corriendo para mi recámara. No sé si Diego me siguió. Cerré la puerta con llave. Puse unas cosas en una maleta; ni sabía cuáles eran. Me temblaron las manos. De lejos oí algo y me apuré aún más. De repente por detrás de la cómoda, oí que alguien forzaba la puerta. Dejé la maleta;

cogí nada más que la bolsa y el portafolio donde guardaba mis papeles, y fui corriendo por los pasillos laberínticos de la casa. Tenía una sola meta: llegar a la salida en el muro que descubrimos Adriana y yo aquel día lejano cuando todavía no sabía nada de Diego Alba. Y de allí llegar al pueblo para esconderme hasta que llegara al autobús que me llevaría a la ciudad. Y de allí, a Morelia, para lanzarme de nuevo a lo desconocido.

51

Leonora
En Morelia

Llevaba apenas quince días en Morelia cuando una tarde me buscó Miranda.

--¿Le confieso algo, señorita Luz?

--¿Qué cosa? -- Yo vi que le costaba hablar.

--No estoy muy bien aquí--. Miranda se enderezó, como para darse fuerzas. --Yo sé que he de estar muy agradecida por todo lo que la señora Bárbara ha hecho por mí, pero...

No me apetecía tener esa conversación con ella. Yo me sentía muy golpeada y muy incierta todavía. Había empezado mi nueva vida en Morelia sin ropa, sin zapatos, sin mis cosas, sin mis libros; no traje nada. Y peor todavía era el estado de Diego. Le tenía miedo: ¿qué clase de locura le hizo confundirme con Rosa?

Igual tenía unas añoranzas profundas de volver con él. La noche que estuvimos juntos me había dejado con deseos que apenas reconocí como posibles de aguantar.

--Es que...hay mucha bulla por aquí. El ruido de los carros me vuelve loca. No puedo ni pensar – dijo Miranda.

Era cierto. La escuela quedaba en el pleno centro de la ciudad, rodeada de calles con tráfico a todas las horas del día y de la noche. Y Miranda, carente de un sentido, recompensaba con un oído muy sensible.

--Y luego hay un piano, pero está en la capilla y tengo miedo de entrar. Y cuando me pongo a cantar oigo que se ríen de mí.

--¿Quiénes?

--Los chicos de la escuela.

No quería comentar. No tenía las fuerzas.

Miranda empezó a llorar. --Quiero volver a la casa. Quiero ir al panteón. Necesito ver la tumba de mi hija.

Tantos días que la pobre chica había estado paralizada; que ahora por fin se pudo dar cuenta de lo le pasó. Tantos días en que había permanecido en un estado de vacío, un autómata. Ya no.

--No quiero estar aquí--. Empezó a sollozar.

--Miranda—le respondí con ternura. --Entiendo tus problemas, pero tengo algo muy importante que aclarar contigo. Yo sé que ahora no es el mejor momento, pero es algo que traigo en mente. Algo muy pesado.

Miranda llevaba una cara de mucha atención.

--Leí lo que escribiste en tu diario sobre la muerte de Fernando. Leí lo que escribiste sobre mí.

--No sé de lo que habla señorita Luz. De verdad, no entiendo a qué se refiere.

--Me refiero a que tú crees que tu padre mató a Fernando. Y que yo estaba presente pero no hice nada para detenerlo.

La chica se sacudió del susto. --¿Cómo? No, nunca. Mi padre jamás haría semejante cosa. ¿Está usted loca?

--Pero lo leí, en plena luz del día. Las palabras escritas allí....

Palabras escritas allí por Nikita. ¿Será posible? Rápidamente puse en orden todas las posibilidades. O lo había escrito Nikita o lo había escrito Miranda, o lo había escrito Adriana, o quizá otra persona completamente.

--Tienes razón-- dije. --Tu padre no es capaz de una locura así.

Más tarde, cuando volví a hablar con Nikita, apenas aguantaba los deseos de aclarar todo con ella, pero tal era mi confusión que no me atrevía. Mejor me callaba por el momento.

Nikita me comentó que las quejas de Miranda sobre las condiciones en el instituto eran puras tonterías. Dijo que Miranda ni siquiera había ido a las clases. Que se negó a comer en el comedor. Que no quiso relacionarse con nadie allí.

--A mí, me gusta Morelia-- afirmó Nikita. -- Es hermosa. Por la tarde la gente pasea por el parque al lado de la catedral, y en la plaza hay muchos sitios para tomar un café. Es como *La Gran Place* en Bruselas.... ¿recuerdas?

Nikita siguió hablando. --¡Hay vida aquí! No estamos estancadas como estábamos en la casa en el campo. Y a Adriana le está gustando mucho también. Con la señora Bárbara está tranquila.

--¿Qué dice la señora sobre las quejas de Miranda?

--Está preocupadísima. Dice que antes, Miranda rezaba mucho con ella, pero que ya no quiere. Parece que las oraciones han perdido su efecto.

--¿Y Cecilio?

La cara de Nikita se ensombreció. --Se ha hecho aliado a Miranda. Él quiere regresar a la casa también.

Nikita y yo estuvimos un largo rato sin hablar. Por fin Nikita me preguntó: --¿Y tú Lea?

52

Leonora
Diego en Morelia

No me sorprendí cuando un día, en el patio de la escuela para ciegos, Miranda pronunció: Hoy viene mi padre. Pero por primera vez, lo dudaba. Habían pasado casi tres meses sin noticia alguna de la casa de Diego. Un silencio total.

Pero era cierto. Más tarde llegó un automóvil a estacionarse en la calle de enfrente de la escuela. Era el carro de Diego: inconfundible por su gran tamaño, su negrura profunda y sus ventanillas oscuras.

El pintor se bajó y se dirigió directamente a la oficina de los directores: de la señora Bárbara y su esposo. Tras dos horas de discusión la puerta se abrió y nos dijeron que pasáramos. Nos sentamos como si entráramos en un teatro o un templo; callados, ansiosos de ver qué sucedería.

Diego, parado detrás del escritorio y vestido de saco y corbata, empezó:

--Durante la ausencia de ustedes, me di cuenta de muchas, de muchas…

No pudo terminar la frase. Se apoderó de él una parálisis.

Yo vi que las lágrimas corrían por las mejillas de Miranda. Cecilio agarró fuertemente la silla en que estaba sentado.

--He venido para rogarles que regresen – logró pronunciar tras un esfuerzo enorme.

-- Sé que he sido muy egoísta—continuó.

Diego suspiró largo y profundamente mientras intentaba dominar su estado de ánimo.

-- No pensaba en los demás, en sus necesidades. Vivía haciendo lo que a mí me placiera, sin tomar en cuenta que otros se molestaban, o que les hacían falta muchas cosas.

Dejó de hablar. Nadie dijo nada. Estábamos paralizados.

--Pero todo esto ha cambiado.

Diego aflojó la corbata y volvió a hablar.

--En primer lugar, a Miranda le hace falta instrucción en el piano. He contratado a un excelente maestro: un italiano que irá a la casa para darle las lecciones que tanto merece.

--¡Papá! --. Miranda casi vibraba del delirio.

--Se llama Pietro Crespi. En Italia trabajaba en la ópera; es experto en piano, violín y voz.

--¡Papá!

--Y para todos, pero yo sé que la señorita Luz especialmente se alegrará, he puesto corriente eléctrica en la casa.

Dirigiéndose a mí, dijo con una sonrisa: --Ahora, señorita, podrá usar su máquina de escribir.

No dije nada. ¿De verdad pensaba Diego que la corriente eléctrica iba a ser recompensa suficiente por lo que me hizo hace un mes?

--Pero Papá, son veinticinco kilómetros al transformador. Me dijiste que nunca podríamos poner corriente porque la distancia era imposible.

--Pues, ya ves que las cosas han cambiado. Veinticinco kilómetros requieren muchos postes: 246 postes exactamente. Yo sé porque puse todos y cada uno de ellos en el camino.

--Eso está muy bien, Diego-- dijo la señora Bárbara. --Ya es tiempo que la casa entre en el siglo veinte.

--Y para las maestras de la casa, bueno. Yo sé que se les gustaría salir por su propia cuenta. Pensaba que un auto les sería útil. Podrán salir los fines de semana a divertirse, ir de compras....

Todo lo que decía Diego lo dijo de una forma tan patética y tan humillada que empecé a sentir mucha lástima por él. Había caído de la cima más alta de la arrogancia y poderío hasta la profundidad más honda de lo simple, lo infantil.

Diego nos miró a mí y a Nikita. Yo no dije nada, y sabía que Nikita tampoco respondería en ese momento. Ella no regresaría a la casa en el campo nunca. Me lo había asegurado muchas veces durante nuestra estancia en Morelia.

Miranda, Cecilio, y la señora Bárbara estaban encantados con este nuevo Diego que se presentaba frente a nosotros. Pero yo no estaba feliz. Era obvio que a Diego se le había olvidado por completo la noche en que me confundió con Rosa y que me hizo el amor como si fuera cosa de vida y muerte.

--Yo también me di cuenta de ciertas cosas-- dijo la señora Bárbara. --Miranda es mayor para estar en la escuela. Y no ha estado muy a gusto aquí, ¿no es así? -- le preguntó a la chica.

--No es eso, Señora Bárbara. Es que......-- Miranda, siempre muy bien educada, no quería parecer malagradecida.

--No hace falta que expliques, niña-- dijo la señora, tiernamente. --Yo sé que tienes que recuperarte de las tragedias que has sufrido. Te tienes que sanar. ¿Dónde mejor que tu propia casa? -- expresó la señora tristemente.

Hubo un gran silencio en la oficina de los directores de la escuela. Por fin habló Nikita.

--Señor Alba, hay otra cosita.

--Lo que sea-- respondió Diego.

-- Pues, acepto con mucha gratitud el coche, pero no vuelvo con ustedes.

El pintor se miró sorprendido.

--Pero creo que mi hermana sí quiere hacerlo.

Nikita me miró con una sonrisa ingeniosa, para luego seguir hablando.

--Es que el salario que le da no alcanza.

Nikita entonces nombró una suma extraordinaria, una cantidad que cogió del aire, como un globo a punto de explotar.

--Ah, claro. Por supuesto. ¡Qué tonto he sido en no pensar en aquello! -- respondió Diego con todo el *elán* de un caballero en la corte del rey.

Todos empezaron a hablar a la vez; emocionados, felices. Todos menos yo. Nikita me sonrió como el gato que se comió el ratón. Me dijo en voz baja:

--Ahora, por lo menos podrás juntar mucho dinero. Te servirá de mucho cuando por fin salgas de esa maldita casa.

Por un lado, me alegraban las noticias de Diego, pero por el otro lado, estaba decepcionada. Durante los días en Morelia me había entretenido con construir un cuento entre Diego y yo. En el cuento él me conocía por quién soy realmente; en el cuento yo divulgaba todo; todos los secretos y las mentiras y decepciones se aclaraban, y podríamos estar juntos él y yo como hombre y mujer. Tenía yo veintiséis años. Ya era tiempo de dejar atrás los disfraces.

Pero no había el menor indicio que Diego me viera de otra forma más que la maestra de sus hijos. Lo que pasó la noche que me confundió con Rosa, quedó enterrado en lo no-dicho.

Cuando por fin me acosté después de preparar las cosas para el regreso me puse a pensar. En verdad no había ninguna decisión que tomar. Empecé entonces a reflexionar sobre todo lo que me había pasado en los años desde que me marché de Bruselas. Vine a México con el objetivo de descubrir lo que le pasó a mi hermana Rosa, y de cuidar a mi sobrina. El segundo objetivo se cumplió: Miranda se había convertido en una joven hermosa. Rosa estaría orgullosa de ella. Pero el primer objetivo quedaba sin solucionar. Me preguntaba: ¿Qué crimen tan horroroso habrá cometido Rosa para merecer la ira tan profunda de Diego? En esa y otras preguntas estaba muy metida cuando oí a alguien tocar suavemente en la puerta. Era Diego.

--Señorita Luz. Le traje algo. Pero tendrá que seguirme para verlo.

Lo seguí a la capilla de la escuela. En la penumbra pude vislumbrar un cuadro puesto en un bastidor. Diego encendió la luz y vi que era un retrato, la figura de espaldas con la cabeza casi de perfil; el cuerpo en la sombra y la cara en la luz.

--¿Pero, cómo.....? -- le pregunté atónita. --¡Quedó destruido! ¿Cómo logró que se pudo restaurar?

--Tengo buena memoria, Señorita Luz. Recuerdo exactamente cómo se vio usted cuando llegó por primera vez a la casa.

--Fue hace siete años.....

--Siete años no son muchos. Todavía nos quedan muchos más que vivir.

No aguanté las lágrimas. El retrato había quedado a la perfección. Llevaba yo una expresión de melancolía mezclada con alegría, reflejando precisamente mi estado interior. Diego me había pintado como si me conociera al fondo.

--¿Le gusta?

Asentí con la cabeza.

--¿Me perdonas lo que te hice la noche que te fuiste?

Diego me hizo sentar en el banco de la capilla y se sentó a mi lado.

--Yo sé que fue imperdonable. Yo soy un canalla. Un canalla. Pero nunca quise hacerte daño. Estaba loco. No me explico cómo pude.....

En siete años nunca nos habíamos tuteado.

--Hay, hay algo que yo quiero explicarte-- le dije. --Hay algo que necesitas saber de mí, y de Nancy y de Amelia también. Es que....

--¿Se puede? --. Entró el director de la escuela, el doctor Williams Barr. Diego se paró de un salto, como electrificado.

--Escuché algo. ¿Todo está bien? ¿Se les ofrece alguna cosa? -- nos preguntó. El doctor parecía inconsciente de lo que pasaba.

--No, no en absoluto-- dijo Diego. --Gracias. Ahorita nos íbamos.

Diego me dirigió hacia la puerta, sin tocarme, pero sin dejarme salir de la corriente tampoco. Era una habilidad suya, de hacer que la gente hiciera lo que él quería, que le siguiera dónde él quisiera ir. Pasó el momento de confesárselo todo. Me moría de tristeza; lloraba la pérdida del momento porque no sabía cuándo se volvería a repetir. Y en ese momento, vi que Diego realmente no quería escucharme.

Para el día siguiente, íbamos en camino para la casa. Yo pensaba en mi hermana, ahora independiente, trabajando en la escuela de ciegos junto con la señora Bárbara y teniendo una vida propia y libre. Habíamos discutido al final sobre Adriana. Nikita insistía en que se quedara en Morelia; yo estaba igual de firme que regesara conmigo. A fin de cuentas, Adriana decidió por sí misma; se fue a hacer la maleta sin decirnos nada.

En cuanto a mí: tan fuerte estaba lo que sentía por Diego que ponía al lado toda razón, toda lógica. Estaba consciente de eso, pero no podía controlarlo. Pensé que todo iba a volver a su estado de antes; todo se iba a poner tranquilo, y hasta puedo decir, feliz en cierto sentido. Estaríamos juntos en la casa laberíntica, lejos de los trastornos del mundo de afuera.

53

Leonora
De vuelta al campo

Era de noche cuando llegamos a la casa en el campo, volviendo de Morelia donde habíamos estado un tiempo. Desde lejos se veía un punto de luz, muy pequeño pero muy brillante. En medio de la gran oscuridad del bosque brillaba la luz eléctrica que instaló Diego, como manera de convencernos que volviéramos con él.

Como nos acercábamos a la casa, se ponía más fuerte la iluminación. Al llegar al punto en la carretera donde el bosque oscurecía la entrada de la casa, vi un poste y arriba del cual había un farol de hierro forjado. La entrada ahora quedaba perfectamente iluminada. Pasamos por la doble fila de árboles Eucaliptus, cada uno iluminado desde el fondo de los troncos asombrosamente blancos, hasta la copa. Las hojas se movían en la brisa nocturna.

Al llegar a la casa vimos que las puertas estaban abiertas de par en par, y adentro el patio brillaba con una abundancia de luz. En la gran mesa estaba la cena, lista para nosotros. Los floreros enormes estaban llenos, todos, de una multitud de flores, de todos los colores.

Comimos. Bebimos. Brindamos por estar de nuevo en la casa. Festejamos el regreso de los pródigos al hogar. Diego hablaba y hablaba. Nos contaba de la hazaña de la electricidad; un esfuerzo descomunal por hacer llegar la luz desde tan lejos. Nosotros le contamos de la estancia en Morelia; Diego quería saber todos y cada uno de los detalles.

Yo me encontraba callada, pero Miranda hablaba sin parar. Estaba en un delirio de felicidad con la llegada del maestro de música. Cecilio y la señora Poncia estaban alegres por el simple hecho de encontrarse juntos otra vez; ¿y yo....? Diego me había pedido perdón por la locura de la noche en que se emborrachó, y yo le había perdonado, pero las cosas todavía no podían volver a la normalidad. Yo anhelaba que los años de andar disfrazada pudieran terminar, pero a la vez temblaba con la idea de que Diego Alba supiera quién soy.

En la noche, cuando todos se habían ido a dormir, yo fui al despacho a escribir con la máquina eléctrica. ¡Era muy grande la diferencia al escribir con bolígrafo! Tan rápido pude hacerlo que, en un par de horas, logré apuntar todo lo que pasó desde la noche de la fuga hasta la noche del regreso. Estaba muy contenta con la máquina de escribir. Justo había terminado cuando entró Diego.

--¿Qué haces aquí tan tarde, Luz?-- me preguntó amablemente.

Me apresuré a guardar las hojas.

--Preparando la lección de Cecilio para mañana-- le dije, pero Diego no hizo mucho caso al material. Se me acercó y me besó la mano, como lo hacía siempre.

--Estoy más que feliz de tenerte de nuevo en la casa--me dijo, mirándome plenamente en los ojos. --No te imaginas lo angustiado que estaba en tu ausencia.

No sabía responderle. Me urgía el corazón hablarle francamente, pero me aconsejaba el cerebro que no.

--Miranda y Cecilio están muy contentos de estar de vuelta en la casa-- dije.

--¿Y tú? -- me preguntó.

--También-- le dije cautelosamente.

--Luz-- empezó Diego. --Creo que he sido muy injusto. Y muy ciego, si se permite usar la palabra. Siete años que hemos estado juntos en la casa y yo no me dejaba sentir lo que realmente ocurría.

--¿Qué ocurría? -- le pregunté, esperando con todas las fuerzas de mi ser, que Diego me dijera que me quería, y que yo pudiera decirle lo mismo.

--No me permitía a mí mismo reconocer muchas cosas. La memoria de Rosa me lo impedía. Y luego, cuando vi que todos ustedes se habían huido de la casa.... pues, el trastorno me volvió loco.

--Sí, ya sé.

--Pero creo que el trastorno me hizo ver la cosas con claridad.

Diego se me acercó, sin soltar la mano. Otra vez me la besó, y con toda la delicadeza de un pintor que pinta los pétalos de una flor, me besó el brazo; una serie de besos que subió hasta llegar al cuello.

--Tengo algo que mostrarte-- me dijo. --Ven.

Fuimos a la sala y en el lugar donde había estado el retrato de Rosa, estaba el mío. Me entraron unos sentimientos confusos, como una nausea. Hacía siete años que ese lugar en la pared había estado desocupado, como conservando le memoria de Rosa. Pero ya no.

Diego había movido un gran sofá, que normalmente estaba arrimado a la pared, justamente delante del cuadro. Me hizo sentar, y debajo de la mirada mía, me hizo el amor. Era tierno, rico, lleno de pasión. Me dejé llevar por el momento, tratando de no pensar en el cuadro, en Rosa, en nada del pasado. Quería perderme en el momento.

Luego, arropados en una manta, Diego me empezó a hablar. Quería saber todo de mí, diciendo que mi pasado le era de mucho interés y que lamentaba no habérmelo preguntado antes.

--Necesito confesarte algo, Luz. Tú te pareces un poco a mi difunta esposa. Tienes la voz muy parecida. Tienes unas peculiaridades que me la recuerdan.

--Pues, yo....

--Y por eso, inconscientemente me alejaba de ti. No me permitía verte tal y como eres.

--Es que....

--Pero ahora he podido borrar todo aquello. He podido borrar todas las confusiones, todas las equivocaciones acerca de ti, y de quien eres.

--Oh....

--Y ahora quiero saber todo de ti. Cuéntame, con lujo de detalles. Quiero entender todo de ti. Cuéntame de tu niñez en Bloemfontein. Quero conocerte completamente. Quiero que me cuentes de tus padres, de tus hermanos.

--Ay, Diego...

--Quiero llenar el vacío que tengo acerca de ti, de tu pasado. Porque no puedo aguantarlo ni un minuto más. Siento que los siete años que hemos estado aquí, han sido como el ensayo y que ahora empezamos a vivir la obra de verdad.

--Pero...

--¿Te acuerdas de *Marianela*?-- me preguntó. --Aquello fue otro trastorno para mi, pero no dio resultado. Por unos momentos me acerqué al dilema de mi pasado con Rosa, pero no pude entrar en ello todavía. Tu presencia me provocó todo eso, Luz.

--¿Mi presencia?

--Sí, por supuesto. Y desde entonces se montaron las barreras que me separaban de ti. Me recordabas tanto a Rosa que no podía ver la realidad.

--¿Qué realidad es ésa?

--Que te quiero mucho. Por ti. Por tu manera de ser. Por tu belleza y tu carácter, por tu trabajo en la casa, por lo que has hecho por Miranda y por Cecilio.

Diego paró de hablar para sacar una cajita y la abrió solemnemente. Sacó un anillo de tres bandas; una blanca en medio de dos negras.

-- Le mandé a hacer a mi diseño. Lo hice para ti. Lo negro es obsidiana y lo blanco es hueso. Hueso pulido.

Me entró un desasosiego. ¿Hueso de qué? ¿O de quién?

--El anillo representa lo que eres para mí: la luz entre la oscuridad. Lo blanco en lucha con lo negro.

Me quedé sin palabras.

Diego puso el anillo en mi dedo. --Ya no puedes ser simplemente la maestra en la casa. Quiero que seas mi esposa. Ahora lo reconozco. Antes no pude, pero ahora sí.

Diego esperó a que yo reaccionara. De la misma desesperación, no encontré qué decirle y lo abracé, acariciándole la cara. Otra vez hicimos el amor; lentamente, dulcemente. Pero mientras me abandonaba a la sensación, me vinieron a la mente las palabras de Nikita: *Diego es un hombre que te hace lo que más deseas que te haga; te dice lo que más quieres oír;* y me preguntaba qué significaba eso de que Diego casi le "rompía en dos" cuando estaban juntos. Estos pensamientos me perturbaban bastante y tuve que hacer un gran esfuerzo para borrarlos.

Acostados después en el sofá Diego emprendió de nuevo su investigación.

--Voy a indagar en todo lo tuyo-- me dijo sonriendo.

--No, ahora no-- le dije. --Es tan lindo este momento. Mañana, Diego.

Se me presentó un gran problema el anillo que fabricó Diego. No lo podía llevar en vista de Nikita, si es que no le iba a explicar lo que pasaba. Pero algo en mí no quería decirle nada. Otra vez me sentía entre la espada y la pared; aplastada por los temores y las mentiras.

También vi que a Adriana le perturbó bastante. Se fijaba la mirada en el anillo como queriendo hacerlo desaparecer por la pura vista. Por fin ella me mostró algo en su cuaderno: *Si te casas con Diego la señora Poncia te va a matar.* Me entró un shock profundo.

--¿Por qué lo dices, Adriana? – le pregunté.

--Por el viento – respondió. –El viento me trae voces.

Pobre Adriana. Tenía un cerebro fracturado por los muchos espejismos que percibía, pero le quedaba aún un poco de lógica. ¿Cómo se enteró de lo que pasaba entre Diego y yo? ¿Se lo habría dicho algo la señora Poncia? ¿Qué lazo había entre ellas, si es que había alguna conexión?

54

Leonora
Los días siguientes

En los días siguientes, la casa volvió a su ritmo de antes, como si tratara de asegurarme que mis preocupaciones eran infundadas. Diego se metía en su taller para pintar. La señora Poncia redoblaba sus esfuerzos culinarios y nos preparaba unas cenas riquísimas. Adriana y Cecilio regresaron a sus modos de siempre. El maestro de piano se presentó para las clases de música, y se levantó por completo la nube de tristeza que cubría a Miranda. Ella recuperó el brío y la liviandad que tenía antes de la llegada de Fernando Blau. La única que no volvió a su estado normal fui yo.

Yo estaba en un delirio de felicidad y angustia. Diego no me volvió a preguntar acerca de mi pasado, lo cual me pareció raro, pero me alegraba a la vez, por no tener que mentirle más. Pero temía que en cualquier momento me hiciera las mismas preguntas.

Y otra cosa. Todas las noches, cuando todos se habían ido a dormir, él venía a mi habitación para llevarme a su recámara, a su cama grande y tibia, y hacíamos el amor. Fueron experiencias lindas, apasionadas. Era como si los siete años de represión se hubieran convertido en una intensidad redoblada; una explosión de sentimientos anteriormente ocultados.

Por las noches también conversábamos, pero solo de las cosas cotidianas de la casa. Siempre cuando me preguntaba acerca de mi pasado, esquivaba el tema; cada vez que me hablaba del matrimonio yo cambiaba la idea. Pero la actuación era laboriosa y extenuante. De niña me llamaban la pequeña Charlie Chaplin; ahora me era necesario emplear todas mis habilidades y más para moldear la conversación.

Así es que, por un lado, estaba enormemente feliz, pero por el otro lado, me moría de la angustia de las mentiras. Diego se había enamorado de una chica llamada Luz María Mendoza, de Bloemfontein Sudáfrica, de padre español y madre sudafricana. No se enamoró de mí. Decirle quién era yo, después de todo lo que él me explicó de sus trastornos y sus revelaciones sería motivo suficiente para destruir el amor que sentía. ¿Como se podría casar conmigo un hombre que no me conocía de verdad? ¿O es que sí me conocía? Estaba viviendo en una niebla de confusión.

Pasaron unos meses así. Me desvelaba mucho. No escribía, como lo hacía antes. No podía analizar las cosas como lo hacía antes por estar viviéndolas todas en el momento. Diego ocupaba todo el espacio, con su voz honda, su caminar vigoroso, sus ideas arrolladoras.

Por fin Diego se fue de viaje y regresó la señora Bárbara. Se calmaron las cosas en la casa. Yo les daba las lecciones a Adriana y a Cecilio; venía el señor Crespi; venía el doctor Leocadio para seguir el análisis de Miranda; todo normal.

Un día llegó Nikita de Morelia.

--Lea, tú debes salir de aquí. Por tu propia salud mental.

No dije nada. Nikita suspiró como para darse fuerzas.

-- ¿Dónde está mi Lea de antes? La que nos hacía reír. La Lea que antes reía tanto. Vuelve a ser ella—me rogó. --Ya basta de Luz.

Como seguí sin decirle nada, Nikita no pudo disimular el tono amargo en su voz.

--*Rosa no te reconocería ahora.*

No había palabras adecuadas para decirle todo lo que sentía.

--Y por mucho que creas que Diego te quiere, yo sé que no es cierto.

Entonces repitió algo que me había dicho muchas veces antes: *Diego es uno de aquellos hombres que adivinan qué es lo que más necesitas oír, y luego te lo dice.*

--No es eso. No lo conoces como yo lo conozco.

Nikita se puso pensativa y me abrazó. Con su cara unos pocos milímetros de la mía, me miró intensamente. Intentó nuevamente a convencerme.

--Te has vuelto miedosa, Lea. ¿Dónde está aquella chica valiente que vino a México sin nada más que la imaginación? ¿Qué le ha pasado?

--Nikita, hay cosas que no sabes. Diego...

--Ya sé de Diego. Sé que estás con él todas las noches.

Yo estaba muy sorprendida.

--¡Cómo?!

--Tengo mis maneras. Lo que tú no sabes es que Diego no ha cambiado. No ha cambiado para nada. Sigue igual de canalla como antes--dijo Nikita tristemente.

--Pero, ¿qué dices?

--Tiene a sus chicas. Sus amoríos.

--Estás loca, Nikita.

--No estoy loca. Lo que estoy es feliz por haberme escapado de sus trampas. A propósito, ¿dónde crees que está él ahora?

--Me dijo que se iba a Nueva York para facilitar la exposición de sus cuadros en una nueva galería.

--Está en Nueva York porque anda tras de una mujer que se llama Lara Boon. Ella es dueña de una galería importante. Mientras estábamos en Morelia, Diego y ella tuvieron un romance, pero hubo un escándalo y ella resultó hospitalizada.

--Pero, ¿cómo te enteraste de eso--? le pregunté atónita.

--También, sigue con Esmé-- dijo Nikita, sin contestar mi pregunta. --Tiene relaciones con ella muy a menudo. En la casita del lago. Allí puedes ver las marcas en la pared arriba de la cama, indicando las fechas de sus encuentros. Hasta ponen una calificación; de uno a diez, según....

--No quiero oír más.

--Diego es un enfermo. Tiene un modo de ser muy enfermo.

--Basta. Cállate.

--Necesitas abrir los ojos para que te des cuenta de la mentalidad de tu amante.

La palabra "amante" me molestó. No me consideraba la amante de Diego. Él me propuso matrimonio. Él quería casarse conmigo, hacer de mí su legítima esposa.

--¿Esta mujer en Nueva York?-- dije yo, temerosamente.

--Supuestamente Diego la golpeó.

--¿Por qué razón--? pregunté, casi muerta de preocupación.

--Ella se enfadó porque se dio cuenta de que Diego la engañaba, haciéndole creer que estaba libre para entrar en un contrato de venta de sus cuadros.

--¿Y no lo estaba?

--Claro que no. Diego está bajo contrato con Esmé Moreau aquí en México. Ellos llevan años con esa relación.

--Bueno, sí lo sabía-- le dije, aunque en realidad no estaba muy al tanto de esos detalles.

--Hubo una discusión. Un pleito. Y la pegó. Estuvo unos días en el hospital.

Sentía como giraba una confusión alrededor de mí como un gran tiovivo. De una sala cercana venía una música rara. La reconocí como una pieza que Miranda ensayaba. La chica se había obsesionada con sus lecciones con el señor Crespi, y tocaba el piano por horas y horas. En ese momento, la música casi me desquició. Fui apresurada, sin pensar, desesperada, hacia la sala y le grité:

--¡Déjalo en seguida, que ya no aguanto!

El señor Crespi me miró asustado.

--¿Qué le pasa señorita--? me preguntó el maestro. Miranda no dijo nada, sino que se puso de pie y se acercó a mí. Me dio un abrazo y me hizo sentar en el sofá.

-- La señorita Luz está afligida porque no está mi padre-- explicó Miranda a Crespi. Me acariciaba el pelo, como tantas veces lo había hecho yo a ella. --No te aflijas, Luz-- me dijo la niña, que me tuteaba desde que regresamos de Morelia. —Mi padre no tarda en volver.

Sus palabras me llenaron de terror y felicidad en medidas iguales. Enfrentar a Diego sabiendo lo que me dijo Nikita sobre él, me puso en un estado de nerviosismo increíble. Pero igual, puede ser que Nikita estuviera equivocada de alguna forma. Traté de convencerme que así fuera. Seguramente Nikita malinterpretaba las cosas. Seguramente no entendía bien lo que pasaba. Seguramente habría una explicación; algo que explicara las cosas de otra forma.

Apenas tuve tiempo de reponerme cuando regresó el pintor. De inmediato se dio cuenta de que algo había cambiado en mí. Hablamos de esta tal Lara Boon y de lo que había pasado en Nueva York.

--La policía encontró quién golpeó a Lara Boon. Lo tienen detenido.

--Pero, ¿cómo pasó? ¿Porqué creyeron que fuiste tú?

--Malentendidos. Entiéndelo Luz, Nueva York es un manicomio. Hay gente rica, gente poderosa, gente que quiere adueñarse del arte como símbolo del estatus y para aumentar sus inversiones. Es un negocio con mucho dinero al fondo, y muy pocos escrúpulos.

--Entonces, ¿no tuviste nada que ver?

--No, absolutamente nada.

Pasaron unos momentos de silencio. Luego Diego me besó. Me cubrió el cuerpo con el suyo. Me envolvió como una manta de seda, su piel junto a la mía. Me dobló como una carta que se mete en el sobre, dibujó sus diseños en la carne mía; me llenó de su sangre, me sopló con su aliento, me hizo sentir la mujer más valiosa del mundo. Esa noche fue una de las noches más lindas de mi vida.

55

Leonora
Creerle a Adriana

El día después del retorno de Diego de Nueva York él me dijo que tenía un trabajo muy importante y que se iba a dedicar a ello. Con eso, se metió en su taller; mandó a decir que le trajeran la comida aparte, y no lo vimos por muchos días.

Fue entonces cuando pasó lo de Cecilio y Adriana. Pobre Adriana: había crecido su cuerpo, pero no su mente. Seguía siendo la misma ingenua de siempre; andaba detrás de Cecilio por toda la casa queriendo que él se fijara en ella, queriendo entablarle en alguna actividad, sin jamás darse cuenta de que él se reía de ella, se burlaba de ella, la trataba de lo más feo y cruel. Yo hacía lo que podía para protegerla, pero no podía estar siempre atenta a sus actividades. Igual, la casa era tan grande que podrían pasar muchas cosas en una parte sin que nadie estuviera al tanto de lo que pasaba en otra parte. Pobre Adriana: pasaba horas y horas haciendo sus garabatos. Sus cuadernos estaban llenos de jeroglíficos de su propio diseño, incomprensibles a todos menos ella. O tal vez era possible que ni ella misma entendiera lo que escribía, y que 'escribía' imitándome a mí, o por otra razón personal.

287

Ahora ella quería enseñarme su cuaderno. Era obvio que algo desequilibrante le había pasado.

Pero esta vez entendí bien lo ocurrido. Con palabras ahora perfectamente escritas en castellano, ella me mostró que Cecilio la había violado.

--Y no fue sólo una vez, sino varias. Y no fue sólo por las vías normales sino por detrás también.... --le dije a Nikita al llegar ella de Morelia.

--El maldito de Cecilio lo va a pagar-- respondió ella, con un tono letal. --Vamos por él, Lea. Lo hallamos, lo atamos las manos....

--Pero....

--Y le cortamos la polla..... tanto que le gusta la sangre pues, le mostramos un poco de la suya...

--Pues....

--O bien le quitamos los huevos-- dijo Nikita, entusiasmándose más con la idea.

--Espera....

--Que Cecilio se aproveche de una deficiente mental; eso es un crimen más allá de la humanidad; lo va a pagar caro.

--Sí, pero....

--Vamos ahorita mismo. Yo voy por la soga--. Con eso, salió sin que yo pudiera decirle que no. Cuando volvió, tenía la soga y un cuchillo filoso de la cocina.

--Pero, ¿no crees que sería mejor ir con la policía--? le pregunté.

--¡Bah! ¿Tú crees que estarán de parte de Adriana? Cecilio es hijo del famoso pintor, del famoso Diego Alba. Adriana no es nadie. Además, la policía no entenderá su cuaderno. No entenderán sus dibujos. Pensarán que son las ocurrencias de una pobre loca, no más. Intenté explicarle que Adriana había escrito en palabras claras, pero Nikita no quiso escucharme.

Cecilio era entonces un chico de dieciséis años, delgado y alto. Seguía con sus perversidades y sus manías, y lo que le hizo a Adriana fue el colmo. Sin embargo, no podía permitir que Nikita le hiciera una atrocidad de esa índole.

--Pero, ¿porqué te echas para atrás--? me preguntó mi hermana, atónita. Cuando no le contesté, me lo volvió a preguntar.

--Entonces, si no me vas a ayudar, voy con Diego. Se lo voy a decir-- dijo ella.

Yo no aguanté más. Me encerré en la recamara con Adriana y juntas nos consolamos lo mejor que pudimos.

Al rato escuchamos gritos que venían del taller. La voz iracunda de Diego alternaba con los gritos del joven. De la sala donde Miranda tocaba el piano, venía una música discordante, loca, a todo volumen. Era una cacofonía abrumadora; una expresión de angustia de lo más estridente.

Cuando por fin terminó la explosión, todos salieron cautelosamente de sus cuartos.

--Lloró bastante-- dijo mi hermana, satisfecha.

--¿Y Adriana--? le pregunté. --¿Qué consolación es para ella? ¿Así crees que se solucionan las cosas?

--Pues bien. Adriana...-- dirigió Nikita su pregunta a ella, --¿cómo te sientes ahora? ¿Te sientes mejor?

Adriana no dijo nada. Su mirada no mostraba ninguna expresión. Yo le pasé su cuaderno para que escribiera su respuesta, pero no lo cogió. No nos miró, no hizo más que quedarse sentada en la cama.

Entonces, se me ocurrió algo insólito. ¿Sería posible que Adriana estuviera inventando? O peor, ¿mintiendo? Era obvio su deseo, desde niños, de que Cecilio se fijara en ella. Era obvio que Cecilio nunca se iba a fijar en ella, que nunca le iba a dar lo que buscaba. ¿Qué mejor manera de vengarse que acusarlo de un crimen horrible? Casi me podia compadecer; yo conocía muy bien el poder de la frustración. Y luego, a partir de aquel día, Adriana entró en un ensimismamiento profundo.

56

Leonora
Las cartas de Rosa

Durante el mes después de lo ocurrido con Adriana, intenté muchas veces leer sus cuadernos, pero no entendí casi nada. Le pedí que me los explicara, pero no quiso. Le rogué. Me urgía saber si algo más le había pasado. Pobre Adriana. Yo sabía que le había fallado; que no la había protegido como debía.

También quería leer sus cuadernos porque quería asegurarme de la verdad de sus expresiones. ¿Realmente pasó lo que ella puso allí? Quise entender, pero sin su cooperación, no hubo manera de cerciorarse de nada.

Un día llegó Nikita de Morelia. Ella ahora iba y venía a menudo; le gustaba mucho el carro que Diego le regaló y la libertad que ello le daba.

Nos sentamos en el patio bajo el meloso sol de la tarde. Hasta en el día más caluroso, nunca hacía calor allí por estar en medio de la casa, protegido por los muros gruesos y en la sombra de las viñas frondosas que colgaban desde arriba. Desde un principio yo amaba ese patio, no sólo por su belleza, pero porque habían pasado tantas cosas agradables allí.

--Y, ¿cómo van las cosas con Diego--? me preguntó ella. --Ustedes parecen estar muy a gusto. No me has hecho caso a lo que te dije sobre él, pero parece que no te importa.

Me sentía ofendida por la brusquedad de sus palabras.

--Intento manejar las cosas de modo que no haya problemas.

--¡Lea! Qué ciega estás. Tú únicamente ves lo bueno en la vida; sólo lo bueno en las personas. Te niegas a ver lo malo.

Nikita me miró con una angustia apenas controlada.

--Te equivocas -- le dije, pero sin muchas ganas de prolongar la conversación.

--Me cuesta creer que no veas lo que pasa aquí. No puede ser que estés inconsciente.

--Nikita, no hagas que este momento se ponga feo. Mira, está lindo aquí.

Extendí los brazos en forma de abarcar todo el patio. Nikita se puso aún más seria.

--¿No recuerdas que aquí fue donde encontramos la carta de Fernando? Fue aquí, **aquí**, en este mismo patio donde empezó toda aquella catástrofe. Es más. Esta casa está podrida y bien lo sabes.

Nikita ganaba fuerzas mientras seguía hablando.

-- Está carcomida. Carcomida por los túneles que la atraviesen.

--¡Pero tú andabas mucho por esos túneles! Los utilizabas siempre.

--No sólo yo – dijo mi hermana.

Pasó un momento de duro silencio. Mi hermana quería insinuar que Diego aprovechaba de ellos para observarnos, pero yo sabía que él nunca haría semejante cosa. Prefería pensar que Nikita se refería a la señora Poncia, o quizá de Cecilio. Eso sí podría creer.

—Pero mira, tienes razón. No quiero arruinar la visita – dijo ella.

Con esto mi hermana pareció tranquilizarse. Se puso a reflexionar.

--Hay tantas cosas aquí que no tienen explicación. Al fin y al cabo, no sabemos cómo murió Rosa. Diego afirma que Rosa tomó un líquido venenoso que pensó era agua de sandía, pero no se lo vio tomar. Es muy posible que haya muerto de algo completamente diferente.

Nikita respiró profundamente. Siguió en un tono pesimista. -- A pesar de tu relación con Diego, no has podido sacarle nada acerca de ella más que los reportes oficiales.

--Lo sé.

--Tampoco has logrado que las mentiras que le has dicho se hayan resuelto. Él sigue creyendo que tú eres otra mujer.

--Ya, ya.

--Te lo pasas escribiendo en el despacho en vez de actuar en el mundo. ¡Lea! Te quedas encerrada aquí y ni sales. Estás muy aislada, muy metida en lo tuyo.

Nikita me miró con una mezcla de ternura y seriedad. --Llevas meses teniendo relaciones y nunca te has preguntado por qué no te has quedado embarazada?

--Me estoy cuidando.

--Yo sé que no. Hace años que Diego se operó de la vasectomía. Él nunca puede tener hijos. Ni contigo, ni con nadie.

Me dieron unas ganas enormes de llorar.

--Pero Nikita, ¿cómo lo sabes? ¿Quién te lo contó?

--La señora Bárbara.

--¿Y ella?

--No sé. Bárbara y Diego tienen toda una historia. A lo mejor, ella....

Nikita no terminó la frase.

--A ver, cuéntame de tu chico, Nikita-- dije yo, con deseos de desviar la conversación. Ella había venido a visitarme para informarme de una relación amorosa.

--Es guapo. Muy estudioso. No se parece en nada a Diego ni a mi papá. Fíjate Lea, que me he analizado muy a fondo. El doctor Leocadio me ha ayudado a sondear mi psicología. Entiendo ahora por qué me han pasado las cosas de tal forma, por qué he elegido relacionarme con las personas de tal forma. Y ahora me siento mucho más en control. Lo que pasó en Bruselas ya no me afecta. Lo que pasó con el muchacho en Paris ya no me afecta, ni lo que pasó con Diego. Soy yo quien dirijo mi destino, no otros.

La voz y la cara de mi hermana mostraban un triunfo, una meta lograda, una gran hazaña.

--Mira. Quiero que conozcas a mi novio. ¿Me acompañas hoy a Morelia?

Sin esperar que le contestara, Nikita fue corriendo a sacar el auto. El viaje a Morelia dura casi cuatro horas y en todo el camino, no dejamos de hablar. Conversamos sobre todas las cosas, expresándonos del modo más libre. Hasta Adriana hablaba con bastante coherencia. Nikita me regañaba, como siempre, por los errores que ella veía que yo cometía al relacionarme con Diego, pero lo hacía con cariño, con amor. Yo por mi parte, no tenía por qué regañarle nada; sólo que hacía las cosas a lo escondido; lo de su novio me había escondido por mucho tiempo.

El chico se llamaba Ricardo Soca. Estudiaba psicología, igual que Nikita. Era respetable, estudioso; exactamente como me lo había dicho mi hermana.

--Pero me prometes no hacer nada sin avisarme --le dije de regreso a la casa en el campo.

--Te lo aseguro, Lea. Ya estoy harta de sorpresas.

Se acercaba la Navidad cuando llegó Nikita otra vez a la casa. Fuimos a sentarnos en el patio. El sol hacía su patrón lúdico de luz y sombra; había flores a pesar de ser diciembre, pero me llegaron a la mente las palabras de mi hermana. Ella decía que la belleza de la casa tenía su antítesis en la maldad de sus habitantes. Dos caras de la misma cosa; dos perspectivas que hacían imposible la existencia de una sola verdad.

Nikita abrió una botella de vino blanco y nos pusimos a hablar.

Toda la tarde hablamos de Rosa, de cómo era: siempre tan lógica y bien organizada; siempre tan considerada y cariñosa; siempre tan observadora. Mientras que la casa murmuraba sus quehaceres cotidianos -- la música que salía de la sala donde Miranda tocaba el piano, el pío pío de las gallinas en el patio de atrás y el tintineo del agua que brotaba de la fuente, con todo el sonsonete doméstico al fondo-- nosotras dos nos quedamos a solas con nuestras palabras.

--Sabías que discutieron mucho, ¿verdad?

--¿Rosa y mi papá? -- pregunté sorprendida.

--Si.

--¿Sobre qué?

--La política, ¿qué más? Que los socialistas. Que los comunistas, que el presidente Johnson, que Salvador Allende.

--Y mi papá defendía a Johnson, por supuesto.

--Claro. Fue eso, en parte, lo que la impulsó a ir a Chile para estudiar. Quería ver si lo de los socialistas podría funcionar. Quería poner a prueba la ideología de papá versus la ideología en la que ella creía.

--Yo no sabía mucho de eso.

--Lo sé. Éramos muy jóvenes. Y tú siempre preferías no saber las cosas si no concurrían con tu carácter alegre.

A Nikita y a mí nos entró una nostalgia, una sensación de añoranza por el pasado. La vida que llevamos en la *Rue de la Science* número treinta se destruyó de forma fulminante. La niña Leonora que los hacía reír a todos, se había desaparecido. La madre, muerta. La hermana mayor, la más hábil de todas, muerta. El padre, lejos y casi olvidado. Nos quedaba sólo la poca familia que teníamos allí, en México, muy lejos de la casa en la nítida ciudad de Bruselas.

--Yo oí mencionar varias veces el nombre de Diego en esas discusiones entre Papá y Mamá-- dijo Nikita de repente.

--¿En aquel entonces? ¿Qué se sabía de Diego en aquel entonces?

--Que era un pintor medio loco, bastante rico, pero por encima de eso, estaba vinculado con los socialistas en otras partes. Que tenía fama por provocar la causa de los comunistas con su arte y sus escrituras.

--¿Sigue todavía en lo mismo? -- pregunté ansiosa.

--Pues, el comunismo está en sus últimos momentos. Hace poco cayó el muro de Berlín, por si no lo sabías.

Nikita cerró los ojos para pensar mejor.

--Todo lo que creyó Rosa fue como un sueño. El socialismo no funcionó; nunca pudo funcionar.

--¿Quieres decir que Rosa estaba engañada al marcharse para Chile?

Nikita no me contestó. Sólo se encogió de hombros.

Llegó mi hermana unos días después –una visita esta vez muy inesperada -- y me buscó muy emocionada.

--¡Tengo algo que enseñarte!

Me entregó uno de esos sobres grandes, de color café, que se cierran con un hilito que se enrolla y se desenrolla en un disco pequeño, y un cuaderno con la portada de tartán escoses que reconocía como el diario de Rosa.

Sentí que el sobre pesaba.

--¿Qué es esto?

--Son cartas. Las escribió Mamá a Rosa mientras Rosa estuvo en Chile. Y algunas que le escribió Rosa a ella también.

--¿Cómo llegó a tus manos todo esto?

Nikita se miraba muy incómoda. --La señora Bárbara me las dio. Me dijo que las encontró hace años en el despacho de Diego.

--Y, ¿cómo es que, a estas alturas, se le ocurrió dártelo?

Nikita luchó para encontrar las palabras. –Le conté, Lea. Le conté todo sobre nosotras. Pero le hice prometerme no decírselo a Diego ni a Miranda. Nunca.

No sabía si sentir alivio, ira, o miedo. Los secretos que había guardado sin divulgar por tanto tiempo, ahora estaban fuera de mi control.

--Lea, ¡el diario de Rosa explica tantas cosas! Por fin, entiendo lo que le pasó.

El descubrimiento de Nikita me dio una especie de decaimiento que no entendía del todo.

¿Dices que hay cartas que Rosa escribió a mamá también?

--Pues a lo mejor Rosa le pidió a mamá que le devolviera sus cartas, para tener un record. Tú sabes cómo era Rosa de metódica.

Miré el sobre con miedo. Presentía que esas cartas y ese diario podrían cambiar mi vida.

--Anda. Tómalas. Pero guárdalas bien. Diego no debe saber que las tienes.

Nikita se quedó pensativa.

--Lee primero el diario, luego las cartas. Y una vez que las leas, no serás la misma de antes.

En la noche, después de la partida de Nikita para Morelia, saqué el diario y, con un suspiro hondo, me puse a leer.

> *Luego cuando nacieron en rápida sucesión Leonora, Nikita y Adriana, el amor que mi padre sentía por mí no lo pudo expresar por ellas de la misma manera. Quizá fue porque ellas no se parecían a él en lo más mínimo; ni de carácter ni de apariencia. Mi padre y yo somos personas resolutivas; nos interesa mucho cómo se maneja el mundo, cómo mejor se desarrolla el ser humano, cómo mejor convivimos con los demás. Quiero mucho a mis hermanas, pero son frívolas; no les interesan esos tópicos.*

Frívolas. Las palabras de Rosa me hicieron sentir mal. Pero ella tenía razón. A Nikita y yo nunca nos interesaba la política, y hasta últimamente que Nikita se fue para vivir en Morelia, no nos preocupaba mucho el mundo de afuera.

Lo de mi padre y su falta de amor por nosotras no me cogió de sorpresa. Siempre estaba claro que Rosa fue su favorita, y por eso cuando ella se marchó para Chile, él se traumatizó tan profundamente. La presencia de sus otras hijas no lo consolaba mucho.

No pude seguir leyendo el diario. Temía encontrar más información que me perturbaba.

Saqué una carta.

México D.F.
3 de noviembre, 1976

Mamá,

Tengo miedo. Mucho miedo.

Te pido una cosa urgentemente: que vayas a Santiago y que busques a Miranda y que vengas con ella a México. La nena está en mucho peligro. Los de la DINA son capaces de todo. Estoy desesperada, Mamá, más desesperada que jamás he estado en mi vida. Pídele a papá que te dé lo que necesites para viajar, pero no confíes mucho en él. Yo sé lo que está pasando entre ustedes dos, y quiero que sepas que él me ha puesto en esta situación terrible.

Por el amor de Dios Mamá, ve lo más rápido posible a Santiago y encárgate de la nena. Tráela para acá; que estaré preparada con un lugar seguro para nosotras tres.

Ten mucho cuidado Mamá. Asegúrate que no haya vigilancia en el apartamento y que puedan salir sin llamar la atención. Estaré en el Hotel Geneve; llámame allí en cuanto llegues a México.

Rosa

Yo leí la carta sin parar, sin respirar casi. Suponía que la DINA era un grupo del gobierno y que ellos tuvieron algo que ver con la muerte de René. ¿Llegaron los de la DINA hasta México, hasta la casa de Diego, para asesinar a mi hermana también? ¿Cómo fue que Diego lo haya permitido?

Me quedé paralizada, sin saber qué pensar. Quería leer más, a pesar del caos que reinaba en mi cabeza. Volví a abrir el sobre y vi adentro una mezcolanza de sobres y pliegos, con fechas diferentes, todos hechos un revoltijo de información sin orden. No me sentía capaz de ponerles en orden. También estaba el diario de Rosa. Acaricié la portada de tartán escocés, pero sin fuerzas para seguir leyendo. En la mañana, a la limpia luz del día, podría leer el resto del diario y las demás cartas.

57

Leonora
Más cartas

Pero en la mañana, el diario se había desaparecido. Creo que Adriana se lo llevó, porque cuando se lo pregunté, se puso tan agitada que se delató sola.

En cuanto a las cartas, no las pude poner en orden. Había tantas, muchas sin fecha, separadas de sus sobres. Cogí una al azar. En ella mi madre preguntaba sobre la vida de Rosa cuando apenas llegó a Chile. En otra hablaba de la criada Rosa y lo bien que ella cuidaba a Miranda. En otra le decía a Rosa que no tuviera miedo de lo que proponía Isaac a René; dudaba que lo fuera a convencer a integrarse al MIR. ¿Quién era Isaac? ¿Qué es el MIR? No tenía idea.

Una de las cartas me dio miedo. Hablaba de la señora Poncia. Decía que la comida que preparaba le hacía daño. Dolores de estómago, mareos. Los mismos síntomas que tiene Adriana. Los mismos malestares que me daban a mí también. Nunca lo había pensado de esa forma, pero era cierto. Siempre ocurrían los dolores cuando no estaba Diego en la casa, igual como escribió Rosa.

Había muchas cartas en que oí claramente las voces de mi madre y de mi hermana. Me daba mucha felicidad estar de nuevo en contacto con Rosa, aunque fuera solamente por manera escrita. Pero me daba rabia también. Rosa estaba muerta. Nunca tuve la oportunidad de conocerla de adulta. Yo tenía sólo nueve años cuando ella se marchó para Chile. Perdí a la persona que podría haber sido mi mejor consejera, y a quien yo le podría haber ayudado con hacerle reír de sus problemas. Perdimos un universo entero.

Una carta importantísima me dejó asombrada. Llevaba fecha de junio, 1977. Esto fue antes del viaje que mi madre hizo a Chile para encargarse de Miranda, y llevarla a México. Era de Rosa. La carta explicó detalladamente cuáles fueron los acuerdos entre Rosa y mi padre acerca de un "intercambio de favores". Explicaba cómo iba a funcionar que a René le soltaran en libertad a cambio de desacreditar a Diego. De esta historia larga y complicada, yo jamás tenía idea. Jamás sospeché que mi padre fuera tan metido en la política de Chile. De eso nunca hablamos en la casa en Bruselas.

Por fin llegué a la carta más misteriosa. Era de mi padre: la única de todas que era de él. Fue dirigida a Rosa. Preguntó por la Barbie, que si Rosa la había mandado a componer. Que si cabía el papelito. Que si Miranda tenía bien memorizado el mensaje para Lea. La carta afirmó que había conseguido el boleto de avión para Lea. También decía que mi madre estaba al día con el plan. Yo vi claramente que entre Rosa y mis padres había algún plan para trasladarme a mí de Bruselas a México. ¿Qué querrá decir todo esto? Necesitaba apoderarme de esa Barbie.

Esperé a que Miranda estuviera en su lección de piano con el maestro Crespi para ir a su recámara. Revisé todo sin preocuparme por el desorden. Por fin di con la muñeca. Le quité la ropa. En el vientre, justo como había visto aquel día en que la muchacha le enseñaba el juguete a Fernando, había un pequeño hueco. Busqué un bolígrafo para meterlo en el hueco. Cuando lo hice, se abrió y adentro había un minúsculo papel enrollado.

Lo saqué y lo guardé en el bolsillo. Sentía que mi cabeza estaba a punto de explotar. No me moví.

Pasó mucho tiempo. Cuando llegó Miranda yo le ofrecí la muñeca que ahora tenía descubiertos todos sus secretos. No dije nada.

Miranda me miró con ojos furiosos. No parecía ciega de ninguna forma.

--¡Señorita Luz, ¿qué haces aquí?

No dije nada. Esperé a que cogiera la muñeca.

--¿Qué has hecho? ¡No tenías derecho de meterte en mis cosas!

--¿Cuál es el mensaje, Miranda? ¿El mensaje que deberías comunicar?

--¡Dame el papel! – me gritó desesperadamente.

--Explícame, Miranda – dije yo también desesperadamente.

--¿Tú quién eres para preguntarme esto? ¡Dámelo!

La chica llegó al extremo de su coraje. Se lanzó sobre mí. Estaba asombrosamente fuerte. Busqué en el bolsillo y a duras penas saqué el papel.

--Aquí está. Aquí está. Por Dios.

Miranda lo agarró y lo metió de nuevo en el interior de la muñeca.

--Nunca vuelvas a tocar mis cosas – dijo jadeando. –Nunca.

Las dos estuvimos un buen rato tratando de calmarnos.

--Yo sé que tu madre te regaló esa Barbie, Miranda. Sé que es muy especial para ti. Perdóname.

Miranda se calmó. Me pidió perdón también por los golpes.

--Es que el papel pertenece a una persona, solamente a esa persona. Me dijo mi madre que no debí dárselo a ninguna otra persona, pase lo que pase. Que era una obligación sagrada, de mucha importancia. Ahora ves, señorita Luz, porqué me puse así.

--Y, ¿quién es esa persona?

Miranda volvió a su estado de ciega. Su mirada flotaba en el aire; su voz ya no estaba dirigida a mí.

--A mi tía Leonora – dijo por fin. --Pero no tengo una tía Leonora. Me dijo me madre que no tardaría en llegar, pero no llegó – seguía diciendo. --Si hubiera sido cierto, ella habría venido. Ella me habría cuidado como me explicó mi madre. Me habría ayudado a no sentirme sola. Porque me siento muy sola, señorita Luz.

Pasó una gran nube negra en mi cerebro.

--Nos tienes a Cecilio, a tu padre, a mí—le dije tímidamente.

--Cecilio no es nada mío. Mi padre lo cuida muy bien, igual que a mí. Pero pobre Cecilio no sabe quién es su madre. Es medio huérfano.

--No entiendo.

--Ay señorita Luz. Son tantas cosas que uno no sabe. Cecilio es hijo de la señora Poncia. Mi padre va muy seguido al pueblo a visitarla. Aquí en la casa es una cosa; allá en su casa es otra.

Mi corazón quedó paralizado. Sabía que ellos dos tenían una historia en común que era larga e íntima. Recordé también que hacía mucho tiempo que Nikita sospechaba que algo pasaba entre ellos.

--Y, ¿cómo es que Cecilio no sabe quién es su madre? Esto no tiene sentido – le dije.

--Me lo explicó muy bien mi padrastro. Me dijo que a Cecilio le había pasado algo muy feo y por eso tuvo que salir de su casa. Tuvo que dejar atrás todo lo que era su vida para poder sanarse.

--¿Incluyendo a su propia madre?

--Sí. Era muy chiquito. Él no sabía. Además, no fue para tanto. Cecilio seguía con ella, aquí. Por lo menos Cecilio tiene a su verdadero padre.

Por fin llegó a mis oídos la verdad sobre Cecilio. Me entró una sensación de gran pesadez.

Miranda suspiró. --Mi papá me cuida muy bien, pero yo sé que no es mi verdadero padre. Mi verdadero padre murió cuando yo tenía seis años. Y mi madre…

No pudo continuar.

--¿Cómo se llamaba tu padre?

--Se llamaba René. Y era muy guapo. Todavía recuerdo cómo se veía.

Al escuchar todo esto, me di cuenta de mi egoísmo. Para llevar a cabo mis planes, yo le había quitado a Miranda lo que podría haber llenado ese hueco en ella de no tener familia. Yo había jugado con los sentimientos de mi sobrina de la forma más fea. La soledad que ella había sentido por tantos años fue por mi culpa.

Ya llegó el momento de aclararlo todo. Fui en busca de Diego.

58

Leonora
Anillos y llaves

--Tengo algo importantísimo que decirte.

Diego levantó la cabeza para mirarme distraídamente. Frunció el ceño, para luego poner su atención en mí.

--Y yo tengo algo aún más importante que decirte a ti --me respondió. --No llevas el anillo. ¿Qué te pasa, Luz? ¿Te has arrepentido?

--¿Desde cuando te fijaste? – le preguntó.

--Desde que regresé de Nueva York, pero no quise decirte nada. Esperaba a que te lo volvieras a poner, pero ya ha pasado mucho tiempo. Necesito saber.

Me sentía otra vez entre Escila y Caribdis, entre la espada y la pared. Tenía una gran necesidad de saber de qué se trataba el mensaje que Miranda tenía para mí. Pero igual de grande era la necesidad de resolver cómo explicarle a Diego todo esto sin destruir el amor que tenía por mí. Yo me encontraba en una situación imposible.

--No me arrepiento. No, de ninguna manera. Es que…. Diego, necesito que hagas algo por mí. No me preguntes la razón. Ahora no.

Debía de ser tan evidente mi preocupación que Diego accedió de inmediato. Fuimos a la recámara de Miranda donde todavía tenía la muñeca Minx en las manos. Se asustó al oírnos entrar.

--¿Es ésta la muñeca? -- Diego me preguntó.

--Sí.

Diego la cogió e intentó manipular el mecanismo. Le pasé el bolígrafo. Logró abrirlo.

--Es un papelito -- Diego dirigió su atención a Miranda. ¿Qué significa?

Miranda empezaba a menearse la cabeza de un lado a otro, evidencia de su angustia.

--No puedo decirte.

--Sí puedes decirme.

--Que no.

--QUE SÍ – dijo Diego en una voz terrible.

Miranda se hacía más pequeña, como un globo a punto de desinflar.

--Es un número de teléfono – respondió la chica con la voz apagada.

--¿De quién?

--No sé.

--Y, ¿el mensaje? – yo le pregunté a Miranda. ¿Cuál es el mensaje?

--Llama.

59

Leonora
Mrs. Burleigh

El código del teléfono era los Estados Unidos. Miles de ideas pasaron por mi mente. ¿Será el teléfono de mi padre? Me entró una sensación de desasosiego, de disgusto. Marqué el número con muy pocas ganas de hacerlo.

Contestó una voz que conocía muy bien.

--Lea, ha habido tantas veces que quería hablar con ustedes, pero sabía que Nikita y tú estuvieron muy decepcionadas conmigo. Pensé que nunca me perdonarían. Creí que ustedes nunca me escucharían sin pensar primero en el escándalo que pasó en Bruselas.

--Eso nos perjudicó tanto, papá. Y luego cuando murió mi mamá, ¡tú ni siquiera estabas triste! ¿No te das cuenta del enorme daño que nos hiciste?

Paso un silencio.

--Juré no interferir en las vidas de ustedes para no causarles más problemas. Y cuando nunca recibí ninguna carta tuya ni de Nikita, sabía que no debía insistir. Pero ahora que eres mayor, ¿me puedes escuchar? ¿Ahora que ha pasado el tiempo?

--El tiempo que haya pasado no cambia nada.

La voz de mi padre se puso desesperada.

--Pero quiero explicarte. ¡Déjame explicar!

--No papá. No ha cambiado nada.

Le aseguré que estábamos bien las tres; le informé que Nikita trabajaba en Morelia; que Adriana seguía igual; que yo estaba muy feliz con mi vida en México. Luego, colgué.

Salí de la sala y no vi a nadie, que es lo que pedí al hacer la llamada: privacidad. Volví a mi cuarto y me acosté en la cama. Sentí un gran desplome de ánimo. La maldita muñeca, la inútil llamada.

Pasaron dos días. No apareció el diario de Rosa. Miranda no me habló. Diego estuvo trabajando y el segundo día se fue para la ciudad y no regresó en la noche. Así es que hubo una tregua en la batalla. Yo preparé la comida para mí y para Adriana mientras tanto.

Pero cuando Diego volvió, lo primero que hizo fue buscarme para hablar. Yo no veía otra alternativa que decirle la pura y entera verdad. Y si me dejaba de querer por ser embustera, por ser mentirosa, por haberle engañado de forma tan cruel, pues me caía sobre mí mi merecido castigo. Estaba preparada para lo peor.

No sabía cómo empezar. Se me ocurrió enseñarle las cartas de Rosa.

Le dije que me esperara en la sala y fui a mi cuarto. Allí encima de todas había un sobre que no había visto. Estaba sin abrir; la dirección -- *Rosa Burleigh, Apartado Postal 2339, México, D.F.*, escrita en la letra de mi madre. Igual como la carta que mandó Rosa a mamá que nunca le llegó, esta carta tampoco. Con las manos temblando, saqué la carta del sobre.

Bruselas, 2 de febrero, 1977

Querida Rosa,

Tengo algo que confesarte. Ahora que fuiste mujer casada, me entenderás mejor. Haz con la información lo que tú consideres correcto. Si ves que tus hermanas no se beneficiarán al saberlo, guárdala. Pero tú, hija mía, mereces saber la verdad.

Desde la sala Diego me gritó que regresara.

Me casé llena de ilusiones, como cualquier mujer enamorada. Tu padre era todo lo que buscaba en un hombre: inteligente, trabajador, educado. Me hizo ver muchas cosas que yo no había entendido antes: los méritos de su gobierno, los méritos de su ideología para asegurar la prosperidad mundial.

Diego volvió a gritar.

Pero también, aprendí que, si uno está completamente seguro de algo, es imposible ver la otra perspectiva. Para él, era imposible ver que el socialismo pudiera ser un mejor sistema; mejor para el pueblo entero y no sólo para los ricos. Porque el capitalismo es para los ricos; yo sé que eso tú lo comprendes muy bien.

Oí los golpes en la puerta de mi cuarto.

Tu padre y yo nos enamoramos, cada uno creyéndonos capaces de convencerle al otro de lo correcto. El amor nos mantuvo a flote por muchos años. Por mucho tiempo hicimos que estas cuestiones no perjudicaran nuestro matrimonio. Pero llegó un momento en que yo no pude seguir. Sentía que tu padre ya no me amaba ni yo a él. Es más. Yo me había enamorado de otra persona.

--Luz, ¡ábreme!

Bárbara ha sido mi amiga por más de un año. Ella tiene un gran corazón para los pobres, para los desamparados, para los ciegos. Está poniendo una escuela para ciegos en México. Bárbara está casada. Pero me ama a mí. Y yo a ella. Tenemos un lazo que es más fuerte que cualquier ideología, cualquier sistema. Me pidió que fuera con ella a México; que allí se divorciaría para estar conmigo.

¡Ábreme te digo, o derrumbo la puerta!

Por eso, quise separarme de tu padre. Pero allí me encontré en problemas. Tu padre no me dejó ir porque, según él, resultaría perjudicada su carrera diplomática. Y dijo que me quería mucho. No le creí. Me desesperé. Tú sabes cómo el amor te puede desquiciar. Pensé en una manera de deshacerme de tu padre: implicarle en un escándalo.

La puerta se movió de forma violenta.

Le pedí a un conocido mío- un pintor llamado Diego Alba - que me ayudara. El objetivo fue hacerles creer a los jefes de tu padre que él se había comprometido con varias mujeres de mala fama en Bruselas. El señor Alba andaba en ese mundo bohemio; conocía a unas mujeres adecuadas. A cambio, me pidió que le abriera las puertas de la gente adinerada en Bruselas para venderles sus cuadros. Ya ves, Rosa, cómo somos de hipócritas y defectuosos los seres humanos.

Se desprendió el pomo de la puerta y cayó al suelo.

Diego Alba logró el objetivo. Tu padre cayó en la desgracia. Pero no me imaginé que fuera a llegar tan lejos. No fue mi intención arruinarlo todo. Yo sólo quería ganar mi libertad, pero el resultado ha sido devastador. Perdóname Rosa. La vida de tu padre nunca será igual, como no lo serán las vidas de ustedes. Yo he sido muy estúpida. Tu padre es un buen hombre. Nunca tuvo amantes, nunca me traicionó. Yo lo traicioné a él. A él y a toda la familia.

La puerta se vino para abajo con un gran estruendo.

Tu padre está muy convencido de su ideología; es su único defecto. Pero eso no quiere decir que sea malo. No mereció lo que yo le hice. Cuando me di cuenta de mis errores, quería pedirle perdón, pero fue demasiado tarde. Ahora te pido que me perdones a mí y a él también. Yo sé que el arreglo que hiciste con él no funcionó. Pero Rosa, tu padre lo vio como la única manera de salvarle la vida de René. Estaba convencidísimo. Cuando el plan falló, estaba desolado, completamente desolado.

Guarda bien esta carta, mi hija. Por si algún día sea necesaria. Tus hermanas no podrán comprender lo que pasó en Bruselas y después, en Chile. Tú tendrás que ser como la luz de la mañana; iluminando la oscuridad con la verdad. Yo ya no quiero vivir. He arruinado todo. Bárbara no querrá estar conmigo cuando se entere de mis actos. No puedo mirarlos a ustedes en la cara. No tengo a nadie. Estoy sola. Ya no quiero seguir.

Al terminar la carta, sentí endurecer algo dentro de mí.

--Necesito hablar con mi padre – le dije a Diego.

60

Leonora
Aire en llamas

El número de teléfono no estaba donde lo dejé. No estaba en la mesa. No estaba en el piso. No estaba en ningún sitio.

Escuchamos sonidos violentos que venían de la sala. Alguien estaba destruyendo el piano. Fuimos corriendo, y al entrar en la sala vimos a Miranda golpeando las teclas con una furia desmedida. Tenía las manos y los antebrazos llenos de sangre. Había varias teclas rotas que se habían caído al suelo. El estruendo era ensordecedor.

Diego intentó impedir que siguiera, pero la chica no se dejó. Era como una serpiente. Se escapó de las manos de Diego para ir corriendo por toda la sala. Tropezaba con los muebles. Se caía al suelo. Lloraba. Diego por fin la sujetó por la fuerza. A todo volumen la chica gritó:

--Minx me **dijo** que Fernando era de mal agüero. Me **dijo** que me alejara de él, pero no le hice caso.

--Miranda, ¿qué dices? – le preguntó Diego.

--Fernando era de la tribu, Papá. De la tribu al otro lado de los cerros.

Diego y yo nos miramos con asombro.

--Vino a matarte. Vino a vengarse por la muerte de uno de su grupo. Por eso tuve que matarlo a él primero.

--¿Tú mataste a Fernando Blau? ¡Qué locura! – dijo Diego.

--Sí, lo maté. No me viste cuando me agaché para soltar las ruedas de la escalera.

--Miranda, no puede ser. Mira...

La chica lo interrumpió.

--Tú no viste, pero Amelia sí. Ella me vio. Pregúntaselo.

Miranda se escapó de los brazos de Diego y volvió al piano. Empezó de nuevo a golpear las teclas. Las gotas de sangre volaban por el aire. El piano se estremeció con los golpes.

--Llama a Leocadio – me dijo Diego urgentemente.

Más tarde, cuando el doctor le había dado un calmante fuerte, examinó los brazos de la pobre chica.

--No están fracturados, ¿o sí? – preguntó Diego.

--Temo que sí.

--Pero usted los puede enyesar, ¿verdad, doctor? – siguió el pintor.

--Soy psicólogo señor Alba, no cirujano. Puede que sea necesaria una cirugía; tiene los brazos gravemente heridos. Ni hablar de las manos. Dudo que vuelva a tocar el piano. No. Hay que llevar a Miranda al hospital cuanto antes. Yo los acompaño.

Fuimos a toda velocidad para la ciudad. Una vez allí, Diego llamó a la señora Bárbara. Me dio una sensación de inquietud la idea de enfrentarme con ella, ahora que sabía que ella había estado involucrada en el fracaso de mis padres. Y más fuerte todavía fue la inquietud que sentía por Diego, por lo mismo.

Pero cuando llegó, era la misma señora Bárbara de siempre: cariñosa, comprensiva. Se encargó de todo.

Los doctores nos dijeron que el estado mental de la chica estaba sumamente frágil. Dijeron que Miranda pidió ver sólo a la señora Bárbara y que los demás se fueran. Me pareció muy mala idea separarme de Miranda. Pero Diego estuvo de acuerdo, así que regresamos a la casa en el campo.

La señora Poncia se había ido. En la mesa estaba la cena, pero no me apetecía comer.

Rendidos por los acontecimientos del día, nos sentamos. Diego nos sirvió vino. Rápidamente terminamos la botella.

--Ahora me vas a explicar lo que está pasando con Miranda, y contigo – me dijo.

--Esa historia es muy larga. Pero yo tengo sólo dos cosas que preguntarte. Solamente dos. Y de tus respuestas depende si puedo contarte lo mío o no.

--Di.

--Tú vas muy seguido a la casa de la señora Poncia. ¿Por qué?

Los hombros de Diego se bajaron y todo él parecía desmoronarse.

--Si te digo, me verás como el monstruo que soy.

--Tienes que decirme. ¿Estás en una relación con ella?

--¡No! De ninguna manera.

--Pero Miranda dice que Cecilio es hijo tuyo y de ella. ¿No es cierto?

--¡No!

--¿Entonces?

--Ojalá este momento nunca llegara--. Diego se miró sumamente decaído.

--La Poncia me está obligando a cuidar a Cecilio. Pero no es mi hijo.

--¡Todo el mundo cree que sí!

--Mira Luz. Algo pasó hace años que todavía nos afecta.

--¿Qué pasó?

Diego parecía muy desganado con la idea de seguir hablando.

--A Rosa le gustaba andar por el pueblo. Siempre cuando estaba inquieta, tenía la costumbre de salir por la puerta de atrás y pasear a solas. Tú sabes que Poncia vive en el pueblo. Un día que Rosa estuvo en Comala, la atacó un malvado. Ese malvado era el marido de Poncia. Yo lo conocía. Yo sabía que maltrataba a Poncia; la pegaba, le gritaba. Ella llegaba a veces aquí a la casa con moretones en la cara, en las piernas. Maltrataba a su hijo también.

--Y ese hombre es el padre de Cecilio?

--Sí. Cuando me enteré de lo que le hizo a Rosa, fue como disparar la pistola que ya llevaba tiempo con las balas cargadas. Lo busqué. Lo hice pagar con romperle todos los dedos. Para que nunca volviera a tocarle a nadie como tocó a Rosa, ni a nadie más.

--Pero, ¿por qué no fuiste con la policía?

--La policía de Comala es una mierda. Además, el tipo tenía a su tío a mando en la comisaría. No iba a haber justicia para Rosa.

--¿Es por eso que no te quieren en el pueblo?

--Pues, hay más. De algún golpe que le di, el muy desgraciado murió. Unos días después de su encuentro conmigo.

--¿Entonces?

Diego tragó saliva.

--Poncia me dijo que no diría nada a cambio de que Cecilio fuera a vivir en la casa conmigo.

--Como tu hijo.

--Como mi hijo.

Diego suspiró profundamente, como juntando las fuerzas para seguir hablando.

--Para asegurar que la verdad de todo aquello nunca se supiera, le dije que íbamos a cambiar todos los datos, toda la información que me pudiera conectar al padre de Cecilio.

--¿Con insistir que Poncia ya no fuera su madre?

--Sí. Es muy lista la señora Poncia. Le convenía que Cecilio estuviera aquí, con ella. Además, me pidió un sueldo bastante amplio. Con eso, estuvo conforme con la idea de cambiar la procedencia de Cecilio. Hasta insistió en que el chico dejara de decirle mamá. Más pronto que pensé posible, el niño se acostumbró a los cambios.

Diego se puso aún más deprimido.

--Todavía sigue el chantaje. Ahora me exige que lo adopte y que le haga el único heredero. Me dice que tengo que borrar el nombre de Miranda en el testamento. Para que cuando yo me muera, todo esto sea herencia de él. De Cecilio.

Diego dejó caer las últimas dos palabras como piedras enormes y negras que nos venían encima. Descendió sobre nosotros un silencio aplastador.

--Ahora te quiero hacer la otra pregunta –le dije, esforzándome.

Me urgía saber qué tuvo que ver Diego con el fracaso de mi padre.

--¿Es cierto que eres comunista?

Diego rió, pero no sin un toque de amargura.

--Es cierto. Hace años. Pero de una cosa muy pronto me di cuenta: soy pintor, no político.

--¡Pero había gente que creía que estabas muy involucrado en todo aquello! ¡Personas que arriesgaron la vida por ti!

--¿Qué sabes tú de esto? --me preguntó, atónito.

--Dime, ¿cuántos cuadros vendiste en Bruselas?

La cara de Diego mostró un gran shock.

--Se dice que somos todos hipócritas y defectuosos en este mundo --dije yo.

Diego cerró los ojos e inclinó la cabeza para atrás, como si estuviera sufriendo la mayor de las frustraciones.

--No hablemos de hipocresías, Luz. Luz. Luz María Mendoza. Cantante de rancheras.

--Cómo…?

--Acabo de enterarme. No importa cómo.

Abrió los ojos y me miró directamente a la cara. Tras un momento de escudriñarme, me dijo con una media sonrisa:

--No sé cuál será tu verdadero nombre, pero sé que no es Luz. Tenemos mucho de qué hablar, señorita misteriosa.

Diego se puso de pie y fue a la mesa donde quedaba la cena, y, a un lado, un pastel de chocolate. Cortó un trozo, lo puso en un plato, cogió dos tenedores y volvió a sentarse al lado mío. Cuidadosamente puso el pastel en el tenedor y me lo ofreció.

--Pruébalo.

--¿Quién lo preparó? ¿Tú, o la señora Poncia?

--Adivina—respondió Diego.

Abrí la boca sin querer. El chocolate me llenó la boca de dulzura, de sabor.

--¿Te gusta?

Sentí torcer levemente los intestinos.

De repente percibí al nivel de los pies, una corriente de aire caliente. Caliente como el fuego. Miré el suelo, y por primera vez reparé en cómo estaban construidos las paredes y los suelos. Había un pequeño hueco entre el fondo de la pared y el piso, un hueco que corría todo lo largo de la sala. Por allí entraba el aire.

En ese momento falló la corriente eléctrica. Diego fue en busca de un candil de aceite. De lejos, vi la llama acercarse a mí.

--Se fue la luz—dijo él. –Pero no te preocupes.

Se sentó a mi lado.

--Está rico el pastel, ¿verdad? -- me preguntó Diego Alba: pintor, cocinero, carpintero por excelencia.

--Sí, está rico.

Fin (Parte I)

L.A. Sosa ha escrito tres novelas cortas: *The Solemn Vespers of the Confessor,* *Real Estate Kisses,* y *The Eyes of a Thinker,* además de una colección de poesía titulada *Ojos para adelante niñas.* Su perspectiva es siempre personal; su pasión es contar historias que iluminan lo frágil y lo fuerte del ser humano en un mundo ilógico.